幻月と探偵

伊吹亜門

角川文庫
24204

目次

登場人物

月寒三四郎（つきさむさんしろう）——私立探偵

小柳津義稙（おやいづよしたね）——退役した陸軍中将

小柳津千代子（ちよこ）——その孫娘

雉鳩哲二郎（きじばとてつじろう）——哈爾浜（ハルビン）高等工業学校教授、義稙の義弟

秦勇作（はたゆうさく）——小柳津家の家令、義稙の元副官

ヴァシリーサ——白系露人（エミグラント）、小柳津家の居候

駒田源三郎（こまだげんざぶろう）——小柳津家の料理人

孫回雨（ソンフイ）——満人、小柳津家の運転手

リューリ——白系露人、小柳津家の下婢（メイド）

ネルグイ——蒙古人、小柳津家の用人で哲二郎の助手も兼ねる

猿投半造（さなげはんぞう）――「猿投商会」社長

阿閉騎一郎（あつじきいちろう）――陸軍大佐、関東軍参謀

岸信介（きしのぶすけ）――満洲国国務院産業部次長

瀧山秀一（たきやましゅういち）――その秘書、千代子の婚約者

椎名悦三郎（しいなえつさぶろう）――満洲国国務院産業部鉱工司長

春好（はるよし）――瀧山の上司

湯度（トンドゥ）――月寒の依頼人

梁秀英（リャンショウイン）――その恋人

岑守吾一（みねもりごいち）――退役軍人、義稙の元部下

百武（ひゃくたけ）――薬剤師

白冬梅（バイドンメイ）――「放鶴楼（ほうかくろう）」女主人

浪越（なみこし）――憲兵大尉

伊奈々木（いななき）――憲兵軍曹

浄法寺（じょうほうじ）――退役軍人

三日月（みかづき）――哈爾浜警察司法主任

一・

湖面にさざ波が広がるように、少女の顔は昏くなっていった。

「申し訳ないが、それは警察に云うべきだ」

栗色の瞳を見詰めながら、月寒三四郎はそう繰り返した。満洲語にそれほど自信はなかったが、相手の反応を見る限り伝わりはしたのだろう。

少女の目線がゆっくりと応接卓の上に落ちていく。月寒もそれ以上は言葉を重ねず、相手の反応を待つことにした。

湯度と名乗った目の前の少女の依頼は、ひと月前に急死したという彼女の恋人に関わるものだった。

死んだのは、梁秀英という彼女と同じ満洲人の青年だった。数日前から体調を崩し、嘔吐と下痢を繰り返していた梁は、看病に訪れた湯の前で大量の血を吐き、医者を呼ぶ間もなくそのまま絶命したのだという。

「あの人は毒を盛られたんです」

湯は躊躇いがちに、しかし強い口調でそう云った。

梁はこの哈爾浜で、日本人に雇われて専属の運転手をしていたらしい。その仕事絡みで口を封じられたというのが湯の主張だった。

「聞いたらいけないことを聞いてしまったんだと、あの人は血を吐きながら私に云いました。だから殺されるんだと。本当なんです」

恐らくは彼女にとっての一張羅なのだろう桃色の洋服に身を包み、少し濃すぎる化粧を施した湯は、たどたどしい日本語でそう訴えた。

月寒はそのぎこちない言葉に耳を傾けながら、同時に、何と云って依頼を断るべきか考え倦ねていた。

湯が真剣であることは、月寒にも分かっていた。

彼女のように年端もいかない娘が、得体の知れない探偵事務所を独りで訪ねるのにはかなりの勇気が要ったことだろう。そもそも、埠頭区の外れにあるこんな薄汚れたアパートに足を踏み入れること自体、伊達や酔狂で出来ることではない。

しかし、受けられないものは受けられない。

月寒はせめてその勇気に酬(むく)いるため、最後まで話を聞いた上で、依頼は受けられない旨を湯に告げた。

壁の掛け時計が二時を打った。その音に促されたように、湯は目線を逸(そ)らしたまま口を開いた。

「私は、本当のことが知りたいだけなんです」

月寒が満洲語を解すると分かったからか、湯も自分たちの言語に切り替えていた。

「その気持ちは分かるが、難しいと思う」

「……やっぱり、私なんかの依頼は引き受けて下さらないのですね。貴方(あなた)なら、依頼者が日本人でなくとも決して無下にはされないって聞いていたのに」

「真剣に聞いた上で断っている。ここで『よし分かった』と金だけ受け取って、何もせずに日にちが来たら『色々と調べたが、やはり君の恋人は病気で死んだようだ』と答えて済ますのが私としても一番楽なんだ」

紅の色が鮮やか過ぎる唇を噛(か)み、湯は再び俯(うつむ)いた。室温が高すぎるのか、それとも緊張しているのか、髪際の広い額では汗に溶けた白粉(おしろい)が剝(は)げかかっていた。

「どうしてもと云うなら哈爾浜(ハルビン)警察の刑事を紹介するが、あまり当てにしない方がいい」

蚊の鳴くような声で、湯は分かっていますと答えた。

「お邪魔しました。どうするかは、少し考えてみます」

湯は力なく立ち上がり、頭を下げた。脇に置かれた灰色の外套（コート）を手に、覚束（おぼつか）ない足取りで扉へ向かう。

「待て、忘れ物だ」

応接卓の上には、依頼料の入った茶封筒が置かれたままだった。差し出した封筒を躊躇いがちに受け取ると、湯はもう一度頭を下げて出て行った。扉に付いた鐘が、からんと一回だけ鳴った。

月寒はソファに凭（もた）れ掛かったまま、胸ポケットから煙草入れ（シガーケース）を取り出した。取り出した紙巻きを咥（くわ）え、燐寸（マッチ）を擦る。吹き上げた紫煙の先をぼんやりと眺めながら、月寒はもう一度、湯の依頼について考えてみた。

引き受けるべきか否か。今なら、未（ま）だ走れば彼女に追いつくだろう。

しかし、何度考えても答えは否（ノー）だった。

手を伸ばし、卓上の手帖を取る。湯が語った自身の素性から依頼の内容までを書き留めた物だ。

記された内容に目を通しながら、月寒は頭のなかでどれぐらいの調査になるかを見積もってみた。三度試したが、矢張り最低でも二週間は掛かりそうだった。そうなると、彼女の持参した依頼料だけでは到底足りなくなる。月寒とて慈善事業をやっている訳ではない。かといって、幼い時分に母を亡くし、今は脚を痛めた父と二人の弟を養うために八区の製油工場で日夜汗を流している十七歳の娘に追加の請求書を書くことは、月寒としても気の進む仕事ではなかった。

手帖を閉じ、向かいのソファに目を移す。

湯は、本当のことが知りたいだけだと云った。しかし、それは違うだろう。彼女が欲するのは真実ではない。理由だ。事故や謀略のような、唐突過ぎた婚約者の死を受け容れさせて呉れる、受け容れざるを得ないと自分自身を納得させ得るような、已むを得ない理由なのだ。

病状だけ聞く限り、梁秀英の死因は急性の腸炎か虎列刺のように思えた。それ自体満洲ではよくある疾病だが、確かに消化器系の臓器を害し、傍目には病気としか思わせないような毒も捜せばあるのだろう。

だが——これは決して湯の前では云えなかったが——そもそもこの哈爾浜で若い満人の運転手を殺すのに毒を使う者はいない。裏通りにでも引っ張っていけば、銃弾一発、否、一摑みの煉瓦で十分片が付くからだ。

幾ら吹かしても、煙草の味は空疎だった。引き寄せた灰皿に灰を落とし、月寒は窓際にある自分の机に戻った。

革張りの回転椅子に身を沈め、卓上の書類箱に手を伸ばす。なかには、書きかけの報告書が幾つか入ったままになっていた。

一番上は、二週間前に引き受けた人捜しに関する報告書だった。

依頼人は江畑という日本人の青年実業家で、一旗揚げてやろうと共に渡満した共同経営者の友人が急にいなくなったから捜して欲しいというものだった。

友人は身代金目的で匪賊に誘拐されたのだと、江畑は強い口調で云っていた。当然警察にも訴えたそうだが、まるで相手にされなかったらしい。

尤もな判断だと月寒は思った。話を聞く限り、彼らの経営する石鹸卸の会社は既に左前で、誘拐事件とは考え難い。

しかし、十分な依頼料さえ払われるのならば動くのが探偵である。立て込んだ案件もなかったので引き受けてみたのだが、真相は呆気ないほど直ぐに判明した。その友人は、満洲の土地柄に耐えられず独りで帰国していたのだ。そしてそれは、江畑から説明を受けた時点で、月寒が予想していた通りの結末だった。

この満洲は半年以上が厳冬で、乾燥した馬糞と砂が舞う黄土色の春を経た後は、延々と酷暑の日々が続く。四季に恵まれ温暖で湿潤な日本に生まれ育った者が、そんな苛烈な気候に耐え得る筈もない。

更には街の不衛生なことといったらこの上なく、虎列刺や腸窒扶斯、実扶的利亜に猩紅熱などの伝染病が常に猛威を振るっている。この一件も、大陸に夢を抱き意気揚々と渡満した青年が、満洲の現実に直面して精神的に潰（つぶ）れてしまうという、云ってしまえばよくある話だった。

問題は、見果てぬ夢を今も抱き続けている江畑に対して、その事実をどう説明するかということだった。納得されずに面罵（めんば）されるぐらいなら構わないが、自分の報告が最後の一振りとなって彼の心まで挫（くじ）いてしまうことは、月寒としても避けたい展開だった。

文案を練りながら筆立てのペンを摑んだ時、窓の外から聞き慣れない警笛音（クラクション）が聞こえた。

煙草を咥えたまま立ち上がり、広げた日除け窓（ブラインド）の隙間から往来を覗（のぞ）き見る。

凍（い）てついた硝子（ガラス）の向こうには、見慣れた灰色の世界が広がっていた。

古びたビルとアパートに挟まれた狭い通りは、厚い氷雪ですっかり覆われている。ビル群が陽を遮るため、午後二時を回ったばかりだというのに辺りは相変わらず昏かった。

音の正体は直ぐに分かった。一台の大型車が向こうの角を曲がり、薄汚れたこの通りに進入しようとしていた。

車は緩やかにこのアパートの前で駐（と）まった。前部緩衝装置（フロント・バンパー）には、見覚えのある黄色い旗が立っていた。

助手席のドアが開く。なかから出てきたのは、黒く長い支那服を纏った大柄な男だった。男はゆっくりと辺りを睥睨すると、ちょうど月寒のいる辺りを見上げた。遠目にしか覗えないが、あまり仲良くなりたいとは思えない風貌だった。

あそこに車を駐めたということは、このアパートに用があるのだろう。

アパートの一階部分には、白系露人の老婆が営む小さな麵麭屋が入っている。値段のわりには美味い麵麭を焼くが、黒光りする箱型自動車で買いに来るほどの逸品ではない。住人の質を考えても、あんな高級車に縁がある者はいないように思えた。

眼下では支那服の男が身を屈め、後部座席の扉を開けていた。

車内からは、黒い外套を着込んだ中肉中背の男が姿を現わした。月寒は目を薄くして、その横顔を斜めに望む。こちらは日本人のようだった。

ドアの閉まる音と共に、二人はアパートの入口に吸い込まれていった。

月寒は灰皿の底で煙草を押し潰すと、抽斗から名刺入れを取り出した。中身を検め、一枚を裸のまま胸のポケットに仕舞う。

同じ抽斗には、小型の回転式拳銃が入っていた。月寒は少し考えてから、そのまま抽斗を閉じた。

灰皿の中身を屑箱に棄て、襟飾を締め直しながら先程まで湯が座っていた来客用ソファの脇に立つ。

一分と経たない内に、廊下から足音が聞こえ始めた。

「月寒三四郎探偵事務所」と金字で刷られた曇り硝子の向こうに、黒い人影が映る。

勢いよく扉が開き、騒々しい鐘の音が事務所中に響き渡った。

二

扉口に立っていたのは、眠そうな顔をした四十絡みの男だった。目が細いせいでそう感じるのかもしれない。色白で、妙にのっぺりとした顔だった。紺無地の羅紗（ラシャ）背広を着込み、途中で脱いだのか、黒い外套は後ろに控える支那服の男の手に掛かっていた。

支那服の方は見上げる程の大男だった。肩幅は月寒の倍近くあって、頭の丸帽子を除いても背丈は二〇〇近くあるのではないか。色の黒い片頬には引き攣（つ）れたような傷痕（きずあと）があり、矢張り近くで見ても仲良くなりたいとは思えなかった。

「ようこそ、月寒探偵事務所へ」

月寒は笑顔で二人に近付いて云った。

「そこは寒いでしょうから、どうぞこちらへ。外套はお預かりします」

「いや結構」

手を差し出した月寒の横を通り過ぎ、眠たそうな男は来客用のソファにさっさと腰を下ろした。

「相変わらず冷えるな、この街は。それで、ええと君が月寒三四郎君か」

向かいのソファに腰を下ろしながら、月寒は頷(うなず)いた。支那服は外套を掛けたまま長(なが)袖(そで)のなかで腕を組み、男の直ぐ後ろに立った。

「話を聞く限りではもっと髭面(ひげづら)の大男を想像していたんだがな。まあいい、早速本題に入ろうか」

「ということは、何かご依頼ですか？」

「当たり前だ。そうじゃなかったら、こんな所に来る訳がないだろう」

男は上着のなかから銀の煙草入れを取り出した。月寒は手を伸ばし、卓上の灰皿を男の方に押し遣(や)った。

「少し込み入った案件だから、その積もりで聞いて呉れ給え。それ相応の報酬は用意するが、我々の許可がない限り口外法度。これが絶対の条件だ」

「勿論(もちろん)ですとも。ご安心下さい」

重たそうな着火器(ライター)で紙巻きに火を点(つ)け、男は細長く煙を吹き出した。露西亜(ロシア)煙草特有の甘い香りが漂って来る。月寒も紙巻きを咥え、燐寸を擦った。

「依頼主は私の上司だ。彼は現在、或る重要な案件のために優秀な探偵を捜している。幾つか候補が挙がったなかで、月寒三四郎、つまり君の名前が最後まで残った。協和会の甘粕正彦氏が君を推したらしい。甘粕氏とは親しいのかね」

「昔の話です」

「そうかい。まあ兎に角、私は上司から君を連れてくるようにと云われた。そのために哈爾浜くんだりまで足を運んだ訳だが、その際に少し厄介な注文を付けられた。君が本当に優秀な探偵なのかどうかを、私の目で見定めてこいと云うのだ」

煙草を咥えたまま、男は顔を顰めた。

「面倒臭い仕事だよ、君。探偵の腕の善し悪しなぞ私の知ったことじゃないんだが、上司の命令は絶対だ。出来ませんなんて答えはあり得ない。しかしね月寒君、生憎と私には探偵の審美眼なんかないし、そんなものを身につける予定もない。どうしたものかと考えていたのだが、ここはひとつ、手っ取り早くいこうと思うんだ」

「と云われますと」

男は欠伸を堪えるような顔で灰を落とし、月寒を見た。

「君が答えてくれ。月寒三四郎は、探偵として優秀なのかね」

月寒は咄嗟の返答に窮した。今までにもあれこれと注文をつける依頼人は多くいたが、自分が優れた探偵かを証明しろと云われたのは初めてだった。

口元から煙草を離し、一先ず考えていそうな顔を作る。

実際に頭を働かせてはいた。ただしそれは、自分の優秀さを証明する方法ではなく、この依頼人とこれ以上話を続けるべきか否かについての胸算用だった。

いつ仕事が途切れるかも分からない身の上を考えると、金払いの良さそうな依頼人は取り敢えず繋ぎ止めておくに限るだろう。しかし、それも場合によりけりだ。まともでない依頼人は構わないが、仕事の中身までただならないことは願い下げだった。

「答え給え月寒君。君は優秀なのか、違うのか」

まだ長さのある煙草を灰皿の底で揉み消しながら、男は急かすように云った。後ろの支那服は、相変わらず石像のように微動だにしていない。

「どうでしょうか。一応この仕事で五年近く飯を食ってはいますが、自分が優秀かどうかなど考えたこともありません」

「それでは答えになっていないな」

「そう云われましても、仕事には向き不向きというものがあります」

「じゃあ何が得意なんだね」

男は着火器を鳴らして、半開きの目を月寒に向けた。

月寒は煙草を咥えたまま、男の全身をもう一度素早く検める。そして、一つの策を練り上げた。

「優れた探偵であるためには、三つの条件があります。洞察力と胆力、それに手際の良さです。実際の仕事を抜きに説明するのはなかなか難しいものですが、こと洞察力に関しては具合が違う。例えばこうしてお話ししているなかでも、貴方について分かることが幾つかあります。……例えばそうだな、貴方は随分と北の方のお生まれですね。ああでも大陸じゃない、内地のご出身だ。北海道ではなく青森、いや岩手かな？それに、ご親族のなかに結構な経歴をお持ちの方がいらっしゃいませんか」

男は無表情のまま、口元の新しい煙草を小さく揺らしている。少し待ったが反応は無さそうなので、月寒はそのまま続けることにした。

「貴方の名前は椎名悦三郎、役職は満洲国国務院産業部の鉱工司長だ。違いますか？」

男は煙草を摘まみ、ゆっくりと灰を落とした。そして痰を切るように喉を鳴らした後、改めて月寒に顔を向けた。

「種明かしを聞こうか」

「見て考えたことをそのまま述べたままでです。明かす程の種も仕掛けもありません」

「謙遜はいいから早くし給え」

男は苛ついたように云った。眉間に皺を刻んだその顔は、男が初めてみせた表情の変化だった。

「先ず注目したのは、貴方が履いているその靴でした。艶(つや)やかに光る琺瑯(エナメル)には、汚れの一つも見当たらない。二月の哈爾浜ですよ？　少しでも往来を歩いたなら、煤(すす)けた泥雪が飛び散ってとてもじゃないがそんな綺麗(きれい)なままではいられません。つまり貴方は、殆(ほとん)ど外を歩くことなくこの場所まで来たことになる。そして次は、その皺一つない背広です。まあ百人いたら九十八人が貴方のことをそれなりの身分の方なのだろうと思うでしょう。尤も、そういう服装で信用をさせてから碌(ろく)でもない話を持ち掛ける輩(やから)が多数存在することもまた事実。貴方は本物なのか、それとも単なる詐欺師なのか。その答えは窓の外にあります」

男の目が月寒の肩越しに動いた。

「表に駐まっている箱型自動車(パッカード)を見ましたが、あれには満洲国旗が掲げられていました。つまり貴方が乗って来たのは公用車ということになります。勿論、普通の車に国旗を立てて欺くことも可能でしょうが、私はあの窓から、貴方の車がキタイスカヤ街から曲がってくる所を見ました。国旗はその時点から既に掲げられていた。哈爾浜いちの大通りで公用車を騙(かた)るのは、些(いささ)か危険度(リスク)が大きすぎます。従ってあれは本物だということになる。そして、そんな公用車に乗ることが許されているのは、満洲国庁の高級官僚か、関東(かんとう)軍の将校ぐらいです。だが貴方の姿を見る限り、どうにも軍人だとは思えません。となると答えは前者ですが、そうすると今度は彼の存在が気になってきます」

　月寒は目線を支那服に向けた。当人は日本語を解さないのか、それとも端(はな)から興味がないのか、口をへの字に結んだまま相変わらず虚空を睨(にら)んでいる。

「どうして貴方のような高級官僚が、彼のような身辺警護(ボディガード)を連れているのでしょうか」

「哈爾浜の裏通りにある、得体の知れない探偵事務所を訪ねるんだぞ。護衛の一人や二人、連れて行くのが当たり前じゃないのか」

「仰(おっしゃ)る通り。しかし気になったのは、肝心の身辺警護(ボディガード)が日本の憲兵ではなかったということです。今回の依頼は、重要な案件に関わるものだと貴方は仰った。満洲国庁の高級官僚がわざわざ哈爾浜まで足を運んでいるのですから、確かに重要なのでしょう。しかし、満洲を牛耳る関東軍がそれを見過ごすとは思えません。普通ならば護衛という名目で監視役の憲兵を寄越(よこ)してくる筈でしょうね。ですが、いま貴方の側で控えているのは、佩剣(はいけん)をがちゃつかせた軍人ではなく、厳(いか)つい満人の彼です。これは一体どういう訳か。若(も)し軍部の目を忍んでの行動なのだとしたら、わざわざ公用車であることを示す筈がない。ということは、貴方は完全に軍部から独立をして動いていることになります。満洲国庁のなかで、あの関東軍を相手に廻(まわ)してそんな芸当が出来る人物といったら私は一人しか知りません。産業部次長の岸信介(きしのぶすけ)氏です。そして岸次長には、彼の手足となって陰に日向(ひなた)に働く忠実な、国務院産業部鉱工司長の椎名悦三郎という部下がいることを私は知っていました。それだけの話です」

男は胡乱な目付きのまま煙草を吹かしていた。それだけの話ですと月寒が繰り返すと、男は鼻を鳴らした。

「ああ、私が椎名だ。それで、私の生まれや叔父のことは」

「貴方の素性が分かれば、岩手のお生まれであることや、叔父様が初代満鉄総裁の後藤新平閣下であることは知識として知っていました。ですからそれを披露したまでです。まあご親戚に関しては、『結構な経歴をお持ちの方』とだけ云っておけば、後は勝手に相手が想像して呉れますからね。詐欺師がよく使う話法です」

「よくもまあそうぽんぽんと言葉が出てくるな。探偵より小説家の方が向いているんじゃないのか」

「褒め言葉として受け取っておきましょう。ちなみに、あそこまで断言が出来たのにはもう一つ理由がありまして」

月寒は胸ポケットから一枚の名刺を取り出し、灰皿の横に並べた。

一瞥した椎名の表情に大きな変化があった。名刺の表には、黒い洋墨で「国務院産業部鉱工司長　椎名悦三郎」と刷られている。

「なんだこれは」

「ご覧の通り貴方の名刺です。先ほど外套をお預かりしようとした時に、胸元から一枚失敬しました。実際のところ、貴方が何者か分かったのはこれを見たからですよ。理由は全て後付けです」

素早く上着のなかに手を突っ込んだ椎名は、紙巻きを強く噛んだまま大きく舌打ちをした。それに反応して、背後の支那服が身動ぎした。長袖のなかに組んでいる腕が動いた時、微かにだが、金属同士の触れ合うような音がした。

「随分とあじな真似をしてくれるじゃないか」

椎名は灰皿に煙草を投げ棄て、蛇のように緩慢な動きで指を組んだ。

低い声で椎名が何かを呟いた刹那、支那服が動いた。

長袖のなかに組んでいた腕が、素早く月寒に向けられた。咄嗟に両手を上げる。支那服のだぶついた袖口からは、黒く細長い銃口が覗いていた。

「手際の良さを披露したつもりでしたが、お気に召しませんでしたか？」

「小汚らしい掏摸め、偉そうな口をきくな」

椎名は強く応接卓を叩いた。灰皿の縁から煙草が落ち、白い跡を卓上に残しながら転がっていく。

目を尖らせる椎名の顔から、月寒は突き付けられた銃口に視線を移した。

下手に動けば、この支那服は躊躇いなく引き金を引くだろう。何の関心もなさそうな目付きが、如実にそれを物語っていた。回転式拳銃を身に着けておけばと一瞬だけ思ったが、直ぐに思い直した。あったところでどうにかなる訳でもない。

どうしたものかと考えを巡らせていると、不意に椎名が低い声で笑い出した。

「成る程、大したものだ」

月寒は上げていた手を少しだけ動かしてみた。支那服は動かない。そのままゆっくりと腕を下ろし、灰の折れた煙草を再び口元に運んだ。

「見かけによらず随分と剛胆じゃないか。結構結構。銃を突き付けられたぐらいでひいひい云うようではこちらとしても心許ないからな」

灰を落としながら、月寒は曖昧に笑ってみせた。どうやら相手は、実に都合よく勘違いをしてくれたようだ。

椎名が右手を動かすと、それを合図に支那服は腕を下ろし、再び袖のなかで腕を組んだ。

月寒は手を伸ばして椎名の名刺を取り、再び胸ポケットに仕舞った。

「依頼内容について伺ってもよろしいですか」

「それは上から直接訊いてくれ。詳しい話は私も知らんのだ」

椎名は後ろに凭れ掛かり、上着のポケットから小振りな白封筒を取り出した。

「あじあの乗車券だ。明後日、それに乗って新京まで来給え。駅前には迎えの車を用意しておく」

封筒の中身を検めると、橙(だいだい)色をした二等車の切符が入っていた。

「一つ確認してもよろしいですか」

「構わんよ」

「お訪ねすることに吝(やぶさ)かではありませんが、依頼の内容を伺った上で辞退することは許されますか」

「そう訊くってことは、許されないことが分かっているんじゃないのかね」

手のなかでぱちりと着火器(ライター)を鳴らしながら、椎名は細い目を更に薄くした。月寒は肩を竦(すく)めた。

「よく分かりました」

「賢明な判断だ」

そのまま眠ってしまいそうな顔で、椎名は小さく笑った。

箱型自動車(パッカード)が曲がり角に消えたことを確認してから、月寒は日除け窓(ブラインド)を閉じた。

ソファに腰を下ろし、一服する。

詳しい話は上に訊けと云っていた。彼が云う上とは、岸信介のことだろう。

直接の面識はないが、善くも悪くも評判だけは色々と耳に入ってくる男だった。軍部に対しても物怖(ものお)じをしない辣腕(らつわん)家だと称(たた)えられる一方で、同じぐらい黒い噂も耳にする。椎名もそうだったが、ただの俊秀、坊ちゃん官僚という訳ではなさそうだ。
燐寸箱を胸ポケットに仕舞うと、何かに引っ掛かった。椎名の名刺だった。
思わず笑みが零れる。何かに使えるかと思って忍ばせていたこの紙片が、ああも役に立つとは。

初対面の、しかも厳つい護衛を連れた身形の良い相手の懐に、いきなり手を滑り込ませるほどの胆力も技術も月寒にはなかった。

これが、新京のヤマトホテルで先月開かれた新春交歓会で取り交わした物だと云ったら、椎名はどんな顔をするだろうか。月寒は、或る紡績会社の収賄疑惑に関する調査のため潜り込んでその場にいた。来賓として招かれていた椎名に挨拶したのも丁度その時だった。

どうやら探偵に必要なものは、洞察力や胆力それに手際の良さなどではなく、人に記憶されない平凡さのようだと月寒は思った。

三・

長い廊下だった。

両脇には扉もなく、黄土色の壁が延々と続いている。窓も久しく見当たらないが、等間隔に並ぶ白硝子の照明が皓々と辺りを照らしているため、暗さは感じない。

足下には、靴の埋もれそうな赤絨毯が一面に敷かれていた。つい先程までは冷え冷えとした石造りの内装だったが、いつのまにか高級宿館の様相に様変わりしていた。

小脇の外套を抱え直し、背後を振り返る。人工的な灯りに照らされて、先ほど曲がった角はもう随分と遠くに見えた。長い廊下を進んでは曲がり、階段を上がったかと思えば下がることを繰り返し、月寒はもう自分が何階にいるのか分からなかった。

「国務院の庁舎がこんな迷路みたいな造りになっているとは知りませんでした」

「国の中枢だから色々とあるのさ。まあ安心し給え。広い満洲の地でも一番目か二番目には安全な場所だ」

先を進む椎名がのんびりとした口調で云った。

「ただ、本来なら君みたいな男が来られるような場所じゃないってことは忘れるなよ。君が通されるのは機密中の機密を扱う、電話線も引かれていない、外からの干渉が一切不可の特別な応接室だ」

「ご大層なことで」

「それだけ重要な案件なんだよ。分かっているとは思うが、礼儀には呉々も気をつけるように」

「当然です。私も未だ命は惜しい」

良い心掛けだと椎名は笑った。

何度目かも分からない角を曲がると、漸く前方に行き止まりが見えた。

金色の札が貼られた黒い扉だった。札には欧風の書体で「応接室」とある。

扉の前に立ち、椎名がその大きな拳で戸を叩いた。

「椎名です、月寒氏をお連れしました」

よく聞き取れなかったが、扉の向こうからは誰かの答える声が聞こえた。椎名は扉を押し開け、なかに入るよう月寒を目で促した。

むっとするような熱気に充ちた、広めの部屋だった。

正面と右手の壁は紅の天鵞絨幕で覆われ、左手には火の熾った暖炉があった。

暖炉の上には、巨大な満洲の白地図が飾られている。中央には大きな樫の卓が据えられ、それを囲むようにして黒革のソファが設えられていた。

照明は三つ連なった丸型電灯で、燦々とした灯りは部屋の隅々まで照らし上げていた。応接室というよりも、高級な酒場を思わせるような造りだった。

「やあ、ようこそ」

ソファの脇に立つ縞背広姿の男が、笑顔で歩み寄ってきた。

異相の男だった。醜いという訳ではないが、一目見たら決して忘れられない顔立ちだ。両頰の肉が迫り出した顔は瓜のように長く、笑うと剝き出しになる前歯は小振りな麻雀牌を並べたようだった。兎か鼠の貌を人間のそれに無理矢理近付けたような顔立ちというのが、月寒の抱いた感想だった。

「お待ちしていましたよ、私が岸です」

差し出された手を握り返す。噂の革新官僚の手は驚くほど柔らかく、そして乾いていた。

「次長、それなら私はこれで」

「ああ、ありがとう。さあ月寒さん、どうぞお掛けになって」

同席するものとばかり思っていたが、椎名は小さく一礼して退出した。

鞄と外套を脇に置き、勧められるがままソファに腰を下ろす。月寒が腰を落ち着かせるのを見届けてから、岸は正面に腰を下ろした。卓上には灰皿や煙草入れなど喫煙具の他、白磁の洋碗が二つと大きめの茶封筒が並んでいる。洋碗では、淹れたての珈琲が湯気を立てていた。

「改めて、私が岸信介です。この度は呼び立てたりして実に失敬をしました。本来なら私の方から訪ねるべきだったんですが、なかなか都合が付きませんで」

「どうぞお気になさらず、足を動かしてなんぼの商売です」

岸は莞爾と笑い、箱形の煙草入れを差し出した。礼を述べて細巻きの葉巻を一本取る。小型の鋏で吸い口を落とし、燭台を象った卓上着火器で先端を炙った。口に含んだ煙は辛く、初めて口にする味だった。

「貴方のことは甘粕さんから聞いたんですよ。何ですかな、今回みたいな話の時にはきっと役に立って呉れるだろうということでね」

吸い口の切り屑を灰皿に落としながら、岸は上目遣いに月寒を見た。

甘粕正彦は、満洲国協和会に籍を置く憲兵上がりの男だ。帝都を襲った先の大震災に際して、無政府主義者の大杉栄と伊藤野枝、そしてその甥で未だ六歳だった橘宗一少年を殺した男として、善くも悪くもその名は広く知られている。どのような来歴かは知らないが、渡満後は独自の特務機関を起ち上げるなどして関東軍に協力し、今ではすっかりこの国の中枢に食い込んでいた。月寒は以前に一度だけ依頼を――あまり愉快な仕事ではなかったが――受けたことがあり、どうやらその時のことを覚えていて呉れたようだ。

「話は、椎名君から何処まで聞いていますか」

「重大な事案とだけ。詳細は貴方から伺うようにとのことでした」

「結構です。いや本当に、何からお話ししたらいいものか悩みますが、私の秘書を務めていた瀧山秀一という男がおりましてね。その彼が、三日前に急逝しました。調べて貰いたいのは、その件についてなんです」

「急逝と仰ると、事故か何かですか」

「表向きは、急性胃腸炎ということになっています」

岸は前半部分を強調した。月寒は灰皿の底で灰を折り、葉巻を咥え直す。

「体調を崩してから意識不明になるまで、そして息を引き取るまでがあまりにも急でした。どうにも引っ掛かったので、医者に遺体を調べさせたんですよ。そうしたら色々と見つかったんです。これが、その時の死亡診断書なんですがね」

差し出された茶封筒を受け取る。なかには、緻密に書き込まれた書類が入っていた。解剖の結果を捜し、ざっと目を通してみた。どうやら遺体は消化管の出血に留まらず、肝臓や腎臓まで壊死していたらしい。単なる胃腸炎だとすると、なかなか考え難い病態だった。

「毒ですか」

岸は軽く頷いた。

「何を嚥まされたかは分かっているのですか」

「生憎と検出は出来なかったようですが、おおよその特定は可能だったと聞いています。ええと何だったかな、胡麻から取れる猛毒で、ひまし油がどうだとか云っていたんですが。そこに書いてありませんか？」

「リシンですか」

「ああそれだ。リシンですよ、リシン」

リシンは唐胡麻から抽出される猛毒である。月寒も詳しくは知らないが、リシン中毒は激しい下痢や嘔吐を伴っていたように記憶している、確かに傍目には、消化器系の疾患に見えなくもない。

「リシンと云えば猛毒ですよ。間違いはないんですか」

「医者は、十中八九そうだろうと云っていました」

「それだけはっきりしているのなら、警察には届けられたんですか」

「それが出来ないのですよ。いや、する訳にいかないと云うべきかな。だから貴方にお願いしているのです」

漂う紫煙の向こう側で、岸は困ったような笑みを浮かべた。

「瀧山君は哈爾浜で開かれた或る晩餐会に出席しました。彼の体調が悪化し始めたのはその翌日、哈爾浜から新京に戻る車中でした。摂取方法にもよりますが、リシンが体内に入ってから症状が現われるまでには、短くても六時間、長いと一日程度の開きがあるそうで、つまり瀧山君はその晩餐会の席で毒を盛られた可能性が非常に高いのです」

「どんな会だったのですか」

「退役陸軍中将の小柳津義稙閣下が、哈爾浜のご自宅で催されたものです。月寒さん、貴方は小柳津閣下をご存じですか」

「奉天会戦の英雄ですね。私たちの世代で、『鬼柳津』義稙の名を知らない男はいませんよ。しかし、失礼ながら未だご存命とは知りませんでした」

「御年七十九で、既に軍役からは身を引かれていますが、今も矍鑠とされて幾つかの会社の顧問を務めておいでです。私も、閣下とは同じ山口の出身ですから、随分と長くお付き合いさせて貰っていましてね。ほら陸軍の長州でしょう？　学生の時分は私も軍人に憧れて、閣下が帰郷された時には御屋敷を訪ねて薫陶を受けたものです。満洲に渡ってからも、何度かご挨拶には伺っていまして、何を隠そう、千代子さんと瀧山君を引き合わせたのも私なんですよ」

「千代子さんというのは」

「ああ失敬、話が先走りすぎました。千代子さんというのは、小柳津閣下の御令孫です。瀧山君は彼女と恋仲でして、先日遂に婚約したのですよ。彼が晩餐会に呼ばれたのはそういう訳なのです。その晩餐会というのは、毎月、閣下が知人友人を呼んで開かれているものでした。瀧山君は初めて招待された訳ですが、可哀想にそれが最後になってしまった。月寒さん、貴方に調べて頂きたいのはそこなんです。誰が、どうして彼に毒を盛ったのか」

そう信じて疑わないような口振りだった。月寒は灰皿の縁に葉巻を置き、身体の前で指を組んだ。

「警察には届けず、私のような民間人に敢えてそれを依頼されようとする理由をお聞かせ願えますか」

「それは貴方、軍人が絡んでいるからですよ。詳しい資料は後でお渡ししますが、私の口からおおまかな筋だけでもお話ししておきましょう」

岸は軽く咳払いして、姿勢を正した。

「あの晩、晩餐会に席を連ねていたのは、瀧山君を除けば、主人の小柳津閣下に孫娘の千代子さん、閣下の義弟で哈爾浜高等工業学校教授の雉鳩哲二郎氏、小柳津邸に居候をしている白系露人のヴァシリーサ・アレクシェーヴナ・ルキヤノヴァ女史、関東軍参謀の阿閉騎一郎大佐、そして猿投商会社長の猿投半造氏の都合六人でした。勿論、使用人などを含めれば屋敷にはそれ以上の者がいた訳ですが」

「そのなかには、瀧山氏に恨みを抱きそうな者がいたのですね」

「分かりません。閣下とお嬢さん以外の全員が、瀧山君とは初対面とのことですが、果たしてそれも本当なのかどうか。しかし、現に彼が亡くなっている以上、あのなかには瀧山君と密かに繋がりのある者がいた筈です」

「軍人が絡んでいると仰いましたが、それはつまり阿閉大佐が殊更怪しいという意味ですか」

「いやいや、決してそういう訳じゃありません。ただ、哲二郎氏にせよ猿投氏にせよ、関係者のなかには軍部と関わりの強い人間が多い。それじゃあ警察や憲兵を頼っても何処で揉み消されるか分かりません。私からすれば大事な秘書を殺された訳ですから、その弔い合戦はしっかりとやりたいんですよ。分かって貰えますか」

月寒は頭のなかで依頼の内容をもう一度整理してみた。

一人の青年が死んだ。どうやら彼は、晩餐会の席で遅効性の猛毒を嚥まされたらしい。しかし、その晩餐会に彼の顔馴(なじ)染みは一応いなかったことになっている。さて、犯人は誰か。またその目的は。

その時だった。ちんという控えめな呼鈴(ベル)の音が、部屋の何処かから聞こえたような気がした。月寒は周囲を確認するが、変わった様子はない。岸も反応しなかった。聞き間違いだろうか。

長くなった灰を灰皿の底で折り、岸は身を乗り出した。

「どうでしょう、引き受けて貰えますか」

月寒は黙って頷いた。ここまで来てしまっては、そう答えるより他にないだろう。簡単な事件のようには思えなかったが、手の掛かる事件も嫌いではない。

岸は白い歯を覗かせながら、満足そうに頷いた。

懐から茶封筒を取り出し、月寒の前に置く。

「日当や経費をいちいち計算するよりもこの方が楽でしょうから、一先ずこれをお渡しします。足りなくなったらまた云って下さい」

中身を検めると、手の切れそうな百円紙幣が三枚入っていた。満鉄役員の給与三ヶ月分に相当する額で、前払金としては破格の額だった。封筒のなかからは、久しくお目にかかっていなかった孔子の絵柄が斜めにこちらを覗っていた。月寒は封筒の口を丁寧に折り、胸ポケットに仕舞った。

「早速ですが、先ほど仰った資料を頂けますか。それを確認した上で、先ずは小柳津邸に立ち入る手立を考えようと思います」

「それなら心配は無用です。便宜を図って呉れる方がいますから」

岸の言葉を待っていたかのように、背後の絨幕が大きく揺れた。

深紅の幕の割れ目から、黒地の洋服に身を包んだ小柄な娘が姿を現わした。

岸は立ち上がり、片手で娘を示す。

「紹介しましょう。彼女が小柳津義稙閣下の御令孫、小柳津千代子さんです」

四

特急あじあの食堂車は紫煙と喧噪（けんそう）に充ちていた。

大半は羽振りの良さそうな日本人商人だが、なかには赤ら顔の露西亜人や恰幅（かっぷく）の良い欧米の紳士などの姿もちらほらと見受けられる。皆、周囲のことなどには無関心な様子で飲み喰（く）らい、同伴者と笑い声を上げていた。

窓の外では闇の奔流が後ろへ後ろへと流れていた。

あじあが新京を発（た）った十七時四十分の時点で既に陽は落ちていたが、北に進むに連れて車窓の闇は更に深まっているようだった。外の様子は何も覗えず、硝子にはただ自分の顔だけが薄く映っていた。

月寒は、正面に腰を下ろした小柳津千代子に目線を戻した。

色の薄い娘だった。

無理に粧（よそお）っているのだろうが、肌だけでなく玉結び風の髪も、半開き気味の虹彩も、唇の色までもが総じて淡い。今年で二十一になるとのことだったが、一五〇にも充たないであろうその身長も相まって、傍目には親子と映っていても可怪しくはなかった。鼻筋もくっきりとして整った顔だ。間違いなく、十人いたら十人が美人と認める顔だろう。しかし、それらを塗り潰してしまうような千代子の幼い雰囲気が、彼女を女として認識させることを妨げていた。

露西亜人の女給が、台車を押しながら月寒たちの席にやって来た。白磁の洋碗をそれぞれの前に置き、そそと湯気の立つ珈琲を注ぐ。

「お酒は召し上がらないんですか」

「嗜む程度には。しかしまだ仕事中ですので」

岸の用意した車で新京駅へ向かう途中、月寒は千代子から身を隠していた非礼を詫びられた。

そもそも探偵を雇おうと云い出したのは岸だったらしい。千代子も同意はしたが、矢張りどんな男が来るのかは不安だった。そのため岸に断った上で、陰から確認することにした。耳を欹て、任せても良さそうだと判断が出来たら、千代子から岸に合図をする手筈になっていたのだそうだ。あの呼鈴がそれだったのだろう。

女給が去ったのを見届けてから、月寒は口を開いた。

「新京にはこのためにいらっしゃったんですか」

「いえ。新京には伯母夫婦が住んでいるのですが、伯母の方が肺尖加答児に罹りまして、日本へ帰ることになったのです。その引っ越しのお手伝いもありました。内地に戻るとなりますと、手続きが色々とありますので」

月寒は頷き、姿勢を正した。

「改めまして、月寒三四郎と申します。お引き受けした以上、出来る限りのことはさせて頂く積もりです」

千代子は黙って頭を下げた。

「早速ですが、幾つかお尋ねします。岸次長は、亡くなった瀧山氏と他の参加者の間に隠れた因縁のようなものがある筈だと仰っていました。晩餐会の席にいた貴女(あなた)は、それをどう思います」

「皆さんとは初対面だったと思います。何度も思い返してみたのですが、これといって気になるようなことはありませんでした」

「瀧山氏と二人きりで長く話し込んだり、若しくは、逆に避けているような素振りをした者は？」

「いらっしゃらなかったと思います。それに――」

千代子は白く細い手を重ね、声を潜めた。

「岸様はそうお考えになっていますが、私は違うと思うのです」

「と云いますと」

「狙われたのは、祖父だったんじゃないでしょうか」

返すべき言葉が咄嗟に見つからず、月寒は機械的に珈琲を啜った。

「何か、そう思われるような理由があるのですか」

「祖父宛に脅迫状が届いたのです」

「本当ですか」

「岸様にも、そのことはお話ししておりません。今は持ち合わせておりませんので、後日お見せします。内容は打刻文字で『三つの太陽を覺へてゐるか』と一行だけ。それに拳銃の弾が同封されていました。宛先にも屋敷の住所と祖父の名を打刻した紙が貼られていて、消印は哈爾浜市内でした。差出人の名はありません」

月寒は口のなかで三つの太陽と繰り返した。それ自体ぴんとくるような言葉ではなく、また何かを警告したり要求したりするような内容でもない。脅迫状と呼べるのかも疑わしいが、銃弾が添えられている以上、真っ当な手紙でないことだけは確かだろう。

「それについて閣下は何と」

「未だ見せてはおりません。祖父宛の手紙は全て私が封を開けて確認することになっていまして、それで気が付いたのです。こんなことは初めてでしたから秦と相談したのですが、止めておいた方がいいだろうということになりまして——ああ、秦というのは当家の執事と申しますか、家令のことです」

「そんな類いの物が閣下宛に届くこと自体、今までなかったのですか」

「初めてです」

「いつ届きました」

「晩餐会があった日のお昼過ぎです」

その夜の晩餐会で瀧山に毒が盛られたことを考えると、確かに無関係とは考え難い。

煙草を吸ってもよいかと尋ねると、構わないという返事が返ってきた。一本咥え、燐寸を擦る。千代子は不安そうな面持ちで、月寒の指先を見詰めていた。

「差出人に心当たりはありますか」

「ございません。ですが、祖父のことを疎ましく思っているであろう方々なら、心当たりがあります」

「誰です」

「関東軍司令部です」

煙草を持つ指先に、自ずと力が籠もる。予想外の答えに、月寒は少なからず動揺した。

「閣下は陸軍の長老じゃありませんか。それに、確か関東軍にも籍を置かれたことはあった筈だ。どうして古巣から疎まれるのです」

「祖父は、支那事変の戦線拡大に強く反対をしています。そのことを、司令部の方は快く思っていらっしゃいません」

「待って下さい、閣下は反戦主義に転向されたのですか」

　月寒は思わずそう訊き返した。

　日清日露の時分に少年期を過ごした月寒にとって、小柳津義稙といえば旅順作戦の広瀬中佐や遼陽の橘中佐と並んでその豪勇に憧憬を抱いた対象だった。奉天会戦での活躍を謳う記事を読んだ時の興奮は、今もはっきりと覚えている。「傷つく者は概ね怯者で、勇者は然からず」と豪語した猛将のイメージと今の千代子の話は、どうやっても繋げることが出来なかった。

　一方、昨年七月に北京市郊外の盧溝橋で勃発した日中両軍の軍事衝突に端を発する支那事変は、半年以上が経過した今でも泥沼の様相を呈していた。当初は現地解決、不拡大方針が掲げられていたが、上海、南京と戦線は徐々に拡大し、両軍共に延々と一進一退を繰り返している。

　そうではありませんと千代子は慌てた様子で首を横に振った。

「ただ、祖父は満洲国の掲げる五族協和の理念を固く信じております。愛しております。来るべきソヴィエトとの戦争も、中国との和平が前提だと常々申しておりました。それ故に開戦の一報に触れた際の怒りは激しいもので、今もことある毎に司令部の方を屋敷に呼びつけては、厳しい口調でお叱りになっているのです」

「だから、関東軍から疎まれていると？」

千代子は口を結んだまま、小さく頷いた。月寒は啞然とした思いを隠し、煙を吹いた。

転がり出した雪玉がどんどんと膨れ上がり、速さ大きさ共に手が付けられなくなっていくのを見ているような気持ちだった。しかし一方で、月寒の胸中には妙な高揚感も湧き始めていた。問題は、予想外の出来事に周囲が騒然となるのを、傍から眺めている時の気分に近い。予想外の出来事に周囲が騒然となるのを、傍から眺めている時の

灰皿の縁に煙草を置いて、何から尋ねるべきかを考えながら珈琲を口に含んだ。千代子も思い出したように洋碗を摘まみ、少しだけ口を付けた。

「しかし、閣下は既に退役将官の身です。勿論軍の長老であることに違いはありませんが、作戦の遂行に支障をきたす程の影響力があるとも思えない。無礼を承知で申し上げますが、鬱陶しく思われることこそあれ、命を狙われるまでいきますか」

「初めは私もそう思っていました。ですが阿閉大佐のお話では——ああ、阿閉様というのは晩餐会にもいらしていた関東軍の参謀部一課にお勤めの方なのですが、若手将校の間で、祖父が密かに蔣介石と結んで国民党を支援しているという噂がまことしやかに囁かれているそうなのです。もちろん、根も葉もない出鱈目です。ですがなかに

は、それを信じて祖父を斬ると息巻いている者もいると聞いています」

あり得ない話ではないと月寒は思った。若くて純粋な者ほど、自分たちが正しいと信じ込んだ時には始末が悪い。それが銃器を手にし得る軍人なら尚更だ。その最たるものが、昭和十一年二月の不祥事件だろう。

月寒は珈琲を飲み干し、片手を挙げて女給を呼んだ。追加の珈琲が二人分の洋碗に注がれる。

千代子は小さな手で洋碗を包み込むようにした。

「本当に、自分でもよく分からないのです。秀一さんが亡くなったという連絡を岸様から頂き、私は直ぐに新京へ向かいました。病気が原因ではないかも知れないと、つまり毒のことを教えられたのはその時です。私は直ぐに、阿閉様から教えて頂いた先ほどの話を思い出しました。秀一さんは誤って殺されたのだと、何か根拠がある訳ではございません、ただそう直感したのです」

千代子は小さく溜息を吐くと、脇の手鞄から一枚の紙片を取り出した。

「申し訳ありません、話が逸れましたね。こちらが、当日の参加者です」

卓子越しに受け取った紙面には、岸の説明通り七つの名前が列記されていた。

「小柳津の姓は閣下と貴女だけなんですね。失礼ですがご両親は」

「母は私を産んだ際に産褥熱で亡くなりました。六つまでは軍人でした父の手で育てられたのですが、その父も佐賀の歩兵第五十五連隊に勤めている時に流行(はや)りの風邪で亡くなりました。それで頼れる伝手(つて)が、先に申しました父の姉にあたる伯母夫婦と、母の血筋に当たります祖父だけになってしまい、結果的に予備役に入っていた祖父に引き取られることとなったのです。ですから、満洲に渡ったのもちょうどその頃でした」

「六つの時分で急に渡満とは、随分苦労をされたんじゃありませんか」

「仕方ありません。生きていくためですもの」

「日本に戻られたことは」

「ございません。ですからもうどんな風だったか忘れてしまいました。月寒様はお仕事でこちらに？」

「善く云えばそんなところです。ところで、こちらの雉鳩哲二郎氏は閣下の義弟とのことでしたが」

「祖母、小柳津武子(たけこ)の弟になります。今年で確か四十九で、哈爾浜高等工業学校にて教鞭(きょうべん)を執っております」

「お祖母(ばあ)様もいらっしゃるのですか」

「いいえ、既に亡くなりました。現在屋敷におりますのは、そこに名前が載っている私を入れた四人だけです」

「では雉鳩氏も同居をされていると。どんな方ですか」

「面白い人ですよ。自由人とでも云いましょうか。祖父の紹介で一度は奉天の工廠（こうしょう）に技術顧問として勤めておりましたが、そこの所長とそりが合わなかったようで、今は教職に身を置く傍ら、屋敷の離れにございます研究室で独自に軍需品の開発や改良を続けております。その内の幾つかは関東軍に採用されて、実際に前線で使用されているそうです」

「では専攻は機械工学ですか」

「有機化学です。元々は栄養剤の開発を依頼されたことから軍との関係が始まったと聞いています。今では専ら砲弾用火薬の改良のような重火器に関する依頼が主のようです」

「成る程。では次に、このヴァシリーサ・アレクシェーヴナ・ルキヤノヴァという方についてですが」

「ヴァシリーサさんは、祖父がシベリア出兵の際に親交を結んだ白軍司令官ルキヤノフ将軍のお嬢さまです。将軍は赤軍に囚（とら）われて処刑されてしまうのですが、祖父は将軍との友情の証（あかし）としてヴァシリーサさんを捜し、お屋敷にお迎えしたと聞いています。私が迎えられた際にはもう屋敷にいらっしゃいました。確か今年で三十五か六になられる筈で、今は薬剤師として市内の赤十字病院にお勤めです」

「どんな方ですか」

「何と申しますか、高潔な方ですね。革命のなかを生きてこられたからかも知れませんが、常に淡々とされていて、あまり感情を表には出されません。日本語もとてもお上手です。祖父と出会う前はナハロフカの酒場(キャバレー)で働いていらしたそうで、その頃からの仕込みだと仰っていました」

ナハロフカとは、哈爾浜西部の低湿地帯に広がる露西亜人貧民街の名だ。〝無頼漢(ナハール)の街(ロフカ)〟が語源になっているだけあって治安も悪く、良識ある日本人ならば余程のことがない限りは足を踏み入れることのない地区だった。ソヴィエト政権に敗れた白軍司令官の娘がそこで酌婦をしていたということは、つまりそういうことなのだろう。

月寒は取り出していた手帖に、哲二郎とヴァシリーサの素性を纏めた。

短くなった煙草を灰皿に棄て、ペンの先を招待客に移す。

「それに対してお客は三人。瀧山氏に関東軍の阿閉参謀、それに猿投商会の猿投社長。哲二郎氏やルキヤノヴァさんにも、瀧山氏の紹介は未だだったんですね」

「お屋敷には何度かおいでになったこともありましたが、大叔父やヴァシリーサさんは仕事で不在にしていることが多かったので。ですから今回の晩餐会は、秀一さんの紹介も兼ねてだったのですが」

千代子は遠くを見るような目つきになった。月寒はペンを置き、二本目の煙草に火を点けた。

「阿閉大佐と猿投社長は、閣下とどういうご関係なんです」

「大佐は祖父が近衛師団長時代の部下で、猿投様は祖父の現役時代からお付き合いのある御用商です」

「晩餐会は毎月催されていたそうですが、参加者はいつもこの面々だったのですか」

「そうですね。元々は違ったのです。祖父は家族の繋がりというものを重んじておりまして、月に一度は必ず揃って食事を摂ることが決まっていました。普段はお仕事で不在のことが多い大叔父やヴァシリーサさんも、必ず顔を出すことに決まっていました。二年ほど前からそこに祖父のお知り合いの方もお招きするようになり、最終的に大佐と猿投様が残ったという訳です」

「生憎とそういった席には縁のない生活を送ってきましたからいまひとつ分からないのですが、それは皆さん揃って豪華な料理を召し上がりながら、和気藹々とお話をされる感じなんですか」

千代子は言葉に詰まり、それはと云い難そうに続けた。解れた髪が一筋、はらりと額に垂れた。

「必ずしもそうではありませんでした。殊に支那事変が始まって以降は、祖父が皆様をお叱りになる場だったと申しましても相違はありません」

「阿閉大佐だけじゃないんですか」

髪を直そうとした千代子の手が洋碗に触れ、洋碗皿（ソーサー）の銀匙（スプーン）が金属質な音を立てた。それがまるで銅鑼（どら）の音であったかのように、千代子は慌てて身を縮み込まらせた。

「失礼しました。ええとそれで、大佐はもちろんのこと、猿投様と大叔父、それにあの晩はヴァシリーサさんもです。猿投様は投資も含めて今回の戦争で随分と稼がれていることを、大叔父は司令部から新型砲弾の作製依頼を引き受けたことを祖父に指摘されてお叱りを受けていました。ヴァシリーサさんは、阿閉様の伝手で関東軍の防疫給水部のお手伝いをしていらっしゃるのですが、どういう訳か祖父はそれも知っておりまして、酷（ひど）くお怒りでした。秀一さんもいらしたので、出来れば祖父には堪えて欲しかったのですが。そうお願いする訳にもまいりませんので」

「瀧山氏は驚かれたでしょうね」

「事前に説明はしたのですが。それでも、はい」

「それで、皆さんはそれに対してどんな反応をされるんです」

「黙って聞いておられます」

「云い返したりはされないんですね」

千代子は目線を伏せたまま、ええと答えた。

「それはもう、祖父の言葉は絶対ですので」

「しかし、そんなことが続くのに、皆さんは晩餐会に来られるんですか」

「大佐や猿投様が祖父のことをどう思っていらっしゃるのかは分かりませんが、今のところ一度も欠かさずにお越し頂いております」

行かなかった方が後で厄介になるからだろうか。そうだとしたら、それだけ小柳津義稙の影響力は未だ大きいことになる。

「よく分かりました。当日の様子などは、実際にお屋敷を訪ねた時に伺いたいと思っています。よければ、明日の午後にでもお訪ねしたいのですが」

「結構です。家の者には何と云えばよいでしょうか」

「瀧山氏が亡くなったことは云って頂いて結構です。それに、私のことは保険会社に雇われた探偵ということにしておいて下さい。大々的に乗り込んでいって瀧山氏の死に不審な点があると誇示した方が、犯人に対する牽制(けんせい)にもなります」

分かりましたと千代子は頷いた。

「もう一つお願いがあります。場合によっては、岸次長に、閣下が狙われているかも知れないという貴女の懸念を伝えても問題はありませんか。勿論、飽くまで可能性のひとつだと強調した上でです」

「必要なのでしたら、勿論構いません」

月寒は煙草の灰を落とし、続きの情報を手帖に纏めた。

不意に千代子が月寒の名を呼んだ。顔を上げると、千代子は砂糖を珈琲に落としているところだった。

「月寒様は、満洲に来られて何年目になりますか」

「どうでしょう、もう十五年近くにはなると思います」

「お好きですか、この国は」

「さて、好きではありませんが、かと云って他に行く所もありませんから」

そうですかと千代子は可笑しそうに云った。

月寒は紙面に目を落とし、何を尋ねるべきかゆっくりと考えた。急ぐ話でもない。何せ哈爾浜まではあと四時間近くあるのだから。

等間隔の節奏を刻みながら、特急あじあは闇のなかを疾走していく。

五.

哈爾浜という街は、大きく分けて六つの地区から成っている。

官公衙の集う中心部「新市街」、鉄道沿線に広がる北西部の商業区「埠頭区」、白系露人の貧民街である西部の低湿地帯「ナハロフカ」、北東部に広がる一大中国人街「傅家甸（フージャデン）」、埠頭区と傅家甸に挟まれた工場及び倉庫地帯「八区（パーチエン）」、そして南部に拓（ひら）けた日満露の新興住宅街「馬家溝（マチヤコウ）」である。

小柳津家の屋敷は、新市街から南東に二〇粁（キロメートル）ほど離れた馬家溝の丘陵地帯にあった。

月寒は久々に貸し車庫から自動車を出し、大通りを南へ向かっていた。

のろのろと進む俥（くるま）を避けて、加速足踏桿（アクセル・ペダル）を踏む。車は人で溢（あふ）れる雑多な新市街を抜け、整然と並んだ新興住宅街に入りつつあった。地図で調べた限りでは、あと十分ほどで屋敷の姿が見えてくる筈だった。

住宅街も抜け、車は富裕層向けの別荘地に入った。なだらかな丘の路（みち）を進むに連れて、別荘の数も次第に少なくなっていく。やがて裸樹と岩だらけの景色となり、その先に漸く小柳津邸の頑丈な門が姿を現わした。

葉を落とした楡（にれ）の脇に車を駐め、月寒は助手席の鞄を携えて外に出た。

遮る物が何もないせいか、吹き付ける風は頬を削（そ）ぐようだった。月寒は咄嗟に口元まで首巻を引き上げる。眼下に広がる馬家溝の街並は、無数の煙突から立ち上る煤煙ですっかり霞（かす）んでいた。

灰色に凍った地面を踏み締めて、向こうに見える鉄柵（てっさく）の正門を目指す。道の脇には、風雨に晒され続けて岩塩のようになった岩が所々顔を覗かせていた。

石造りの門柱には、大きな瓜型の門灯が左右に設えられていた。提灯を象った物と思われ、磨硝子には向かい合った百足の文様が描かれている。どうやらこれが、小柳津家の家紋のようだ。

数歩下がり、閉じられた門扉越しに改めてその偉容を仰ぎ見た。

荒涼とした風景を背に聳え建つその建物は、屋敷と云うよりも館、むしろ城館と呼んだ方が相応しいような代物だった。

堅牢な石造りの塀で囲まれた、二階建ての西洋館だ。目が覚めるような赤煉瓦造りで、ここに来るまでの道中でよく見掛けた露西亜人富豪の邸宅とは異なり、曲線や装飾に乏しい無骨な造りだった。奥に備えた天を突くような楼塔の屋根では、鉄製と思われる黒い風見鶏がきいきいと風に啼いていた。

正門脇の通用門に手を掛けるが、内側から鍵が掛かっていた。時計を見ると針は正午の五分前を指している。千代子には、正午に訪ねると云ってあった。

裏に回るべきかと考え始めた時、正面に見える表玄関の扉が開いた。なかからは分厚い毛皮外套を着込んだ一組の男女が姿を現わした。

男は黒眼鏡を掛けた老人で、杖を突きながら片脚を引き摺るようにしてこちらへ向かって来る。女の方は千代子だった。

「少々お待ち下さい。すぐに開けますので」

錠の外れる音と共に扉が開いた。月寒は招かれるまま、敷地内に足を踏み入れる。

翻る髪を押さえながら、千代子は笑顔を見せた。

「よくお越し下さいました。さあ冷えますからどうぞなかへ。こちらが家令の秦です」

「秦勇作（ゆうさく）でございます。どうぞお見知りおきを」

千代子に示された老人が、身体を傾けながら深々と頭を下げた。

小柳津家の使用人についても、月寒は昨日のあじあ車中で一通りの説明を受けていた。

家令の秦を筆頭に、露西亜人で下婢（メイド）のリューリ、満人で運転手の孫回雨（ソンフイ）、蒙古（もうこ）人で用人兼哲二郎の助手のネルグイ、それに料理人の駒田源三郎（こまだげんざぶろう）と、小柳津邸には都合五人の使用人が雇われていた。運転手の孫のみ通いだが、残りの四人は屋敷で住人たちと寝食を共にしているらしい。敢えて色々な民族を交えているのは、五族協和の理念を愛する義稙の方針だそうだ。

秦勇作は、小柳津家の家事全般を監督する男だった。こちらも軍人上がりで、シベリア出兵の際に傷を負って退役を余儀なくされたところ、副官として長らく行動を共にした義稙に拾われ、以降二十年近く家令として仕えている。千代子の説明に因ればその左目は義眼で、歩行が不自由なのもシベリア従軍中の傷が原因なのだという。濃い口髭を蓄えた皺だらけの顔は年老いた庭師を思わせたが、黒い透鏡（レンズ）越しに覗う目付きの悪さは確かに軍人のそれだった。

「鞄をお預かりします。本日はお車でお越しになりましたか」

「ええ、楡の木の側に駐めてあります。通行の邪魔にはならないでしょう」

「よろしければ車庫に移させて頂きますが」

「いいんですか？　では車だけお願いしましょうか」

「畏（かしこ）まりました。ご安心を、私ではなく運転手に命じますので」

保険会社の雇われ探偵という身分を弁（わきま）えた上での躊躇いだったが、それをどう採ったのか、秦は鍵を受け取りながら穏やかな口調でそう云った。月寒は曖昧な笑みを返し、千代子に従って表玄関に足を向けた。秦はもう一度頭を下げて、月寒たちとは別の方向に歩いて行った。

灰色に凍てつき風化した門外とは打って変わり、前庭は緑の映える一面の芝生作りだった。

中央には舗石の整った車道が整備されており、途中から大きな弧を描いて屋敷前の車寄せ（ポーチ）へ向かっている。車回し（ターニング）の花苑（かえん）では、端正に植えられた冬菊が白い頭を風に揺らしていた。

左右に目を遣ると、青々とした芝生の向こうでは背の高い唐松が幹枝を風に晒していた。鬱蒼(うっそう)としたその木立は月寒に、『神曲』にも謳われた自殺者の黒い森を思い出させた。

「祖父をはじめ、家の者には秀一さんのことを説明しておきました。その調査で調査員の方が今日おいでになるということもお伝えしてあります」

「皆さんの反応はどうでしたか」

千代子はゆるゆると首を振った。

「何もありませんでした、哀しいことですが」

車寄せを抜け、靴底にこびり付いた泥雪を落としてから玄関に入る。

二重扉を過ぎると、すぐに洋式広間(ホール)だった。暖炉の類いは見当たらないが、それでも包まれるような暖かさだ。千代子にそう告げると、旧式ではあるものの全館集中暖房(セントラル・ヒーティング)を導入しているのだという答えが返ってきた。地下の大型汽罐(ボイラ)で沸かした湯が、壁の配管を通って屋敷中を暖めているのだそうだ。

二階へと続く階段の脇から、欧風前掛け(ピナフォア)を纏った背の低い露西亜人の娘が姿を現わした。大きな碧眼(へきがん)が特徴的で、千代子よりは年長に見える。天窓から差し込む陽を浴びて、宝冠(コロネット・キャップ)帽の載った白金色(プラチナ)の髪はきらきらと輝いていた。

「下婢(メイド)のリューリです。さあリューリ、月寒様のお荷物をお預かりして」

千代子と月寒から外套を受け取ったリューリは、一礼して階段下の小部屋に入っていった。

　導かれるまま、二階へ上がる。

二階洋式広間（ホール）の右奥には、鉄柵で囲まれた旧式の昇降機が備え付けてあった。

「祖父のために作らせた物です。少し前から脚を悪くして、車椅子を使っておりますもので」

月寒の視線に気付いたのか、千代子がそう説明した。

「お怪我でもされたのですか」

　千代子は首を横に振り、糖尿病の悪化が原因だと語った。

　右手の廊下を進む。廊下の左右には二つずつ、計四つの扉が並んでいた。

　千代子は右奥の扉の前に立ち、控えめにノックした。渓谷と昇り龍が彫られた中華趣味（シノワズリ）の扉には、「Study」という金色札（プレート）が設えられていた。

「お祖父（じい）さま、月寒様をお連れしました」

　扉の向こうから何かが聞こえた。注意しなければ人の声とは気付かない、紙を握り潰すような微かな音声だった。

　千代子は、はいと答えてから扉を開けた。

　紅の絨毯が一面に敷かれた広い部屋だった。「Study（書斎）」の名に違わず、左右の壁は暖炉を除いて書棚で埋め尽くされている。中央には丸い卓子（テーブル）と、それを囲むように三脚の肘掛け椅子が置かれていた。

正面にある閉じた絨幕の前には、緩く弧を描いた書斎卓があった。そして、皓々とした卓上灯の照らすその卓子からは、枯れ木のように痩せた禿頭の老人が車椅子に掛けたままこちらを睨んでいた。

目線の高さを変えぬまま、老人は音もなく身体ごと右を向いた。千代子は小走りに駆け寄り、老人の車椅子を後ろから押した。二人が丸卓子に寄るのに併せて、月寒も足を進めた。

「ご多用中のところ畏れ入ります、瀧山秀一氏の件で調査にまいりました、月寒三四郎と申します」

月寒は頭を垂れ、取り出した名刺を卓上に載せた。

老人は名刺を一瞥した後、千代子に向けて軽く首を捻った。

「用があったら呼ぶ。お前は席を外せ」

何日も水を口にしていないような、嗄れきった声だった。千代子は驚いたような顔になったが、それでも不安そうな眼差しを残して退出した。

老人は口を結んだまま、落ち窪んだ眼窩の底から、月寒の姿をゆっくりと見廻した。猜疑の色が刷かれた瞳の動きは、腰の上から頭の先まで、舐め回すようにきっちりと二往復した。

月寒は卓子の側に立ったまま、同じように相手の姿を観察することにした。

肉がすっかり削ぎ落とされたその形様は、骨と羽毛だけになった鳥の死骸(しがい)を思わせた。頭蓋(ずがい)骨に薄皮を貼り付けただけの頭部も、厚手の毛皮着(ガウン)から覗く細い腕もみな白樺(しらかば)の樹皮のように白く、所々に緑とも茶色ともつかない染みが浮かんでいた。遥(はる)か昔に報道写真で見た、豊かな頬肉に口髭を蓄えた日露戦役の英雄の面影は、最早(もはや)何処にも見つけ出すことが出来なかった。

「掛けろ、私が小柳津だ」

すうすうという瓦斯(ガス)漏れのような息遣いと共に、小柳津義植はそう云った。月寒は云い付け通り、手前の肘掛け椅子に腰を下ろした。

「瀧山が死んだというのは本当か」

「はい。死亡診断書も持参しました。よろしければご覧になりますか」

「殺されたんだろう」

鞄に伸ばしかけた手を止め、月寒は義植に顔を向けた。生白い顔には、何の感情も浮かんではいない。

「答えろ、奴は毒を嚥まされたのか」

「断言は出来ませんが、その可能性は非常に高いと考えています」

絡んだ痰を切るように喉を鳴らし、義植はそうかと唸(うな)った。

「失礼ですが、閣下はどうしてそうお考えになられたのですか」

「私の料理に毒を盛りそうな奴が、あの席には山ほどいたからだ」

その日の天気について話すような口振りだった。月寒は手帖を取り出し、白い頁を開いた。

「その辺りについて詳しくお聞かせ下さい」

義植は唇を結んだまま、微動だにしなかった。視線はこちらを向いているが、決して月寒を見ている訳ではない。卓子上の虚空を睨んでいるようだった。聞こえなかったのか、答え倦ねているのか、それとも答える気がないのか。問い返すのも躊躇われたので、月寒はペンを構えたまま相手の言葉を待った。

かさかさに乾いたその唇が再び開かれたのは、たっぷり二分近く経ってからだった。

「保険会社というのは嘘なんだろう。誰が貴様を雇った。千代子か」

「申し訳ありませんが、依頼主に関しては迂闊（うかつ）に口に出来ません。ご容赦下さい」

義植は目を薄くして、車椅子の肘掛け（ひじかけ）にあった赤い釦（ボタン）を押した。

鋭く甲高い呼鈴（ベル）の音が室内に響き渡り、直ぐに千代子が姿を現わした。

「お呼びですか」

義植はゆっくりと手を動かし、車椅子を扉の方に向けた。

「千代子。この探偵を雇ったのはお前か」

千代子は一瞬だけ月寒に目を向け、そうですと答えた。

「岸様からご紹介を頂いて、私が調査をお願いしました」

その途端、蠟面のようだった義稙の顔が、見る見る内に赤黒く染まっていった。染みの浮かんだ頭部には、蚯蚓のような血管が幾本も浮かび上がる。半開きの口からは、荒い息と共に声にならない呻き声が漏れていた。

「どうしてそんな勝手な真似をした。あの若造が死んだからか」

「違います。私は、お祖父さまが狙われているのではないかと思ったのです」

千代子の言葉は効果的だった。赤紫に染まっていた義稙の顔は、洗い流されたように元の色へ戻っていった。それに併せて、口元の皺も妙な具合に伸ばされていく。剝き出しになった歯茎はすっかり痩せ細り、黄ばんだ歯と歯の間には大きな隙間ができていた。月寒の位置からだと、それは醜悪な笑顔にも見えなくはなかった。

車椅子が再び卓子の方を向く。その顔は無表情に戻っていた。

「信介の紹介だと云ったな」

「そのようなものです」

「なら腕はいいのだろう。信用は出来んが」

蒼白い眉間に皺を刻み、義稙は鼻を鳴らす。月寒は苦笑した。

「瀧山が死んだのは事故だ。誰が毒を盛ったのかは知らんが、そいつが本当に殺したかったのはこの私だったのだろう」

月寒は卓子の側に立つ千代子を盗み見た。困惑したような顔と目が合う。どうやらこれは、千代子にとっても予想外の展開だったようだ。

義稙は肘掛けを摑み、背もたれから身体を引き剝がすような動作で身を乗り出した。千代子が慌てて駆け寄ろうとするが、義稙は蠅を払うような仕草でそれを遮った。

「支那事変について、閣下は関東軍と考えを異にしていらっしゃると伺いました」

「司令部には莫迦しかおらんのだ。探偵、貴様はどうだ。あれに賛成か、それとも反対か」

「せっかく軌道に乗り始めた満洲国内産業の育成が後回しになるのは惜しいことです。それに、何より支那は広い。持久戦に持ち込まれたら泥沼でしょう」

「詰まらん答えだな。だがまあ間違ってはおらん。貴様のような素人でも分かることが理解出来んのだ、あの莫迦共には」

義稙は顔を顰め、長く爪が伸びた指先で車椅子の肘掛けを叩き始めた。

「つまり、関東軍が閣下の暗殺を企てたとお考えなのですね。そして瀧山氏はその陰謀に巻き込まれた」

「哲二郎、ヴァシリーサ、阿閉に半造か。皆、金のためなら何でもやるようなろくでなしばかりだ。使用人どもも、秦以外は金さえ積まれたら喜んで毒を盛るだろう。若しかしたら、全員が示し合わせているのかも知れんがな」

義植は嗄れた声で笑った。円匙で凍原を掘るような音だった。月寒は手帖に四人の名前を書き、その下に《戦争》と《遺産》の二つを書き足した。

義植は亀のように首を伸ばし、千代子に顔を向けた。冷ややかな笑みは、既にその顔面から拭われていた。

「この探偵に幾ら払った」

「岸様と相談を致しまして、まずは三百円をお渡ししました」

「随分と貪るな。余程仕事が出来ると見える。まあいいだろう。わざわざ人を使うのも面倒だと思っていたが、どいつが私を殺そうとしたのか確かめるのも面白い。探偵、貴様がこの屋敷を自由に嗅ぎ廻ることを許す」

義植は毛皮着のポケットに手を入れ、金縁のペンを取り出した。緩慢な動作で再び身を乗り出し、月寒の置いた名刺を裏返して何かを短く書き記した。目を薄めて確認すると、震えるようなか細い文字で「信用ノオケル者也　小柳津義植」とあった。

「これを見せれば大抵の所では融通が利く。分かったらさっさと行け、金の分はしっかり働けよ」

義植はそこまで云うと、車椅子の背に凭れ掛かったまま瞼を閉じた。喋り疲れたのか、深い鼻呼吸を繰り返している。

千代子が駆け寄り、その耳元で何か囁いた。義稙は目を閉じたまま、ああと短く答えた。

月寒は手帖を上着のポケットにしまい、腰を上げた。二人に頭を下げ、鞄を持って扉に向かう。

扉を閉める間際、奥の戸棚から薬箱のような物を取り出す千代子の姿が一瞬だけ見えた。

後ろ手に扉を閉め、月寒は近くの壁に寄り掛かって千代子が出てくるのを待った。

六.

千代子(ちよこ)が部屋から出て来たのは、五分ほど待った後だった。

「申し訳ありません、お待たせをしました」

「お気になさらず。しかし、随分と事情が違いましたね」

「私も驚きました。秀一(しゅういち)さんのことをお伝えした時はそんな素振りもなかったのですが」

千代子は困惑した顔で、書斎の扉を振り返った。

「確認ですが、閣下に脅迫状のことは」

「伝えておりません」

「それなのに、閣下はご自分が狙われていると思われた訳ですか」

月寒は頬に手を当てた。

「閣下は、貴女と秦氏以外の四人を金のためなら何でもやるようなろくでなしだと表現しました。そのことについてはどう思われます」

「真逆、そんなことはありません」

「立ち入ったことを伺うようですが、お宅の資産状況はどうなんです。云ってしまえば、閣下が亡くなった時に誰が得をするかということなんですが」

「お陰さまで、ある程度は不自由なく暮らせていけております。資産としては、確か現金の他に有価証券と鞍山にある幾つかの炭鉱の採掘権もあったと思います。詳しいことは秦にご確認下さい」

「ルキヤノヴァさんは単なる居候なのですか。それとも、閣下との間に養子縁組のようなものがあったりするのですか」

「そういう話が持ち上がったこともあるそうですが、結局立ち消えになったと聞いています。ヴァシリーサさんの方から固辞されたそうです」

つまり小柳津(おやいづ)義稙(よしたね)の血族は哲二郎(てつじろう)と千代子の二人ということになる。月寒は胸の裡(うち)にそれを書き留め、次は食堂が見たい旨を千代子に申し出た。

ご案内しますと千代子が先を進んだ。幾ら乱暴に歩いても足音はしないであろう絨毯(じゅうたん)を踏み締め、月寒はその背に従った。

食堂は修道院を思わせるような造りだった。

漆喰(しっくい)で塗り固められた白い壁には、嵌(は)め殺しの二重窓が等間隔に並んでいる。天井からは鈍く光る真鍮(しんちゅう)製の吊り照明(シャンデリア)が下がっており、その真下には、巨大な晩餐卓(ダイニング・テーブル)が設(しつら)えられていた。

出入り口は、洋式広間(ホール)から入ってきた今の扉を除いて二つ存在した。千代子はそれぞれを手で示しながら、奥が厨房(ちゅうぼう)へ繋(つな)がる物、手前が居間(ラウンジ)へ続く物だと説明した。

晩餐卓の上には、ぴかぴかに磨かれた銀の燭台(しょくだい)と紅(あか)い造花の三日月花束(クレセント・ブーケ)が飾られていた。椅子は手前に三つ、奥に三つずつ並べられている。かなりの距離を空けてそれなので、間を詰めれば五人分は余裕で用意出来るだろう。

それら六脚は紫檀(したん)の肘掛け椅子(アームチェア)だが、向かって左側の上座には、毛皮の掛かった籐(とう)椅子が置かれていた。主人席(ホスト)である。

晩餐卓に寄り、晩餐会当夜の配席を尋ねてみる。千代子は月寒の隣を歩きながら、思い出すように一つ一つを手で示していった。

主人席に掛けた義稙を起点に、奥が千代子、猿投、ヴァシリーサ、手前が瀧山、阿閉、哲二郎だった。席順は前以て決められており、予め席札も置かれていたそうだ。

「当日の料理はどんな献立だったんですか」

「露西亜料理でした。詳しいことは料理人に説明をさせましょう。この時間ならまだ厨房にいる筈です」

厨房では、背の低い男がこちらに背を向けて調理台を磨いていた。音に気付いて振り向いた顔は闖入者を咎めるようなものだったが、相手が千代子だと分かり慌てて改めていた。

「当家の料理人の駒田源三郎です。あの晩も、料理はこの者が手掛けました」

駒田は頭の料理帽を取り、その場で頭を下げた。つるつるに剃られた禿頭が、照明を反射して光っていた。髪がないせいで分かりにくいが、歳のほどは五十に掛かるぐらいだろう。妙に蒼白く、浮腫んだ顔付きの男だった。

「こちらが、今朝話した探偵の方です。あの晩のことで幾つか尋ねたいことがあるそうですから、ちゃんと答えなさい。嘘を吐いたり誤魔化したりしては駄目ですよ」

千代子は一歩踏み出した。先ほどまでとは打って変わって威厳のある声だった。駒田はぼそぼそと何かをつぶやきながら、小走りに調理台を廻って月寒たちの前まで来た。

「駒田でございます。何でもお訊き下さい」

「後片付けの途中だったようだが、そっちはいいのか」

「はい、それは勿論です」

駒田に限らず証言は手帖に書き留めておきたかったので、千代子に断って食堂に戻ることにした。駒田を椅子に掛けさせ、月寒は千代子と並んでその正面に腰を下ろした。

千代子がどう説明したのかは分からないが、布巾を握り締めたまま目を泳がせる駒田の表情は、法廷に引き出された罪人のそれだった。考えてみれば、自分の出した料理のせいで人が――しかも主の客人が命を落としたのかも知れない訳だから、そんな顔になるのも無理はないのかも知れない。

「先ず訊きたいのは、あの日にどんな料理が出されたかだ。露西亜料理だったと聞いているが、何か記録は残しているのか」

「ええ、勿論です」

油染みのついた調理服から手帖を取り出した駒田は、指を舐めつつその内の一頁を開いた。身を乗り出して月寒にその頁を見せながら、列記された料理名を早口で説明し始めた。

蚯蚓が痙攣したような文字は判読出来なかったが、口頭での説明を纏めると、前菜は鰊の酢漬け、河海老の燻製、冷凍牛肉の削り落とし、豚脂の塩漬け、練り物からなる冷菜の五種盛り合わせで、第一の料理がボルシチ、第二の料理が茸と鶏肉の壺焼き、第三の料理が仔羊の串焼きで、デザートには牛乳氷菓と珈琲が饗されたらしい。

それらを手帖に書き留めながら、月寒は敢えて顔を伏せたまま駒田の名を呼んだ。

「お嬢さんから既に聞いているかも知れないが、先日の晩餐会に参加された瀧山秀一氏が、翌日になって体調を崩され、その後急逝された。瀧山氏にはこれといった持病もなかったから、晩餐会の席上で口にした物、つまりお前の作った料理が原因となった可能性が高い。それについて何か思うことはあるか」

駒田はこの世の終わりのような顔になった。

「そんなことは決してありません。食材はどれも前日に仕入れたものですし、全ての料理を私が味見をしております。それに、盛り付けこそ別の皿ですが、どれも同じ鍋や釜で調理しておりますから、若し食材が傷んでいたなどありましたら、他にも体調を崩される方が出る筈です」

「料理はどれも同じだったんだな」

「勿論そうです」

「ならばお前の云う通りかも知れんな。しかしそうなると、今度は瀧山氏が斃れた理由が分からなくなる。料理が悪いのでなければ、毒でも盛られたのか？」

駒田の顔色はいよいよ悪くなった。

「毒だなんて、そんな」

「何か思うことがあるのなら、先に告白しておいた方が身のためだぞ」

「とんでもないことです。私は何も知りません」

駒田はぶるぶると頭(かぶり)を振る。月寒は少しだけ語調を緩めた。

「話は変わるが、料理は全部お前一人で作ったのか」

「そうです。前日の晩から仕込みを行って、本格的に調理を始めたのはその日の昼食を済ませた後でした」

「誰かに手伝って貰(もら)ったりは」

「閣下のご命令でルキヤノヴァ様に味を見て頂きましたが、それ以外は特に。しかしそれが一体」

「要は、お前の目を盗んで料理に毒を混ぜることが可能だったかどうかだ」

駒田は口ごもり、不可能ではないという曖昧(あいまい)な返事をした。

配膳について尋ねると、駒田が厨房で盛り付けた物を、リューリが台車(ワゴン)に載せて運んだという答えが返ってきた。千代子も、それに間違いないと横から言葉を挟んだ。

ペンの尻(しり)を額に当て、月寒は頭のなかで今の証言を反芻(はんすう)した。

事件について考えた際、先ず引っ掛かったのはその点だった。露西亜料理のように個別で一皿ずつ饗される形式の場合、狙った相手に毒を嚥ませようと思ったら、必ずその皿を相手の前に出さねばならない。そしてそれは料理を配る者――今回ならば下婢のリューリの判断に委ねられる。

若し駒田が、または駒田の目を盗んだ何者かが完成した料理に毒を盛ったのだとしても、その時点では未だ、目の前の皿が誰の手元に行くのかは予見のしようもない筈なのだ。

唯一この問題に囚われないのは、云う迄もなく配膳係のリューリである。しかし一方で、そんな自分しか疑われ得ないような方法を敢えて採るだろうか。月寒にはそこが引っ掛かっていた。

「晩餐会は毎月開催されるそうだが、いつも同じ献立なのか」

「いいえ、毎回閣下がお決めになります。先月は日本料理でした。おおまかなイメージのようなものを閣下が仰るので、私はそれから具体的な料理を考えて品書きをお出しします。閣下がそれに手を加えられて、最終的な献立が決まります。勿論、当日になって変わることもあります」

「なら、今回の露西亜料理の献立も小柳津閣下が考えられた訳だな」

「そうです」

「飲み物はどうなんだ。葡萄酒（ワイン）やウオツカが出たりするのか」

「食事の時にお酒は出ないのです」

　千代子が横から口を挟んだ。

「祖父がもうお酒を嗜（たしな）まなくなりましたので、皆さんも遠慮をなさって最近は専らお水か炭酸水ばかりです。お酒が出るのは、食後、祖父が自室に戻った後ですね。皆さんが居間（ラウンジ）で談笑される時にお出しするのが慣習となっています。あの晩もそうでした。阿閉様がお酒にお詳しいので、食料庫にあるなかから選んで頂いて、皆さんにお出ししました」

「皆さんというのは」

「祖父を除いた大叔父（おおおじ）、ヴァシリーサさん、阿閉様、猿投様、それに秀一さんの五名……ああ私も入れたら六名ですね。皆さんはウオツカで、私は炭酸水を頂きました」

「時間帯的にはいつ頃でしたか」

「晩餐会が始まったのは五時で、食事が済み祖父が自室に戻ったのは七時少し前でした。その後、居間（ラウンジ）で皆さんお酒を召し上がりながらお話をされて、八時には解散したように記憶しています」

　駒田への質問を続けようと思った矢先、背後から扉の開く音が響いた。振り返ると、皺（しわ）だらけの白衣を纏った男が入って来るところだった。

「千代子、そいつが例の探偵か」

白衣のポケットに手を突っ込んだまま、男は値踏みするような目で月寒を見た。肩幅が広く、軍人のように頑強な身体つきだった。背丈も一七五はあるだろうか。身形には余り気を払わないのか、顔の下半分は胡麻塩のような無精髭に覆われ、白い物の交じった蓬髪は長年櫛を入れたことがなさそうな具合だった。

「月寒様、こちらが大叔父の雉鳩哲二郎です」

「雉鳩だ。哈爾浜高等工業学校で教鞭を執っている」

「月寒三四郎と申します。どうぞよろしく」

月寒は立ち上がり、差し出された手を握り返した。尤も相手に握手をする気はなかったようで、殆ど掌を触れ合わせるだけの仕草に終わった。かさかさに乾いた相手の掌は硬く、煉瓦を撫でているような感触だった。

「義兄さんとはもう話したのか」

「小柳津閣下には先ほどご挨拶を。遠慮なく屋敷内を捜索するようにとのことでした」

「そいつはよかった。まあ掛けろ。千代子も座りなさい。駒田、茶を三つ持ってこい。あと俺の昼飯もだ。そこまで腹は減ってないから、サンドイッチか握飯か、何か軽めの物にしろ」

駒田はいそいそと立ち上がり、厨房へ消えた。

哲二郎は晩餐卓を廻り、月寒たちの向かいに腰を下ろした。

「失敬。それで、結局いったい何がどうなってるんだ。千代子の説明がいまひとつ要領を得なくてな」

「先日の晩餐会に参加された瀧山秀一氏が急逝されました。その件について調べています」

「保険会社の依頼で動いているんだったか」

月寒がそうだと答えると、哲二郎は興味を唆(そそ)られたような顔で身体を動かした。

「要は普通の死に方じゃなかったって訳だ。謀殺の可能性もありってことか？」

「未だ調査を始めたばかりですので何とも。ですが、その可能性も否定は出来ません」

大きな盆を携えた駒田が厨房から現われ、三人の前に白磁の洋碗(カップ)を並べる。なみなみと注がれた琥珀(こはく)色の紅茶が、香(かぐわ)しい湯気を立てる。

「私からも幾つかお尋ねしたいのですが」

「勿論構わんよ。何でも訊いて呉(く)れ」

「瀧山氏とお会いになったのはあの晩が初めてだったとお聞きしましたが、それは本当ですか」

「名前は聞いていたがね。岸信介(きしのぶすけ)君の秘書だったか？　実際に会ったのはあれが初めてだ。それで最後になった」

　そう云ってから哲二郎は視線を移し、直ぐに笑いながら冗談だよと付け足した。隣の千代子がどんな顔をしたのかは、月寒からでは分からなかった。

「その瀧山氏ですが、貴方の目にはどんな人物に映りましたか」

「好青年だったな。大蔵省からの出向組だと聞いていたから、どんな青臭い奴が来るのかと思っていたんだが、なかなかどうしてしっかりとした若者だった」

「何かお話をされましたか」

「満洲(まんしゅう)国の産業育成について少しな。猿投君や大佐も交えてだが」

「それは晩餐会の最中にですか」

「あの場でそんな話をしたら義兄さんに何て云われるか。食事が済んだ後に、酒を飲みながらだ」

「晩餐会の席上では、閣下と皆さんの間でちょっとした口論があったと聞いています」

「口論というのは正しくないな。私たちはお叱りを受けていたんだ。まあいつものことだから、今更どうってこともないがね」

「阿閉大佐や猿投社長だけでなく、貴方(あなた)もそのお叱りを受けたのですか」

「俺だけじゃない、ヴァシリーサもだ。薬局の給料が悪いからって、あいつは大佐に媚(こ)びて軍の研究施設を紹介して貰ったんだ」

　まさかと千代子が口を開いた。

「お祖父さまにそれを教えたのは、叔父さまだったのですか」

「当たりだ。ヴァシリーサには云うなよ」

洋碗を手にしたまま、哲二郎は薄く笑った。

厨房の扉が開き、駒田が再び姿を現わした。お待たせしましたと哲二郎の前に出された皿には、厚切りの黒麵麭にパセリを添えた料理が載っている。腸詰サンドイッチのようだ。

「先ほど閣下にもお話を伺ってきたのですが、少し興味深いことを仰っていました」

「何だ」

「瀧山は自分の代わりに殺された、犯人の本当の狙いは自分だったと」

サンドイッチに齧り付いていた哲二郎が顔を上げた。その勢いで気管にでも入ったのか、噎せながら紅茶を飲み、何を云うんだと声を荒げた。

「下らん冗談は止せ。おい千代子、本当なのか」

千代子は唇を結んだまま、顎を引くようにして頷いた。

「莫迦莫迦しい、そんなものは義兄さんの妄想だ。いよいよ頭までおかしくなったのか」

「叔父さま、お客様の前ですので」

「客じゃないだろこいつは」

「叔父さま」

哲二郎は舌打ちし、分かったよと呟(つぶや)きながら再び黒いサンドイッチに齧り付いた。

訊きたいことはおおよそ訊けたようだった。月寒が立ち上がって礼を述べると、哲二郎はサンドイッチを頬張ったまま何かを呟いた。聞き直そうとすると、もういいという風に手を振った。

月寒の耳には「精々頑張れ」という声が届いていた。気になったのはその目付きだ。向けられた哲二郎の目線には、嘲(あざけ)るような色が確かに刷(は)かれていた。

その意味するところを胸の裡で探りながら、月寒は千代子と共に食堂を後にした。

七.

千代子の先導で洋式広間を横切り、玄関の脇にある小部屋に向かう。花と蔓草(つるくさ)の文様が彫られた樫(かし)の扉には「DrawingRoom(応接室)」の金色札(プレート)が貼り付けてあった。

「何か参考にはなりましたでしょうか」

扉に手を掛けながら千代子が振り向いた。

「料理や飲み物に毒が混ぜられていた場合、それを運んだ下婢(メイド)が犯人でない限り、誰の元に配られるかは分からなかった筈です。そうなると、毒は予め金属洋食器(カトラリー)に塗ってあったなどと考えざるを得ない」

「ですがそうなると」

「ええ、席順は決まっていた訳ですから、犯人の狙いは元から瀧山氏だったことになります」

応接室は、十畳ほどの角部屋だった。壁際には大きな暖炉があり、丈の低い珈琲卓と革張りのソファ、肘掛け椅子(アームチェア)を挟んで、反対側には柱時計と硝子(ガラス)戸棚が並んでいた。暖炉は既に熾(おこ)っており、室内には薪(まき)の爆(は)ぜる音が響いていた。炉棚(マントル・シェルフ)の上には何も挿さっていない硝子の花瓶と、置物のような打刻印字器(タイプライター)が置かれていた。

千代子が壁際の開閉器(スイッチ)を押す。一拍空けて吊(つ)り照明が灯(とも)った。月寒たちはどちらからともなしに向かい合って腰を下ろした。

千代子は何も云わず、青い硝子製の灰皿を月寒の方に動かした。月寒は礼を述べてから煙草入れ(シガーケース)を取り出した。

「次は秦さんにお話を伺いたいのですが」

「分かりました。呼んでまいります」

千代子が腰を浮かし掛けた刹那(せつな)、遠くの方から微(かす)かに呼鈴(ベル)の音が聞こえた。義植が車椅子の釦を押した時の音だ。千代子ははっとした顔で階上を見上げた。

「すみません、私、その」

「どうぞお構いなく、行って下さい」

「申し訳ありません、秦にはお訪ねするよう云っておきますので」

千代子は頭を下げてから、小走りに退出した。

煙草を吹かしながら手帖の記述を確認していると、ノックが聞こえた。暫く待っても入って来る気配がなかったので、こちらからどうぞと声を掛ける。漸く開いた扉からは、杖の音を立てながら秦勇作が姿を現わした。

「お嬢様からこちらに伺うようにと仰せつけられまして、よろしいですか」

月寒は煙草を棄てて立ち上がり、正面のソファを手で示した。

「お忙しいところを申し訳ない。貴方からも幾つかお話を伺いたいと思いまして」

秦は肘掛けに手を突き、緩慢な動きで腰を下ろした。

月寒の視線に気付いたのか、秦は自分の脚を叩いてみせた。

「名誉の負傷です。ご存じかもしれませんが、これでも元は帝国軍人の端くれでして。直ぐ近くで榴弾が破裂し、ご覧の通り目と脚をやられました」

「シベリア出兵時のお怪我だと千代子さんからお聞きしました。その頃から小柳津閣下の副官をお務めだったのですか」

「そうです。閣下は当時陸軍少将で、浦塩派遣軍の旅団長をお務めでした。私はそこに副官としてお仕えしました。それで、お話と云いますのは」

強引な話の切り上げ方に、月寒は違和感を覚えた。月寒の知る退役軍人は、こちらが水を向けずとも口を開けば永遠に現役時代の話をし続ける者ばかりだった。秦のように、自分から話を断ったのは初めてだ。

口でこそ名誉の負傷と云っているが、矢張り胸中には色々な思いがあるのかも知れない。深追いは止め、早速本題に入ることにした。

「ご存じの通り、先日の晩餐会に参加された千代子さんの婚約者、瀧山秀一氏が、その後急に体調を崩され、そのまま亡くなりました。状況から鑑みて、単なる病死では済ませられそうもない不審な点が既に幾つか出てきています。私はその調査のために遣わされました」

「不審な点というのは具体的にはどのようなことです」

「病状だけみれば急性の胃腸炎です。しかし遺体を解剖したところ、消化器官が壊死していることが分かりました。単なる胃腸炎ならば起こる筈がありません」

「それはつまり、毒を嚥まされたということですか」

「その可能性も否定は出来ません。そして、それらの徴候から考えられるのはリシンという遅効性の毒物でした。瀧山氏の身体に異変が現われた時間帯から逆算すると、ここでの晩餐会に行き着くという訳です」

「料理が悪くなっていたということは考えられませんか」

「腹を下しただけなら内臓は壊死しないでしょう。それにその場合、身体に不調が出たのが瀧山氏独りだけということの説明がつきません」

秦は顔を顰め、低く唸り声を上げた。

「あの晩、貴方は食事に参加されていないのですね」

「一介の使用人ですので。厨房で駒田やリューリに指示を出しておりました」

「調理を始めたのは昼過ぎからだったと駒田は云っていました。その頃から貴方は厨房にいたのですか」

「いえ、邸内を見回って掃除や装飾の確認をしたりしておりました。厨房に入ったのは晩餐会が始まる一時間ほど前で、以降は食堂と厨房を往復しておりました」

「そうなると、厨房に出入りしたのは駒田を筆頭に、料理を運んだリューリと途中で閣下から味見をするように云われたルキヤノヴァさん、それに貴方という訳ですね」

月寒の目の前で、秦の眉間に皺が刻まれていった。

「月寒様。真逆貴方は、その不届き者が我々のなかにいるとお考えなのですか」

「飽くまで可能性の一つです。そうかも知れないし、そうじゃないのかも知れない。ですが、それらを検討していくことが私の仕事なのです。ご容赦下さい」

「それは勿論理解しておりますが、しかし愉快ではありませんな。第一、我々のなかに瀧山様を憎む者がいたとは思えない。そもそも初対面だった筈です」

「千代子さんから伺いました。貴方もあの晩が初めてだったのですか」

「いえ。私は以前、瀧山様が当家にお越しになった際お目に掛かっています」

「そうでしたか。会ったことがあるのは閣下と千代子さんだけだと伺っていたもので」

「私どもは使用人ですので。厳密に云うならば、哈爾浜駅までお迎えに上がった運転手も、お茶をお出しした下婢も瀧山様のお顔は拝見しております。しかし、だからと云ってあの方をどうにかしようなどとは思いますまい」

秦は強い口調で云った。月寒は頷き、話題を変えることにした。

「晩餐会の後には居間で皆さんがお酒を召し上がったと聞きました。その時のことを伺いたいのですが」

「申し訳ありませんが、私はいつも閣下をお部屋にお連れして、お休みになる際の身の回りのことをさせて頂いております。ですから詳しくは存じません」

「いつもそうなのですか」

秦はそれが誇りであるかのように、胸を張って頷いた。

続けて小柳津家の資産状況を尋ねてみたが、おおよそ千代子の説明通りだった。月寒は手帖の一頁に目を落とし、暫しの黙考の後、秦にあの質問を投げ掛けてみた。

「閣下のお話になりましたのでお訊きするのですが、貴方はお嬢さんと共に閣下からかなり信頼されているようですね」

「畏れ多いことです」

「先ほど私は、お嬢さんと一緒に閣下からもお話を伺ってきました。これは、その席で閣下ご自身が仰ったことなのですが」

月寒はそこで一度言葉を切り、一息に例の暗殺疑惑について語った。しかしその説明は、あり得ないという秦の怒声に途中で遮られた。秦は杖の先で強く床を突き、凶悪な顔を月寒に向けて突き出した。

「月寒様、失礼ですがそれは貴方の思い違いです。そんなことはあり得ない。あり得ません」

「そう云われても、これは閣下がご自分で思われたことなのですよ」

「閣下はお疲れなのです。月寒様、左様なことを吹聴して廻られますことは、当家にとって迷惑以外の何物でもありません。厳にお慎み下さい」

月寒を威嚇するように、秦は徐々に語気を強めていった。秘密厳守は当然理解している旨を丁寧に伝えたが、黒透鏡越しに窺う秦の目には、不信の念が色濃く残っていた。

月寒は手帖を閉じた。どうやらここまでのようだった。

肩を怒らせて出て行く秦の背を見送りながら、月寒は煙草を取り出した。

ヴァシリーサにも話を訊きたいと申し出たのだが、秦曰く彼女は仕事に出ているらしい。夜勤なので帰宅は明朝になるそうだ。流石にそれまで待つ訳にもいかないので、日を改めるより他ない。若しくは、職場の赤十字病院に乗り込むかである。

燐寸を擦り、咥えた先に火を点ける。珈琲卓の上で手帖を開き、現状分かっていることを月寒は頭のなかで纏めてみた。

千代子は、関東軍が義稙の暗殺を目論んだのではないかと考えている。そして義稙自身も、狙われたのは自分だと信じ込んでいた。

しかし晩餐会の実情から見ると、義稙が標的だったと考えることには些か無理があるような気がした。毒の投与経路が料理や金属洋食器だったとすると、そもそも義稙の口には入り得ない。また食後に出された酒類がそうだったと考えても、その場に義稙はいないのだから初めから暗殺計画として成り立たない。

犯人の狙いは端から瀧山だったのだろうか。そうすると、岸の云う通り参加者と彼の間には見えない因縁が存在したことになる。その場合は哈爾浜で小柳津邸を中心に調査を進めるよりも、新京で瀧山の周辺を洗った方が良さそうだ。

不意に扉が開いた。

月寒も驚いたが、相手はそれ以上のようだった。扉口では、はたきを手にしたリューリがその碧い瞳を見開いたまま固まっていた。

「待ってくれ」

月寒は腰を浮かし、頭を下げて扉を閉めようとするリューリを急いで呼び止めた。彼女にも話を訊きたいと思っていたところだった。

驚いた顔で立ち止まるリューリに、日本語が話せるかどうか尋ねてみた。リューリは扉の側に立ったまま、少しだけという指使いをした。

「幾つか訊きたいことがある。仕事中に済まないが、付き合って貰いたい」

拙い露西亜語だったが、伝わりはしたのだろう。リューリは不安そうな面持ちで、ソファの近くまで寄ってきた。腰掛けるよう促すと、躊躇いがちに浅く腰を下ろした。

月寒は煙草を挟んだまま、身体の前で指を組んだ。

「お嬢さんから聞いていると思うが、先日の晩餐会に出席したお嬢さんの婚約者が亡くなった。私はその調査で遣わされた者だ。閣下やお嬢さんだけでなく、君ら使用人にも色々と確認をしている。知っていることがあったら隠さずに教えて欲しい」

リューリは、分かりましたと頷いた。いつの間にかその顔は、不安が四、興味が六の表情に変わっていた。

「早速だが、あの晩、厨房から料理を運んだのは君だったそうだね」

「はいそうです。台車(ワゴン)に載せてお配りしました」

「いつもそうなのか」

「もちろんです。私の他に下婢(メイド)はいませんし。駒田さんが用意したお料理と、あと飲み物の炭酸水をお出しするのが私の役目です」

「誰にどの料理を出すかというのは決まっているのか」

質問の意図が分からなかったのか、リューリは小首を傾げた。

「お料理は全部同じですよ？　最初に将軍にお出しして、次はお客さま、今回だと阿閉さまと猿投さまと瀧山さまですね、それからお嬢さま、ヴァシリーサさま、哲二郎さまの順番です。瀧山さま以外は毎月同じです」

「晩餐会の最中、君は何処にいるんだ」

「食堂の隅に控えてます。お飲み物を注ぎ足したりとかですね」

「ならば話が早い。君の目から見て、あの席で何か変わったことはあったか。普段と違うようなことだ」

リューリは顎に手を当てて考え込んでいたが、やがて首を横に振った。

「特に思い付くことはありません。いつもと同じだったと思います」

「小柳津閣下は荒れていらしたと聞いているが」

「それはだって、いつものことですから」

リューリは悪戯っぽく笑った。

「晩餐会の後には、居間でお酒を飲みながら談笑する場があったそうだが、そこにお酒を運んだりするのも君の役目なのか」

「いつもお嬢さまと手分けして用意をしています。あの晩はお嬢さまがお酒を運ばれて、私は酒肴を運びました。お酒はウオツカで、酒肴はクリームの載った塩ビスケットと鮭の燻製でした」

「酒は阿閉大佐が準備したんだろう」

「いつもそうです。氷の大きさとか、割ったりするお水の量にも気を遣われるみたいですから」

「そうなると、晩餐会後に厨房を出入りしたのはお嬢さんと阿閉大佐、それに駒田と君だった訳だ」

そうですねと朗らかに答えるリューリの表情を、月寒は立ち上る紫煙越しに窺った。

今のところ、彼女の答えには突っ掛かるような箇所もなく、どれも淀みなく返ってきている。何かを隠しているようには思えなかった。その素直な受け答えの態度に気勢を削がれているのが、正直なところだった。

長くなった灰を灰皿に落とし、月寒は話題を変えた。

「料理人の駒田源三郎だがね。君は彼をどう思う」

「どう？」

「どんな男だと思うかということだ」

「難しいですね、あんまりお話しすることもないですし。お料理は美味しいですけど、いつもむっつり黙ってて近寄りがたいところはあります。ネルグイに訊いてみたらどうです？　二人は同じ部屋ですし」

「彼はこの家に雇われて長いのか」

「秦さんを除けば一番の古株だったと思いますよ。元々は新京の何とかっていう宿館で料理人をしていたらしいですけど、何かのお仕事でその宿館に行かれた将軍が駒田さんの料理を気に入られて、それで引き抜かれたそうです」

「随分と詳しいな」

「それはだって、下婢ですから」

指先ではたきを弄くりながら、リューリはにやりと笑った。

「君は雇われて何年目になるんだ」

「それがまだ三ヶ月なんです。ついこの間まで或る銀行員のお家で下婢をしていたんですけど、そこの旦那様が何を思われたのか急にソ連領事館に出頭して赤系に帰化しちゃったんです。それでもうてんやわんやで、当然私なんかもお払い箱になって、仕方ないから職業案内所に通っていたら、ちょうど下婢を探していらした千代子お嬢さまがいらっしゃって、それで雇って頂けることになったんです」

「働いてみてどうだった」

「良いお家ですよ。お嬢さまもヴァシリーサさまもお優しいですし、他の方も変なことはされませんし」

「君の目から見て、ここの家族はどう思う」

リューリの目が一瞬だけ泳いだ。はたきを弄くる指先は、小刻みに動き続けている。

「ただの下婢ですから、どうと云われましても」

「答え難いかも知れないが大事なことだ。安心しろ、誰にも告げ口したりはしない」

リューリは上目遣いに月寒を見た。

「本当ですか？」

「本当だとも」

「……これは飽くまで私がそう思っているだけなんですけれど、仲が悪いとかそういうことはないと思います。むしろその逆です。全員が全員、他の人に対して無関心なんです。お嬢さまだけは違いますけど。でもそれ以外の方だと、皆さん同じ所には住んではいるけれど別々の方向を向いているような。日本人の家族ってこんなものなんですか？」

月寒は、先ほどの千代子の言葉を思い出した。瀧山の死を千代子が告げても、家人からは何の反応もなかった。それはつまりこういうことなのだろう。

煙草を吹かしながら、月寒はリューリに向けて頷いた。

「百人いたら百通りの家庭がある。それは日本も露西亜も変わらない」

リューリは分かったような、分からないような顔をしていた。

訊きたかったことは、一つを除いておおよそ訊けたように思えた。口元から煙草を離し、月寒は結局最後に廻ってしまった問いをリューリにぶつけてみた。

「瀧山氏が亡くなったのは、晩餐会で口にした料理に誰かが毒を混ぜたからかも知れない。料理を運んだのは君だが、何か心当たりはないか」

リューリはぽかんとした顔で月寒を見返した。

「毒？　それは本当ですか」

「未だそうだと決まった訳じゃないがね」

リューリは思案顔のまま目線を天井に遣った。

「どうでしょう。私がお配りした時は特に変な臭いとかもしなかったと思うんですが」

リューリは背筋を伸ばしたまま、真剣な顔でそう答えた。月寒が黙っていると、リューリは頷いてみせた。

月寒は礼を云って、これで終いだと告げた。リューリは立ち上がり、スカートの皺を伸ばす。

「何かあったらまた云って下さいね。では失礼します」

快活な声でそう云うと、リューリは頭を下げて退出した。

短くなった煙草を灰皿に棄て、後ろに凭れ掛かる。月寒は頭の後ろで手を組み、暫くの間、リューリの証言を心のなかで反芻していた。

八

応接室から出ると、丁度二階から千代子が下りて来るところだった。月寒の姿を認めた千代子は、小走りに階段を下り側までやって来た。

「失礼しました。秦にはお訪ねするようにと伝えたのですが」

「先ほどまでお話しさせて頂きました。ついでに下婢のリューリとも少々」

「何か参考にはなりましたでしょうか」

軽く頷きながら、月寒は二階の方に目を遣った。

「ルキヤノヴァさんは不在のようですが、残りの使用人、運転手の孫と用人のネルグイから話を訊くことは可能ですか」

「申し訳ありません。実は祖父の云いつけで先ほど秦が出掛けまして。車ですから孫は勿論、ネルグイも付き添いで出てしまいました」

帰って来るのを待つことも考えたが、他にも訪ねておきたい場所があった。月寒は千代子に、ヴァシリーサたちについては日を改める旨、また再度厨房を確認したい旨を告げた。

片付けも済んだのか、厨房の灯(あか)りは落ちていた。開閉器(スイッチ)を捻(ひね)る。ぴかぴかに磨かれた調理場には誰の姿もなかった。

「駒田をお捜しならば呼んでまいりましょうか？　恐らく部屋に戻っていると思いますので」

「いや結構。お嬢さんにお尋ねしたいのですが、盛り付けを終えた料理の皿は、何処に置かれていたのですか」

「ここです。それで、あそこにある台車(ワゴン)を持って来て、お皿を運ぶのです」

千代子は、厨房と食堂を区切る押戸に一番近い調理台に寄った。そこから指さす厨房の隅には、木製の二段から成る台車(ワゴン)が置かれていた。

若しリューリが毒を盛ったのだとすると、それは食堂に出る以前ということになる。厨房との押戸は晩餐卓からよく見える位置にあった。若しそこを出た後で料理に毒を振りかけていたのなら、手前に座った面々——瀧山、阿閉、哲二郎の目に留まった筈だ。

しかし実際に見て分かったが、台車に料理を載せてから食堂に出るまではそう距離がない。幾ら駒田が調理の最中で忙しかったとしても、気付かないものだろうか。

「食事後のウオッカも、ここから居間に運ばれたんでしたね」

ええと頷きながら、千代子は奥にある木製の扉を指した。

「あそこが食料庫で、お酒もしまってあります。大佐はここで硝子杯（グラス）の準備をされ、私が台車（ワゴン）を使って運びました。酒肴を運んだリューリも同じです」

押戸を開け、食堂を覗（のぞ）いた。食堂と居間（ラウンジ）は扉を隔てて隣接している。歩いて三十秒ほどか。

月寒は簡単な間取り図を手帖に書き留め、千代子を振り返った。

「調べたかったことはこれでおおよそ済みました。最後に、例の脅迫状を見せて頂きたいのですが」

「ああそうでしたね。分かりました。お持ちしますので、また応接室でお待ち頂けますか？」

肘掛け椅子（アームチェア）に腰掛け、煙草を吹かしながら戸棚の硝子細工を眺めていると千代子が入ってきた。

千代子は向かい側に腰を下ろし、卓上に蓬色の封筒を載せた。

「こちらになります」

煙草を咥えたまま、手に取ってその両面を検める。

硬い紙質の洋式封筒だった。雨のなかを運ばれたのか、表面には水を垂らしたような箇所が数個見られ、その何れも薄く変色していた。

封筒の隅の方には妙な膨らみがあった。斜めにすると、封筒の口からは円錐形の金属片が転がり出た。銃弾だった。

取り出した便箋と銃弾を一先ず卓上に並べ、月寒は先ず封筒の確認から始めた。

差出人の名は何処にもなく、表面には、邦文打刻印字器の文字が並んだ薄黄色の紙が糊付けしてあった。宛先は馬家溝のこの住所で、宛名は敬称も付けず小柳津義植とだけある。打刻印字器の癖なのか、義植の名前からは「津」の文字だけが少し上に飛び出ていた。

遼陽の白塔が描かれた七分切手の上には、すっかり滲んでしまった消印が押してある。完全には読めないが、文字を拾う限りこの二月に哈爾浜市内から投函された物のようだ。鼻を近付けて封筒の匂いを嗅いでみたが、これといって感じる物はない。

灰を落とし、銃弾の確認に移る。

詳しい型式までは分からないが、大きさや形状から見て拳銃の弾のようだ。陸軍の南部式自動拳銃の弾が、丁度このような形をしていたような気もする。一周させて全体を確かめてみたが、黄金色の薬莢は所々が赤茶に錆びていた。

あの、と遠慮がちに千代子が口を開いた。

「秦には見覚えがあったようで、陸軍で支給される拳銃の弾だと申しておりました。ご覧の通り大分錆びていますから、随分と昔の物のようです。火薬も抜いていないそうで、湿気ってさえいなければまだ実弾としても使えるとのことでした」

「確かに物騒ですね」

転がらないよう、封筒の横に銃弾を立てて置く。月寒は続けて、二つ折りの便箋を取り上げた。

紙面には、丁度折り目に被さるようにして、宛名と同じ邦文打刻の文字が記されていた。月寒は片手に便箋を持ち、十二文字からなるその脅迫状を読み上げた。

「『三つの太阳を覺へてゐるか』……。しつこいようですが、この言葉で思い当たる物は」

「ございません。秦にもないようでした」

月寒は再度紙面に目を落とした。三つの太阳――陽が三つというのは普通ではない。何かの暗示か、それとも作品名や符号なのか。

「その意味するところは未だ分かりませんが、確かに脅迫状に類する物と見ていいでしょう。ただ問題は、これが瀧山氏の事件にどう関わってくるかです」

「と仰いますと？」

「色々と調べたことを纏めても、犯人の狙いが小柳津閣下だったというのは考え難いのです」

千代子は怪訝な顔で口を開きかけ、閉じた。

「毒の投与経路を考えた際、金属洋食器、料理、晩餐会後の酒類の何れを取っても、閣下の口に入る筈だった物が瀧山氏に廻るとは考えられないのです」

「でも、それでは」

「はい、端から犯人の狙いは瀧山氏だったことになります。岸次長の推察は正しかった訳です。しかしそうなると、今度はこれの存在が引っ掛かってくる」

月寒は卓上の封筒を目で示した。

「全く別の目的で送られた物であり、晩餐会当日に届いたのも偶々だった。それもあり得ない話ではありません。凄い偶然だとは思いますが。それに、若し関係がないのなら脅迫状の送り主が動くのはこれからだということになります」

千代子の顔に再び翳が差す。陰鬱な面持ちのまま、スカートの上で重ねた手を握り締めていた。月寒は根元まで吸い尽くした煙草を灰皿に棄てた。

「以降は、晩餐会の参加者と瀧山氏の間に繋がりがなかったかを中心に調べていきたいと思います。どうやって殺したのかよりも、誰に殺す動機があったのかを探った方が早いでしょうから。ちなみに、これはお借りしても？」

手元の便箋を掲げると、千代子は勿論ですと頷いた。

「他にも何かお手伝い出来ることがあったら仰って下さい」

阿閉や猿投を訪ねるためには、千代子の名を使わせてもらう必要があるかも知れない。その際の協力を月寒が頼むと、千代子は少々お待ち下さいと云って席を外し、少し経ってから一枚の紙片を手に戻って来た。

「祖父の現役時代の名刺になります。先ほど祖父が署名した月寒様のお名刺と併せてこれをお出し頂ければ、阿閉様や猿投様も会って頂けるかと思います」

差し出された名刺の中央には、「陸軍中将　小柳津義稙」と印字されていた。右上に謹賀新年とあるところを見ると、新年の挨拶廻り用に刷った物の残りなのかも知れない。月寒はそれを受け取り、名刺入れに仕舞った。

「それ以外にも、何かございましたらいつでもお電話を下さい。普段は屋敷におりますので」

千代子は立ち上がり、宜しくお願いしますと頭を垂れた。

背後に見える窓硝子は、すっかり灰色に染まっていた。

九・

哈爾浜赤十字病院は、松花江(スンガリー)を望む埠頭区(プリスタン)の東端に位置する。

小柳津邸から自動車を走らせ、ソフィスカヤ寺院の緑の曲線(クーブ)屋根が曇天の先に見え始めた頃には、時刻は四時を回ろうとしていた。往来は既に昏(くら)く、道を行き交う人々は黒子のようだった。

月寒は路肩に車を駐(と)め、外套(コート)の襟を立てて外来の入口へ走る。息をする度に、冷気が肺を刺していった。

受付時間を過ぎているためか、休憩広間(ロビー)には人影がなかった。月寒は奥に進み、「本日終了」という札の下がった調剤薬局の硝子戸を叩いた。

反応がなかったのでもう一度強めに叩くと、不機嫌そうな女の顔が奥から覗いた。

面倒臭そうに硝子戸を引く彼女より先に、月寒は口を開いた。

「調剤部の百武(ひゃくたけ)先生にお届け物です。お手数ですが、月寒が来たとお伝え願えませんか」

鞄の口から昼に食べたサンドイッチの紙袋を取り出し、掲げてみせた。女の冷ややかな目線が、一瞬だけ紙袋に移った。

「郵便は事務を通して下さい」

「それは困ったな。相手さんからは直接先生に手渡しするよう云われているんですよ。百武先生もそれはご存じの筈なんですが」

相手は溜息を吐き、硝子戸を閉める手に精一杯の反抗を込めて奥に消えた。

月寒は受付台に凭れ掛かり、近くの壁に貼られたリベールという淋病薬の広告を眺めた。細々とした説明書きの横では、布を持った断髪の女が裸で踊っている。かさかさに乾き黄ばんでいるせいか、あまり扇情的とは思えなかった。

五分ほど待っていると、横の扉が開いて大柄な男が姿を現わした。百武だ。小さな眼鏡の奥からは、いつものように陰気な眼が覗いていた。

「お前が来るのはいつも忙しい時だな」

「偶々だよ。別に狙った訳じゃない」

「分かってる。まあ行こう」

酔漢のようにふらふらと歩く百武の後に従って、月寒は近くの面会室に入った。

古びた椅子を引きながら煙草を咥え、机越しに煙草入れを差し向ける。百武は黙って一本抜き取り、月寒の正面に腰を下ろした。

この百武という男は、月寒が仕事を通じて知り合った男だった。

医学や薬学に関する知識はなかなかのもので、報酬は高くつくが、薬物の分析等で何度か世話になっている。元々は満鉄系の製薬会社で研究職を務めていたらしいが、詳しいことは月寒も知らない。飽くまで仕事上の付き合いに過ぎなかった。

「それで、今日は何を持って来たんだ」

答える代わりに燐寸を擦り、その潰(つぶ)れた鼻先に差し出す。指先が焦げそうになったので自分の分でもう一本擦らなければならなかったが、相手の機嫌を取るためなので仕方ない。

「今日は分析の依頼じゃない。あんたの知識を借りたくてね」

月寒は脇の鞄から大小二つの封筒を取り出し、机の上に置いた。大きい方には瀧山の死亡診断書が、小さい方には謝礼が入っている。

百武は躊躇いなく小さい方の封筒を掴み、中身を検めてから無造作にポケットへ突っ込んだ。

月寒は卓上で指を組み、百武の小さな瞳を正面から見据えた。

「いま扱っている事件のなかで、毒殺疑惑のある屍体(したい)が出てきた。これがその死亡診断書だ」

百武は封筒の口を開け、煙草を吹かしながらなかの書類に目を通し始めた。

「どう思う」

「典型的なリシン中毒だな」

百武は即答した。月寒は手帖を取り出し、ペンを構えた。

「治療に当たった医師たちもそう判断したらしい。あんたもそう思うか」

「症状だけ見たら急性の胃腸炎だが、腑分けすると消化管からの出血、重度の肺水腫、肝臓脾臓腎臓の壊死が見つかったと。分かり易いぐらいに全部の症状を網羅してる。十中八九そうだろう。リシンなら、直ぐには症状も現われなかったんじゃあないのか。確か摂取してから半日、最長で二日程度は経たないと徴候も出ない筈だ」

「逆に、速効性のある毒でそれと同じ症状が出る物はないのか」

「どうだろうな、腎機能の障害や多臓器不全だけ見れば蝮の毒もそうだが、もっと他に分かり易い徴候が出る。実際に見た訳じゃないから何とも云えんがね。しかしリシンを使うとはなかなかいいセンスをしている」

「どういう意味だ」

「嚥ませさえしたらお終いだからだよ。一番効くのは局所注入だがな。解毒薬や治療法もない。出来ても胃洗浄か消化管除染ぐらいだが、何せ症状がなかなか現われないんだから、異変に気付いた頃には手遅れだ。絶対に殺すという強い意志が感じられるとは思わんか」

鋁の灰皿に灰を落としながら、百武は陰気に笑った。

「致死量はどれぐらいなんだ」

「リシンの分子の一つが、人間の細胞一つを殺す。だから、純度が高ければ耳掻き一匙もあれば十分だ」

「ならリシン本体は固形なのか」

「粉末だ。水と弱酸に溶ける」

「リシン自体は簡単に手に入るのか？　唐胡麻から採れるそうだが、抽出は素人でも可能なのか」

「搾り粕に含まれてる訳だが、ちゃんとした設備がないんじゃあ量も要るし当然質だって悪い。そんなことせずとも、薬品会社や大学の実験室に行けば普通に置いてある」

「金さえ積めば手に入るってことか」

百武は答える代わりに、大きく開いた口から煙を吐き出した。

「そのリシンだが、料理に混ぜることは可能なのか。味や臭いが特徴的だったら難しいと思うんだが」

「さてね。嗅ぐにしろ味わうにしろ、何せ体内に入った時点で死刑宣告されたも同然だ。興味はあるが調べた者なんていないんじゃあないのか。しかし、これはまあ飽くまで俺の憶測だが、リシンは強力な細胞毒性を持つ蛋白質だ。口に入れたら、その時点で先ず痛覚が刺激されるんじゃあないかと思うね。こう、舌や唇が針で刺されるような感覚で」

「例えば調理する前の肉や魚に振りかけておいて、香辛料とかの味付けで隠すなんてことは可能だと思うか」

「不可能だとは云わんが、その場合料理人も死んでる筈だ。リシンは皮膚からも吸収される。それに、さっきも云ったがリシンは蛋白質だ。熱を通すと不活性化する。卵を茹(ゆ)でたら固まるのと一緒だ」

「なら熱い料理に混ぜるのは駄目か」

「料理の余熱程度でどこまで不活性化が進むのかは分からんが、まあ致死率は下がるだろう。混ぜるなら冷たい料理の方がいい」

月寒は手帖の頁を捲(めく)り、晩餐会の献立を確認した。そうなると、リシンを混ぜ得る料理は前菜の五種盛り合わせか、デザートの牛乳氷菓(アイスクリーム)しかない。どちらも刺激に富んだ味付けだとは思えなかった。鰊の酢漬けなら或(ある)いは誤魔化せたかも知れないが——とそこまで考えたところで、月寒には天啓のように閃(ひらめ)いたものがあった。

「ウオツカだ」

「なに？」

「ウオツカだよ。リシンは熱に弱くて、強い刺激から料理に混ぜても気付かれる恐れがある。ならウオツカに混ぜるのはどうだ。水に溶けるならウオツカにも溶けるだろう」

「考えられなくはない。ただ変な味はすると思うぞ」

「酒精（アルコール）度数の高いウオツカなら、リシンの刺激だって隠すことも出来る筈だ」

月寒は手帖の端にその旨を書き留めた。そして同時に、リシンの投与経路にウオツカが使われたのだとすると、いよいよ義植は事件に関係なかったということに改めて気付いた。

「もういいか。いいなら帰るが」

短くなった煙草を名残惜しそうに棄て、百武は腰を浮かした。

「もう一つだけ頼みたいことがある。あんたの所でヴァシリーサ・アレクシェーヴナ・ルキヤノヴァって女が働いてるだろう。彼女と話がしたい」

脂っ気のない前髪の向こうで、百武の目が怪訝そうに動いた。

「ここで働いていると聞いたが、違うのか」

「いいや、少し待ってろ」

百武は足を引き摺（ず）るようにして扉に向かった。

「ちなみに、あんたから見てどんな女だ」

「さて何とも云えんね」

百武はぼそぼそと呟き、扉の向こうに消えた。

扉を開けて入ってきたのは、背の高い亜欧混血系(ユーラシアン)の女だった。踵(かかと)の高い靴を履いている訳でもないのに、五尺七寸に近い高さだった。栗(くり)色の髪は無造作に束ねられ、化粧気のないその顔には鼈甲(べっこう)縁の眼鏡が掛かっている。

女は分厚い透鏡(レンズ)越しに、品定めするような目で月寒を見た。

「貴方が私を呼んだ人？」

色の薄い唇から発せられたのは、流暢(りゅうちょう)な日本語だった。月寒は立ち上がり、片手を差し出した。

「お仕事中に失礼をしました。月寒三四郎と申します」

「どうも、ヴァシリーサ・アレクシェーヴナ・ルキヤノヴァよ」

軽い握手を交わし、向かい合って腰を下ろす。卓上の灰皿を一瞥(いちべつ)して、ヴァシリーサは白衣から煙草の箱を取り出した。月寒も気兼ねなく二本目を咥える。

「それで？　私に用があるって聞いたけれど」

「既にお聞き及びでしょうが、先日の晩餐会の後、小柳津千代子さんの婚約者である瀧山秀一氏が急逝されました。その件で調査をしています」

月寒は名刺をヴァシリーサの前に置き、裏返して中将の添書きを見せた。ヴァシリーサは片肘を突いたまま、それを一瞥した。

「千代子が云ってた保険会社の人ね。こんな所にまでご苦労さま」

「お気になさらず、仕事ですから。しかし、随分と日本語がお上手ですね」

「随分と練習しましたから。だって、きれいな日本語が話せないとこの街じゃ碌な仕事を貰えないでしょう？」

　黒い紙巻き煙草の先に火を点けながら、ヴァシリーサは笑顔を見せた。口元には笑みを浮かべながらも、透鏡の奥に覗くヴァシリーサの双眸はどこまでも醒めていた。月寒は、千代子が語ったヴァシリーサの人柄について思い出した。

「それで、千代子の婚約者が死んだっていうのは本当なの？」

「残念ながら」

「病死だって聞いたけれど、調査っていうことは違うのかしら」

「急病で片付けるには引っ掛かる点が幾つかありましたもので」

　ヴァシリーサはあまり興味もなさそうに、そうと呟いた。

「でも、私が話せることなんて特にないと思うけれど。彼と会ったのもあの日が初めてだったんだから」

「貴女の目から見て、晩餐会中に何か気付かれたことはありませんでしたか」

　煙草を喫いながら、ヴァシリーサは染みの浮かんだ天井を見上げた。

「いつも通りだったと思うわ。あの晩は千代子の婚約者をお迎えしての大事な会だったから、静かに食事を楽しめるかと思ったんだけどね。将軍はやっぱり将軍だった」

「阿閉大佐や猿投氏を非難された件ですか」

「あと哲二郎と私も」

「関東軍の研究施設でもお仕事をされているそうですね」

「千代子から聞いたの？　一応、極秘事項なんだけれど。それに、仕事って云っても大したことじゃないの。陸軍病院の横にある分室で水質検査をしてるだけ。だけど将軍はそれもお気に召さないみたいだから困ったわ。同族嫌悪ってやつかしら。貴方はどう思う？」

「さてどうでしょう。話は変わりますが、貴女のお父上は閣下のご友人だったそうですね」

「そうだけど、私の生い立ちが何か関係あるの」

「飽くまで形式的な質問です。円滑な調査のためには、関係者全員の経歴(プロフィール)を知っておく必要があるのです」

ヴァシリーサは肩を竦(すく)めた。煙草の種類のせいか、面会室内には蜘蛛(くも)の巣のような細く長い紫煙が消え切らず立ち籠(こ)めていた。

「何から話せばいいのか分からないけど、私は赤軍の手から逃れてこの街に流れ着いた。貴方たち日本人の云うハクケイロジンって奴よ。父は元々ペトログラードの近衛（このえ）騎兵連隊に勤めていて、母や妹二人と一緒にそこで暮らしていた。だけど、あの戦争が起きた」

ヴァシリーサはそこで言葉を切り、少しだけ目を薄くした。

「父は全露西亜政府の将軍として、赤軍の連中と戦ったわ。日本軍の指揮官だった将軍と父が会ったのもその時のこと。私は、母や妹たちを連れてペトログラードからこの哈爾浜まで遁（のが）れて来た。でもそれまでだった。父は赤軍に捕まって殺され、母と妹たちも肺を病んで冬を越せなかった。結局、私は独りになった。色々とやったわ、ナハロフカの塵溜（ごみた）めでね。どれぐらいそんな生活を送っていたかも覚えていないけど、或る日、急に日本の軍人が来て引っ張り出された。それが将軍だったってわけ。父が生前、私たちのことを頼んでいたみたいでね。どうやって調べたのかは分からないけど、私はそれで漸く、陽のあたる場所に戻って来ることが出来た」

虚空を漂っていたヴァシリーサの目線が、ゆっくりと月寒の所に戻って来た。

「こんなところかしら。どう、お気に召した？」

月寒は黙って頷いた。

「それは結構。ならもういいかしら、そろそろ戻らないと煩（うるさ）いから」

「あと一つだけ。瀧山氏が亡くなったと聞いて、何か思い当たることはありますか」

「質問の意味が分からないのだけれど」

「瀧山氏を憎んでいた、若しくは彼が死ぬことで得をする人物に心当たりはないかということです」

「さあね。幾ら千代子の結婚に反対だって、殺してまで止めようとはしないでしょう」

灰を落とす手を止め、月寒はヴァシリーサを見た。

「初耳ですね。婚約に反対している人間がいたんですか」

「ご存じなかったの。じゃあ余計なこと云っちゃったかしら」

咥えた煙草を揺らしながら、ヴァシリーサは小さく笑った。

「興味深いお話です。是非詳しく教えて下さい」

「秦と哲二郎よ。秦は、あの若者が小柳津の家名には釣り合わないって信じて疑わなかったから。哲二郎は、千代子がいなくなったら将軍を止められる人がいなくなるから。どっちも自分勝手な理由よね」

「では、お嬢さんは哲二郎氏などの反対を押し切って婚約された訳ですか」

「そういう訳でもないの。だって、あの二人には面と向かって千代子に意見するだけの勇気なんてなかった筈だから。二人が反対していたことすら知らないんじゃないかしら、あの娘は」

「お嬢さんの方が立場は上なんですか」

「将軍が一番で、その次が千代子。遥か下に秦がいて、残りはみんな同列。そんな感じかしら。まあでも千代子のために云っておくけど、別にあの娘が偉ぶっているとかそういうことじゃないのよ。ただ千代子の後ろには将軍がいる。だから、誰も迂闊なことは云えない」

「しかし、閣下はお嬢さんの結婚に反対されなかったんですよね」

「そこなのよ。将軍は千代子のことを籠の鳥みたいに思っていた筈だから、最初に聞いた時は私だって驚いたわ。だから、珍しく秦と哲二郎も手を組んで将軍を説得していたけど、無駄だったようね」

「何があったんでしょうか」

「知らないわ。千代子にとって何が幸せなのかをお考えになるような方じゃないのだけは確かだけど。……ああごめんなさい、話が逸れたわね。何の話でしたっけ？」

「瀧山氏の毒殺疑惑についてです。馬家溝のお屋敷を訪ねた際、狙われたのは自分だと小柳津閣下は仰いました。それが何かの手違いで、瀧山のもとに毒が行ってしまったのだと」

　ヴァシリーサは薄い笑みを浮かべながら、長くなった灰を灰皿の縁で落とした。そして、妄想よときっぱり云い切った。

「そう思われる根拠は」

「将軍を殺して得する者なんて誰もいない。だって今みたいにぶら下がっている方が、よっぽど楽だから。大佐や猿投社長だって莫迦じゃないわ。小柳津の名前が使える内は、老人の罵声ぐらい甘んじて浴びる筈でしょう。嘘だと思うのなら他の人たちにも訊いてご覧なさい。あの晩、ウオッカを飲みながら将軍の悪口を云っていた者なんて一人もいないから」

紙巻きを咥えたまま、ヴァシリーサは立ち上がった。

「どう？　参考にはなったかしら」

「ええ、とても」

ヴァシリーサは白衣の裾を払った。

「それは何より」

片手をポケットに入れたままヴァシリーサは振り返った。

「すみません、最後にもう一つだけ」

「ナハロフカの塵溜めから拾い上げて貰ったことを、貴女は今も閣下に感謝しているのですか」

扉口のヴァシリーサは数秒の間を空けて、当たり前でしょと呟いた。

生憎と透鏡には灯りが白く反射して、その瞳の色を読むことは出来なかった。

一〇・

新京駅から南西に延びた敷島通の外れに、猿投商会は店舗を構えていた。

路行く人々を避けつつ、月寒はその全景を見上げた。

建屋は三階建ての混凝土造りで、玄関脇に飾られた「関東軍御用商」の看板に違わぬ偉容だった。

馴染みの調査会社を通じて財務状況を確認してみたが、業績は右肩上がりで今期は過去最高益を計上する見込みらしい。会社規模も膨らみつつあって、満洲各地の支店を含めた総従業員数は、前月時点で既に百五十人を超しているそうだ。

猿投商会は、現社長の猿投半造がその身ひとつで起ち上げた会社だった。

元々は他の御用商で丁稚として働いていたそうだが、手腕を認められて支店長に抜擢され、そののちに独立を遂げた。取引実績を調べたところ、猿投商会が関東軍の前身、関東都督府の守備隊へ初めて軍納を行ったのは、設立からたった二ヶ月後のことだった。月寒は依頼した調査員に業界の通例を尋ねてみたが、矢張りこれは異例の早さだったそうだ。恐らくは、そこに小柳津義稙の口利きがあったのだろう。月寒は念のため二人の経歴を並べて見たが、案の定猿投が独立した時期に、義稙は関東都督府の重職にあった。

　猿投商会が取り扱っているのは主に衣類や食料品だった。満洲各地の司令部に合わせて支店と倉庫を持ち、注文の度に各支店から納品するという商法を採っていた。これが内地ならば入札指定の競争が月毎に行われているのだろうが、どういう訳か猿投商会の軍納はほぼ途切れることなく続いている。この地では、その縁すらも恣意的に決められ得るようだった。

　更に気になることは、猿投商会が最近になって定款の変更をしたという事実だ。手が加えられたのは事業内容の項目で、それによって猿投商会は銃器や火薬類、更には工事の請負も取り扱えるようになっていた。注目すべきはその決議を採った臨時株主総会が昨年の六月――つまり盧溝橋での軍事衝突直前に開かれているということである。月寒はそこに、関東軍と猿投商会の繋がりを感じずにはいられなかった。

　咥えていた煙草を路傍に棄て、月寒は磨り硝子の戸を押した。

　一階は事務所のような造りだった。受付台を挟んで、十数人の男女が机に向かっている。幾つかの目が月寒に向けられた。

「いらっしゃいませ」

　手前の事務机から、紺色の制服を着た女の事務員がやって来た。月寒は受付台の上に名刺を載せる。

「月寒と申しますが、猿投社長はいらっしゃいますか」

「お約束はされていますでしょうか」

「いえ、私自身は初めてお訪ねします。哈爾浜の小柳津家から遣わされた者だと云って頂ければ伝わると思います」

　事務員の眼差しに猜疑の色が滲んだ。少々お待ち下さいと云い残し、事務員は月寒の名刺を持ったまま、奥にいた初老の男の元へ向かった。月寒は鞄を受付台に載せ、手前の壁に掲げられた猿投商会の陶製の看板を眺めていた。

　暫くすると初老の男がこちらにやって来た。

「お待たせをしました、総務部長の蕪木と申します。猿投に用がおありとのことで、秘書の者にも確認をしたのですが、どうも貴方のお名前は伺っていないようでして」

「事前の連絡なく伺いましたからね。どうにも急ぎの用でして。彼女にも伝えましたが、小柳津義稙退役中将の代理人として来ております」

　受付台の上に義稙の名刺と添書きのある月寒の名刺を並べた。その途端、訝しげだった蕪木は大きく目を見開き、次の瞬間には笑顔に塗り替えられていた。

「これは大変失礼を致しました。直ぐに猿投を呼んで参りますので——ほら、早く応接室にご案内を」

月寒は鞄を持ち直し、蕪木に急(せ)かされた事務員の背に従って、横に延びる廊下を進んだ。

通された応接室で待っていると、一分もしない内に口髭を貯えた肥満体の男が扉口に現われた。

歳は月寒よりも少しばかり上だろうか。灰色の背広は折り目の付いた上物で、薄くなりかけた髪を油で丁寧に撫で付けている。砲弾のように迫(せ)り出た腹のせいで、吊り帯(サスペンダー)は限界まで伸びていた。

「やあどうも、私が猿投です」

「ご多用中のところを畏れ入ります、月寒三四郎と申します」

腰を浮かし、差し出された猿投の手を握り返す。ごつごつとした掌は皮も厚く、商人というよりも鉱夫のそれだった。

硝子製の応接卓を挟んで、猿投は腰を下ろした。月寒は勧められるがまま、象牙(ぞうげ)の飾りがついた煙草入れから黄色い細葉巻を取る。猿投も一本咥え、卓上着火器(ライター)で火を点けた。含まれる香料のせいか、火元ではぱちぱちという弾(はじ)けるような音がした。吸い込んだ煙は眩暈(めまい)を起こしそうなほど甘く濃かった。

「ええとそれで、哈爾浜からわざわざ来て貰ったそうだが、閣下がどうかされたのかね」

「千代子さんから何か連絡は来ていませんか」

「お嬢様から？　いいや別に」

「実は、猿投社長も参加されました先日の晩餐会についてなのです。あの場には満洲国官吏の瀧山秀一という人物がいたと思うのですが、ご記憶ですか」

「お嬢様の婚約者だろう。彼がどうしたんだ」

「亡くなられました」

猿投は目を丸くした。手帖を取り出しながら月寒が頷くと、ほおと呟きながら後ろに凭れ掛かった。

「それは弔電を打たんといかんな。お嬢様も可哀想に。事故かね」

「晩餐会の後で急に体調を崩され、手当の甲斐もなく」

「病気持ちだったのか。未だ若かったろうに」

「それが、ここだけの話なんですが、小柳津閣下は毒殺の可能性を疑っておられます。私が雇われたのはそのためなのです」

なにと甲高い声を上げたまま、猿投は固まった。幾何かの灰が、葉巻の先からズボンの上に零れた。猿投は分厚い掌で慌ててそれを払うと、大きく身を乗り出した。

「おい君、冗談は止せよ」

「未だそうと決まった訳ではありませんが、閣下は固くそう信じておられます」

猿投は口を開けたまま目を瞬かせていた。

「……そうは云ってもだね、誰があの青年を殺そうとするんだ。使用人か？」

「お心当たりでもあるのですか」

「いや、匪賊（ひぞく）や赤軍間諜（スパイ）みたいな抗日勢力が、あの屋敷の使用人に金でも握らせたんじゃないのかと思ってね。だって君、それ以外には考えられんじゃないか」

「食事中や、晩餐会後に居間（ラウンジ）で歓談された時に何か気付かれたことはありますか」

猿投は渋い顔で腕を組んだ。袖口（そでぐち）から覗く金の腕時計は二時半を指している。月寒は身を乗り出して葉巻の灰を折った。次の予定までは未だ十分に時間がある。

「もう覚えておらんね。いつも通りだったと思うんだが」

「瀧山氏とは何かお話しになりましたか」

「阿閉大佐や雉鳩教授を交えて少し話したような気もする。今後の満洲国の産業育成についてだ。若いのにしっかりとした意見を持っていて好印象だったんだが」

「支那（しな）事変については、話題に上がりましたか」

灰皿の底で灰を折っていた猿投は、驚いたように顔を上げた。

「何でそんなことを訊く」

「小柳津閣下と他の皆さんでは、支那事変についての考え方が異なっていたと伺いました。食事中のこともお嬢さんや哲二郎氏から教えて頂きましたが、当の瀧山氏はどうだったのかと思いまして」

「彼は何も云わなかったよ。そりゃそうだろう。我々が閣下からお叱りを受ける姿を見ているんだから。しかしまあ、教授はしきりに水を向けていたがね」

理由は何となく察しがついた。婚約に反対の哲二郎は、瀧山の失言を狙ったのだろう。

月寒は手帖の頁を捲り、リシンとウオッカについて書き留めた箇所を開いた。

刺激の強いウオッカにならば、存在を気付かせることなく相手にリシンを嚥ませることが可能である。しかし、漸く差し込んだ一筋の光明は、瞬く間に別の暗雲に隠されてしまった——犯人は、どの硝子杯(グラス)にリシンを混ぜたのかということだ。

昨夜、事務所に戻ってから電話で千代子に確認をしたが、使われた六個の硝子杯(グラス)はどれも形状がばらばらだったらしい。それゆえ犯人には見分けがつくかも知れないが、問題は、誰がどの硝子杯を取るのかまでは分からないということである。

葉巻を咥えたまま、月寒はペンを構え直した。

「居間(ラウンジ)でのことを確認したいのですが、先ずお嬢さんがウオッカの硝子杯を、下婢(メイド)のリューリが酒肴となる料理を運んできたのでしたよね」

「ああそうだ」

「硝子杯はお嬢さんが配られたのですか」

「いいや、自分たちで取りに行った。そんなことまでしてもらう訳にはいかんからね。ああ、ただ私とルキヤノヴァさんは少し離れた所で話していたから、お嬢さんが渡して呉れたか」

また、酒精（アルコール）度数の高いウォッカだけあって二杯目を頼んだ者はいなかったという。

混迷は深まるばかりだった。その後も猿投と小柳津家の関係について幾つか質問を重ねたが、特に新しい事実に当たることはなかった。

次の約束の時刻も近付いてきたので、月寒は手帖を閉じ、礼を述べてからこれで終いだと猿投に告げた。

「最初にも申し上げましたが、今回お話ししたことは口外無用でお願いします。阿閉大佐にも、小柳津閣下が直接お報せ（しら）になるそうですので、そのお積もりで」

鞄と外套を手に腰を上げながら、月寒はもう一度釘（くぎ）を刺しておいた。猿投は勿論分かっているという風に重々しく頷いた。

「閣下とお嬢様にお悔やみの電話をするぐらいは構わんのだろう？」

「ええそれぐらいならば。またお訪ねするかも知れませんが、宜しくお願いします」

猿投は厭（いや）そうな顔をしたが、それでも玄関口まで見送ってくれた。

寒風吹き荒ぶ薄曇りの下、月寒は近寄ってくる満人の俥屋の一台に乗り込む。そして、椎名に仲介を頼んだ瀧山の上司と会うために新京市街南部の国務院庁舎を目指した。

一一・

順天広場の角で俥を降り、自動車を避けながら大通りを横切る。

目指す国務院庁舎は、直ぐそこに偉容を構えていた。

一体、この辺りには満洲国の官庁が多く建ち並んでいる。大通りを挟んだ国務院の向かい側では、同じく満洲国軍事部の巨大な庁舎が甍を誇っていた。順天大街の遥か向こうには、司法部や経済部の庁舎も流塵に霞んで見えている。

石段を登り、パルテノン神殿のような石柱の間を抜けて庁舎に足を踏み入れる。

受付で椎名の名を出すと、直ぐに奥の応接室へ通された。

一分と経たない内に扉がノックされ、背の低い五十代半ばの男が姿を現わした。

「審計局の春好と申します。どうぞよろしく」

差し出された名刺には、「国務院審計局　局長補　春好彦郎」とあった。月寒も名刺を差し出し、向かい合って腰を下ろした。

「お忙しいところに時間を割いて頂きまして、ありがとうございました」

「お気になさらず。椎名さんから伺いましたが、瀧山君の件を調査していらっしゃるそうで」

「ええ、事情は既にご存じですか」

小脇に抱えていた茶封筒を卓上に置きながら、春好は昏い顔で頷いた。

「至極残念です。彼のような若者が、これからの満洲を担っていくんだと思っておったのですがね。それで、私は何をお話しすればよいのでしょうか。椎名さんや岸さんからも、極力貴方のお手伝いをするように云われておるのですが」

月寒が知りたいのは、瀧山秀一という男の人となりだった。

未だ月寒は、小柳津千代子の婚約者だったという側面でしか見えていない。犯人の狙いが本当に彼だったのか探るためにも、先ずは瀧山秀一という男について知る必要があると考えていた。

月寒がその旨を告げると、大方の予想はしていたのか、春好は茶封筒のなかから二枚の書類を取り出した。

「参考になるかは分かりませんが、瀧山君の経歴を纏めた物です。人事から取り寄せた物を私が複写しましたから、内容に誤りはない筈です。岸さんからは許可を貰っていますから、どうぞご覧下さい」

薄く罫線の引かれた紙面には、細かな文字でびっしりと書き込まれていた。月寒は春好から書類を受け取る。卓上には硝子製の灰皿が用意されているが、春好から喫い出す気配はない。月寒はポケットの煙草入れに伸ばした手を戻し、書類に目を通した。

瀧山の本籍は岩手で、東京帝大の法学部を卒業後、翌年に文官高等試験に合格して大蔵省に入っている。その後は広島と和歌山の税務署勤務を経て満洲に転じていた。渡満までは、典型的な大蔵官僚の経歴だった。

月寒は、最近何処かで似たような経歴に触れていたような気がしていた。暫く記憶を探っていると答えは出てきた。椎名だ。

「岩手出身で東京帝大の法学部卒というと、確か椎名さんもそうじゃありませんでしたか」

「よくご存じですね。二高の後輩に当たるみたいで、よく可愛がって貰っていたみたいですよ。瀧山君が悩んでいたところを岸さんの秘書に推挽して呉れたのも椎名さんでしたから」

「悩みごとでもあったのですか」

春好は腿の上で指を組み合わせ、困ったような笑みを浮かべた。

「これはなかなか説明が難しいのですが、云ってしまえば誰もが岸さんや椎名さんみたくやる気に満ち溢れた者ばかりじゃないという訳です。殊に瀧山君は大蔵省出身ですからね。気位が高いと云うか、初めのうちは満洲へ行かされるのを左遷と捉えて落ち込んでいたものです」

確かに、国家を背負う自負を持って霞が関で数字を扱っていた者が、明日から満洲――匪賊と風土病が横行し、蒙古風と雨期と厳寒が一年を占めるこの上なく住み難い地――に行けと云われたら、大抵は尻込みするだろう。況してや今の満洲国は関東軍が全て牛耳っており、そこに官僚が腕を振るう場は殆ど残されていない。瀧山がそれを体のよい肩叩きだと受け取ったのも、無理のない話だった。

「勿論、瀧山君は大蔵省から推薦されて満洲に来た訳ですから、実際の所はそんなことないのです。現に、彼には最初から総務庁の主計処という部署で予算編成とその査定に関わって貰いました。それだけ期待をしていたのですが、まあ、難しいものです」

「退官を申し出たりはしなかったのですか」

「彼の場合は、所謂期限付きの出向のようなものでした。確か三年だったかな。だからその間は我慢して兎に角内地に戻ろうと思っていたようです。それでもなかなか気持ちの切り替えに苦労をしていたようでしてね。私も幾度か相談を持ち掛けられはしたのですが、何せ考え方の問題ですから。結局瀧山君は、同郷の先輩でもある椎名さ

ん の所に行った訳です」

「その結果、岸次長の秘書に異動になったと」

「朱に交われば赤くなると申しますか。岸さんはこの満洲を如何に良くするかということに情熱を傾けておられる。そんな岸さんの側にいれば、瀧山君も官吏として満洲国の政治に関わる面白さが分かるだろうと椎名さんは考えたそうです。そして、それは見事に当たりました」

月寒は再び手元の経歴書に目を落とす。二枚目の最後、つまり記録として残される瀧山秀一の生涯の最後には、奉天省総務庁へ出向予定である旨が書き記されていた。

「岸さんや椎名さんと一緒に満洲各地を見て廻ったり、関東軍との折衝を続ける内に彼のなかで何かが変わったのでしょう。あの瀧山君の口から、満洲を東洋一の工業大国に仕立て上げるなんて言葉が出てくるとは思いませんでした。それに、小柳津家のお嬢様との縁談も、岸さんの下で働いていたが故の縁です。ですから、そこに書いてある通り、最後は彼の方から『満洲に残りたい』という申し出がありました。岸さんの口添えもあって、丁度それが受理されたばかりだったのです。本当に一寸先は闇と申しますか、この世は何があるかは分かりません」

春好は溜息を吐いた。

「上司である貴方の目から見て、瀧山氏はどんな青年でしたか」

「真面目な男でした。少し頑固な所はありましたがね。一度こうだと思い込むと、他の選択肢が存在することすら忘れてしまうと云いますか。だから、もう少し視野を広くしろとはよく注意しました。真面目過ぎるのですよ」

「人から恨みを買ったりはすると思いますか」

「どうでしょうね。遺恨を残すような議論はしない男だったと思いますが」

「変なことを訊くようですが、何か関東軍に睨まれるようなことは」

「それはないでしょう。満洲で仕事をするためには先ず軍部と良好な関係を築けというのが、岸さんの教えです。瀧山君は岸さんの薫陶を受けていましたから、それを破るとは思えません。現に、軍人との宴席にもよく顔を出して、可愛がって貰っていたそうですから。……ああでも、妙なことがあったとは云っておりました。少し前の話なのですが、何でも一時期憲兵に尾けられていたとか」

「憲兵ですか」

「はい。身に覚えはなかったそうですが、そうかと云って何か糺されることもなく、いつの間にかいなくなっていたので気味が悪いと」

「いつ頃のことですか」

「ええと、確か昨年の末頃だったかと記憶しています」

手帖の頁を捲り、その時期に小柳津家では何かなかったかを捜した。

書き込みは直ぐに見つかった。瀧山が初めて馬家溝（マチャコウ）の小柳津邸を訪れたのが、丁度その時期だった。

礼を述べ辞去しようとすると、春好は少し待つようにと月寒に云った。時間があったら話をしたいと岸が云っていたらしい。

独り残された応接室で春好の証言を手帖に纏めていると、五分ほど経ってから椎名が現われた。無地の紡毛（ツイード）背広姿で、どういう訳か手には緑色の液体が満たされた牛乳壜（びん）のような物を持っていた。

「次長は来客中だ。だから代わりに話して来いと云われた」

相変わらず眠たそうな顔のまま、椎名は卓上に牛乳壜を置き、月寒の正面に腰を下ろした。

「私も君に頼みたいことがあってね。これからも小柳津邸にはよく行くんだろう？　これを雉鳩哲二郎（きじばとてつじろう）に返しておいてくれないか」

椎名は煙草入れを開きながら、牛乳壜を顎（あご）で示した。

「何ですかそれは」

「雉鳩が発明した、化学発光を利用する液体照明灯（ライト）だそうだ。仕組みはよく分からんが、その蓋（ふた）を捻（ひね）って封を破ると、緑の液体が酸素と反応して光るんだとさ。鉱山の現場でも採用してくれって前に持ち込まれた物だ。一応上に掛け合ってはみたが、不採用だった。だから返しておいてくれ」

大きさは片手に収まる程度で、手にした感覚や重量も牛乳壜のそれだった。よく見ると内部の硝子は二重になっており、粘性の強い緑の液体はその内側に入っている。壜の口は、銀色の推進型蓋（スクリュウキャップ）で覆われていた。

「熱や煙が発生しないのなら、夜戦とかで役立ちそうですね」

「一部の戦線では既に試用中だそうだ。まあどうでもいいがね」

「哲二郎氏には何て云えばいいんです」

「そりゃ君に任せるさ。適当に云い繕っておいて呉れよ」

人任せなと思ったが、文句を云っても仕方がない。月寒は鞄（かばん）の口を開き、手巾（ハンカチ）で壜を包んでからなかに仕舞った。

「矢張り岸さんはお忙しいんですね」

「前の来客が早めに終われば、ここにも顔を出せたんだがな。瀧山の後任も未だ決まってないから天手古舞いだ」

「困りましたね。依頼人以外にお話はしない方針なんですが」

「私は次長の代理だからいいんだよ、堅いことを云うな」

椎名は面倒臭そうに云った。そういうのならば仕方がない。実のところ、月寒も椎名に尋ねておきたいことがあった。

「春好さんから聞きましたが、瀧山氏と親しかったそうですね」

「二高時代からの後輩だ。だから、こう見えても結構ショックなんだぜ」

「彼はどんな人間でしたか」

答えは直ぐに返ってこなかった。椎名はソファの肘掛けに頬杖を突いたまま、暫くの間立ち上る紫煙の先をぼんやりと目で追っていた。

「殺されるほどの恨みを買うような奴じゃなかった」

口元から煙草を離し、椎名は呟いた。

「彼奴には、自分の手柄のために人を蹴落とす胆力なんてないからな。ただ、瀧山は一度自分でこうだと決めたら他が見えなくなる種類の男だった。あるとすれば、それで話が拗れた時だろう。わざわざ殺すほどかとは思うがな」

「春好さんも同じようなことを云ってました」

「裏表が作れるほど器用な男じゃなかったんだよ」

口調が湿っぽくなったことを恥じるように、椎名は短く咳払いした。

「昨年の末頃、瀧山氏は憲兵に尾けられていたそうです。ご存じでしたか」

「いいや初耳だ。何かしたのか」

「本人には身に覚えがなく、監視もいつの間にか解かれていたそうです。何か心当たりは」

「妙な噂でも摑まされたんじゃないのか。憲兵隊のやることなんざ、まともに取り合うだけ無駄だ」

組んでいた脚を解き、椎名は灰を落とした。

「それで調査は順調なのか」

「新しい情報が次々と出てきて、逆に閉口しています。例えば、晩餐会当日の昼、お屋敷には小柳津閣下宛で脅迫状が届いていました。文面は邦文打刻の文字で、『三つの太阳を覺へてゐるか』。銃弾も同封されていたそうです」

椎名は眉根を寄せながら煙草を咥え直した。

「何だその三つの太陽ってのは。閣下は何て仰ったんだ」

「お嬢さんの判断で閣下にはお見せしていないそうです。ですから何を指すのかは未だ分かっていません」

「閣下にはよくそういう物が届くのか」

「今回が初めてだと」

「なら瀧山の件とも関係がありそうだな」

「私も初めはそう考えました。犯人は小柳津義植を狙ったものの、何かの手違いで毒は瀧山秀一の元へ行ってしまったのだとね。しかしこれは誤りでした。使われたリシンという毒の性質上、混ぜられたのは料理ではなく晩餐会後に饗されたウオッカだと考えられます。ですが、そもそも小柳津閣下は晩餐会後直ぐ自室に戻られている。ウオッカにリシンが混ぜられている以上、標的が閣下である筈がないのです。更に分からないのは、ウオッカの注がれた硝子杯は各々勝手に取っていることです。それでは、誰が毒入り硝子杯を手にするかは犯人にも操作のしようがありません」

　薄められた椎名の双眸が、更に細くなった。

「以上のことから、瀧山氏の一件と脅迫状は切り離して考えるべきだと思うのですが、当のご本人がそれに納得されていません。お屋敷を訪ねた際、閣下から先ず云われたのは、狙われたのは自分だということと、犯人は関東軍の手の者だということでした」

「莫迦莫迦しい。そんな訳がないだろう」

　椎名は唇の端を歪めた。

「矢張りそう思われますか。ご存じかも知れませんが、小柳津閣下は支那事変の戦線拡大に反対されています。それで、自分を疎ましく思った関東軍が動き出したのだとお考えなのです。色々と意見を訊いてみましたが、お嬢さん以外は皆、老人の妄想だと一蹴していました」

「当たり前だ。関東軍の連中に小柳津義稙を殺せる筈がないじゃないか」

呆れ顔で煙草を燻らせながら、椎名は腕時計を確認した。

「もうこんな時間か。思っていた以上に君が有能で安心したよ。次官には私から話しておくから、引き続き励んで呉れ」

椎名は億劫そうに立ち上がり、片手を挙げて出て行った。

月寒はソファに腰掛けたまま、黙って煙草を喫い続けた。

目の前のソファは、椎名が腰掛けたままの窪みが布地に残っていた。主を失ったその椅子を眺めながら、月寒は暫くの間、どうして椎名が「殺しても意味がない」ではなく「殺せる筈がない」と云ったのかについて考えを巡らせていた。

一二

月寒が乗った五時三十分新京発の特急あじあが哈爾浜に着いたのは、十時三十分を少し過ぎた頃だった。

駅前で馬車を捉まえて事務所に戻った頃には、全身が鉛のように重たかった。

あじあの車中でも休もうと思ったのだが、脳内では事実の断片が飛び交い、頭が冴えてくる一方だった。そのくせ考えが纏まった訳ではないので遣り切れない。

風呂は明日に廻してもう寝てしまおうと考えていた月寒だったが、一階の郵便受けを見た時、眠気は一気に吹き飛んだ。

普段ならば請求書や官公庁の定期刊行物、それに宛名広告の封筒で埋まっているはずのその木箱が、今はすっかり空になっていた。入居十年目にして初めて大家が気を利かせたのならいいが、そうでないとしたら何者かが敢えて持ち去ったことになる。

月寒は鞄を左手に持ち替え、右手を外套のなかに入れたまま階段を上がった。

廊下の先に事務所の扉が見える。消して出た筈の灯りが点った磨り硝子の向こうからは、戸棚を蹴飛ばすような音が断続的に聞こえていた。月寒は音を立てないように鞄を置き、胸元に下げた拳銃嚢から回転式拳銃を抜いた。

そっと扉の脇に寄り、大きく深呼吸をしてから扉を蹴り開ける。

室内には、二人の男の姿があった。

一人は来客用のソファに腰掛け、もう一人は奥の戸棚から抽斗という抽斗を抜き出している。共に国防色の軍服姿で、その腕には憲兵と書かれた腕章が巻かれていた。

「探偵殿のお帰りだ」

ソファの男が顔を向ける。奥の男も、月寒の方に向き直った。

「鍵は掛けた筈だが」

双方に銃口を動かしながら、月寒はゆっくりと室内に足を踏み入れた。

ソファの男は脚を組み直し、にやりと笑った。眉は薄く鼻筋の通った端麗な顔立ちだが、その目は酷く醒めている。鈍く光る肩章は、彼が大尉であることを示していた。

「物騒な物を持っているね。我々にそんな物を向けるのは、あまり賢い遣り方じゃあないな」

「疲れて帰ってきたら、見ず知らずの男たちに事務所が荒らされているんだ。自分の身を護るのは当たり前だろう」

「一理ある。まあ掛け給えよ」

大尉は音を立てて応接卓に足を乗せた。

逡巡ののち、月寒は銃を下ろす素振りを見せた。

その途端、奥の男が床を蹴って月寒に飛びかかろうとした。

反射的に銃口を向けるのと同時に、止めろという大尉の鋭い声が飛んだ。

男は躾の行き届いた軍用犬のように動きを止め、全くの無表情に戻って大尉の後ろに廻った。大柄で腕っ節の強そうな彼の肩章は、軍曹のそれだった。

月寒は暫く二人を睨んでいたが、已むなく銃を構えたまま大尉の正面に腰を下ろした。向けられた銃口など意に介さない顔で、大尉は鷹揚に頷いた。

「自己紹介しよう。私は哈爾浜憲兵隊の浪越大尉だ。こっちは伊奈々木軍曹。君が月寒三四郎だね？」

「ああ、そうだ」

「結構。君に用があったから、こうして待たせて貰っていたんだ。蒸気暖房（スチーム）は勝手に入れさせて貰ったよ」

「構わない。しかし、ご覧の通り私はしがない探偵だ。憲兵のお世話になるようなことは身に覚えがない」

「しがない探偵は、小柳津の屋敷に行ったりはしないんだよ」

浪越は頭の後ろで手を組み、のんびりとした口調で云った。

「何だと」

「小柳津だ。昨日、君は馬家溝の小柳津邸に行ったね？　我々の知る限り、君は初めての客だ。ありゃ何の用だったんだい。呼び出されたのか、それとも誰かの遣いで行ったのか」

小柳津と憲兵の並びに、月寒は直ぐ瀧山のことを思い出した。銃把（グリップ）を握る手に自（おの）ずと力が籠（こ）もる。

「どうした。黙っていては分からんぞ」

「仕事の中身について、べらべらと喋（しゃべ）るような探偵がいると思うか」

「素晴らしい職業理念だ。だが、それを発揮する場所を間違っている」

莞爾（にっこり）と笑った浪越は、次の瞬間、応接卓を蹴った。

勢いよく滑った卓の角が膝頭（ひざがしら）に強く当たり、月寒は思わず前のめりになる。咄嗟（とっさ）に上げた顔の正面には、大きな靴底が迫っていた。

目の前が真っ白になった。

顔を蹴られたのだと理解した時、月寒は既に床の上だった。少し遅れて痛みとも熱とも分からぬ衝撃が前頭部を襲った。

脳が揺れていた。咄嗟に顔を下げたので目や鼻は護られたが、その代わりに、剝（む）き出しの頭蓋（ずがい）を金槌（かなづち）で乱打されているような感覚だった。

揺れる視界のなかで何とか体勢を直そうとした刹那（せつな）、硬い靴先で腹を蹴り上げられた。力を込めようとしたが間に合わず、口からは反吐（へど）が漏れた。

蹴られた衝撃で床を転がり、背が壁にぶつかる。手から拳銃（けんじゅう）が離れた。

白と黒に幾度も切り替わる視界の端に、大股（おおまた）でこちらに向かってくる伊奈々木の姿が映った。回転式拳銃は、その前に落ちていた。

月寒は咄嗟に手を伸ばした。伊奈々木もそれに気付き、腰の拳銃嚢（ホルスター）から自動拳銃（モーゼル）を引き出す。

伊奈々木の銃口が頭に向けられるのと、摑み取った拳銃を月寒がソファの浪越に向けたのはほぼ同時だった。

視界は、渦巻こうとしては止まることを繰り返していた。口中が唾液（だえき）だらけで、込み上げる吐気を必死に抑えながら、月寒は片膝を突いたまま、空いている左手で素早く口元を拭(ぬぐ)った。

浪越も伊奈々木も何も云わなかった。しゅうしゅうという蒸気暖房(スチーム)の音だけが、室内には響いていた。伊奈々木は唇を結び、浪越は涼しげな顔で月寒を見下ろしていた。

不意に机の黒電話が鳴った。

月寒も驚いたが、浪越も同じようだった。怪訝(けげん)な表情で一瞥(いちべつ)し、再び月寒を見た。

月寒はその目を睨み返した。

場違いなまでにけたたましい電話の呼鈴(ベル)が、緊張と静寂を踏み荒らしていく。

浪越は立ち上がると、同じ表情のままつかつかと歩み寄り、受話器を取り上げた。

「月寒探偵事務所だが」

幾つかの受け答えを経て、どういう訳か浪越は心底厭(いや)そうな顔になった。

浪越は受話器に向かって自らの肩書きを名乗りながら、伊奈々木に手の動きで何かの指示を出した。伊奈々木は黙って腕を下ろし、壁際まで下がった。

「出給え、君宛てだ」

銃口を向けたままの月寒に対し、浪越は不満げに受話器を差し出した。

月寒は拳銃を構えたまま立ち上がり、ゆっくりと浪越に近付いた。その手から受話器を奪い取り、構える。脈打つ度に熱くなる耳に、受話器は氷のようだった。

「……もしもし」

「ああ月寒君かね。私だ、岸だ」

受話器越しに聞こえてきたのは、岸信介（のぶすけ）の甲高い声だった。

「いやあ折角来てくれたのに悪いことをしたと思ってね。謝りの電話を入れようと思ったんだが、何だね君、厄介なことになっているようじゃないか」

「本当に。一切身に覚えはないのですが、憲兵に小突き回されていたところです」

月寒は銃口を向けたまま、ソファに戻った浪越を見遣った。浪越は腕を組んだまま、忌々しげに月寒を睨み返した。

「そりゃ災難だったね。だが安心し給え。そこにいる浪越大尉と私は親しい仲だ。だから何だ、それは君、誤解だよと大尉には説明をしておいた」

「待って下さい。私はこの男に、小柳津家に出入りしたことを糾されました。それが誤解だったと云うんですか」

「ん、まあそうなるな」

「何と誤解したんですか。瀧山も、小柳津家に招かれた直後から憲兵の見張りが付いていたそうじゃないですか。それも関係あるんですか」

「まあまあそう熱くなるんじゃないよ。別に大したことじゃあない。君も知っている通り、小柳津閣下は陸軍の長老だ。この満洲にはね、そういう影響力のある人物を担ぎ上げて利用してやろうと企む輩も多い。だから憲兵も目を光らせているんだ、飽くまで護衛のためにね」

浪越は応接卓に両脚を乗せ、素知らぬ顔で煙草を吹かしている。月寒は受話器を離し、本当にそうなのかと浪越に問うた。

「何だい急に」

「あんたらが小柳津邸を監視していることだ。岸さんは、警護の目的だと云っている」

「仕事の中身について、べらべらと喋るような憲兵がいると思うか」

浪越は嘲るように云った。月寒は舌打ちし、受話器を耳に戻した。

「彼らと話はついたかい」

「分かりません。今は大人しくしているようですが、この電話を切った途端にまた暴れ出すかも知れない」

「はは、君は疑り深い男だな。大丈夫だと云っているじゃないか。まあそんなことより、君、明日の夜は暇かね」

「明日は……ええ、特に予定はありませんが、何か」

「いやなに、急遽哈爾浜へ行く用事が出来てね。一応椎名君から概要は聞いたが、折角行くなら君にも会っておきたいから」

月寒は浪越たちから顔を背け、分かりましたと小さな声で答えた。

「何処に伺えばよろしいですか」

『スンガリ』という料亭なんだが、知ってるかい」

「入ったことはありませんが、場所なら分かります」

「そりゃ何よりだ。その店でちょっとした懇親会があるんだよ。五時に来て呉れるかい。本当は招待状がないと入れないんだが、私の方で何とかしておこう。それじゃ宜しく」

岸は一方的に捲し立て、電話を切った。

「まあそういう訳だ」

月寒が受話器を戻すのを見届けてから、浪越はゆっくりと腰を上げた。

月寒は窓際まで下がり、拳銃を下ろした。軍帽を被り直しながら、浪越は鼻を鳴らした。

「あの糸瓜顔に指図されるのは気に入らないが、まあいいさ、今回は大人しく退散しよう」

「あんたたちの目的は何だ」

蓬色の外套を羽織りながら、浪越は冷ややかな一瞥を月寒に寄越した。しかし、結局浪越は何も答えず、軍靴を響かせながら伊奈々木の開けた扉から出て行った。

握り締めたままだった拳銃を応接卓に置き、月寒は室内を見廻した。

どの戸棚も抽斗が抜かれ、本や書類が床に散らばっていた。これを元に戻すのには半日近くかかりそうだ。

忘れていた頭と腹の痛みがゆっくりと甦ってきた。横顔も脈打つ度に熱い。時計を見ると、既に日付が変わってから一時間近くが経っている。

やれやれと呟きながら首元の襟飾に指を掛けたその時、不意に扉の鐘が鳴った。月寒は咄嗟に卓上の拳銃を掴み、その方向に向き直る。

「おい止めろ、俺だよ」

扉口から顔を覗かせていたのは、陽に焼けた髭面の老人だった。慌てて手を広げるその仕草に、月寒は溜めていた息を吐いて銃口を下ろした。

「……爺さんか、脅かすなよ」

「こっちの台詞だ。何ださっきからどたばたと。喧嘩なら外でやれ」

呂律の回っていない口でそう毒づきながら、老人はふらふらと月寒に近寄って来た。朱の差した顔から察するに、今晩もしたたかに飲んだ後らしい。

老人は名を浄法寺八郎といい、事務所の隣室に入居している日本人だった。親しい仲という訳でもないが、誰かの話を聞きながら酒を飲みたくなった夜などは、月寒から訪ねることも稀にあるような間柄だった。

熟柿臭い息を吐きながら、浄法寺は下からじろじろと月寒の顔を見た。

「大分やられたみたいだな。ありゃあ憲兵じゃねえか。今度は何をしでかしたんだ」

「何もしてない。それなのに散々だ」

「は、憲兵ってえのはそういう連中なんだよ。まともに取り合うだけ無駄だ」

浄法寺は訳知り顔で頷いた。今でこそ埠頭区(プリスタン)の缶詰工場で守衛を務めているが、本人曰(いわ)く、かつては日露戦争で金鵄(きんし)勲章を授与された勇戦の士だったそうだ。飲んだくれの戯言(たわごと)だと初めは取り合わなかったが、話を聞いている限り、矢張り陸軍に籍を置いていたことは事実らしい。

「痛むか」

「そこそこは」

「情けねえ顔しやがって。未だ若いんだから、氷当てて寝てりゃあ腫(は)れも引くだろ」

浄法寺は大きくくしゃみをすると、洟(はな)を啜(すす)りながらもう騒ぐなよと云い残して出て行った。

手の甲を額に当ててみると、矢張り腫れていた。微かな痛みが走ると共に、生々しい熱さが皮膚を通して伝わってくる。

月寒は息を吐き、氷嚢(ひょうのう)を作るため台所へ向かった。

一三

料亭（レストラン）スンガリはその名の通り、松花江（スンガリー）に臨むキタイスカヤ街の北端に店舗を開いていた。

新芸（アール・ヌーヴォー）術様式の建屋は二階建てで、入口部分は煉瓦（れんが）造りの階段を少し下りた半地下になっている。通りに面して設（しつら）えられた電飾広告は爛々（らんらん）と輝き、露西亜（ロシア）式の化粧漆喰（スタッコ）に深い陰影を刻んでいた。

既に陽も落ちて、辺りは夜の雰囲気だった。月寒は煙草を咥えたまま、向かいの角からその様を眺めていた。

店の前には、幾台もの高級車が往来を塞（ふさ）ぐようにして駐（と）まっている。そのなかからは、軍人や満洲官僚と思われる日本人に交じって、黒い礼服に身を包んだ裕福そうな欧風の紳士が多く姿を現わしていた。

彼らの内の幾人かは、長い髭を蓄えていた。猶太（ユダヤ）人だろうかと月寒は思った。

一体、埠頭区（プリスタン）のこの辺り一帯には、スンガリも含めて猶太人の経営する店舗が多く集まっている。

哈爾浜には欧州やソヴィエトでの迫害から遁れた猶太人が多く辿り着いており、関東軍や満洲国庁が彼らの豊かな財力を何かに使えないかと目論んでいることは、月寒も風の噂に聞き知っていた。今夜の懇親会も、恐らくはその一環なのだろう。

腕時計を確認すると五時五分前だった。月寒は壁際の泥濘に煙草を棄て、車の合間を抜けて入口に下りて行った。

扉の側には鼻の高い露西亜人の給仕が立っていた。笑顔で一礼する彼に、月寒は自分の名前と産業部次長岸信介の連れであることを告げた。

「伺っております。外套をお預かりしましょう」

給仕は流暢な日本語でそう答えると、恭しく月寒から帽子と外套を受け取った。

深紅の絨毯を踏んで奥へ進む。

店内からは卓子や椅子の大半が取り払われ、立食の様相を呈していた。鮨詰めという程ではないが、それでもなかなかの混み具合だ。参加者は銘々に硝子杯を持ち、煙草を燻らしながら歓談に興じている。三十畳程の広間は、喧噪と紫煙、そして香水の匂いに充ちていた。

月寒は近くの給仕から受け取ったマティーニの硝子杯を手に横の壁際に寄った。それとほぼ同じくして、濃い髭を蓄えた猶太人が奥にある壇上に立った。波が引くように喧噪が収まっていく。

　男は少し訛（なま）りのある英語で挨拶（あいさつ）を述べ始めた。月寒は硝子杯に口を付けながら、周囲に目を配る。そして、壇に近い反対側の壁際に岸の顔を見つけた。その周囲には、幾人もの軍人や官僚と思われる日本人の姿があった。いま近付くのは無理そうだ。

　挨拶を終えた件（くだん）の猶太人が壇を下りると、入れ替わりに姿を現わしたのは岸だった。岸は招待されたことに対する礼を笑顔で述べ、猶太人の勤勉さを褒め称（たた）えながら、我が満洲国は欧州からの猶太移民を受け容（い）れる準備が既に出来ていると述べた。

　月寒は近くの卓子に硝子杯を置き、煙草を咥えた。近くの給仕が気を利かせて、着火器（ライター）の火を寄せる。壇上では岸が日本人と猶太人の変わらぬ友好関係を訴え、万雷の拍手に送られながら壇を下りる所だった。

　その後、来賓の一人と思われる軍人の挨拶で乾杯が為（な）され、広間（ホール）には再び喧噪が戻り始めた。

それから暫くの間、月寒は壁際から岸の姿を目で追っていた。

　本当によく動く男だった。他の日本人は猶太人が挨拶に来るに任せていたが、岸だけは違った。麦酒（ビール）壜を片手に縦横無尽に歩き回り、自分よりも年少と思われる者も含めて会う人全てに親しく声を掛けている。饗応役なら分かるが、今日の岸は来賓の筈だ。しかもその顔は、到底作り物とは思えないような笑顔だった。月寒はその姿に、岸が異例の速さで次官にまで上りつめたという理由を垣間見たような気がした。

何度か目が合ったので、岸も月寒の存在には気が付いているようだった。白麺麭のサンドイッチを摘まみながら、月寒は岸の元に寄る時機を窺っていた。

その時、入口の方で騒めきが上がった。振り向いた月寒の目には、異様な神輿のような物が飛び込んできた。

思わずあっという声が漏れた。

給仕たちの担ぎ上げる木製の車椅子には、厚手の外套を羽織った小柳津義稙が腰掛けていた。そしてその後ろには、紺色の夜会服に身を包んだ千代子が静々と従っていた。

六人の給仕たちは顔を真っ赤にしながら、極力揺らさないようにして車椅子を床に下ろした。義稙はその間も紫の襟巻きに首を埋めながら、超然とした顔で虚空を睨んでいた。

給仕が下がり、千代子が絹の手袋を嵌めた手で車椅子の柄を摑んだ。途端、投げ込んだ麺麭屑に群がる鯉のように、猶太人が義稙の元に殺到した。軍人や官僚たちもその後に続く。凄まじい勢いだった。

猶太人たちは列を作り、車椅子の義稙に挨拶詣でを続けている。義稙は唇を結んだ不機嫌そうな面持ちのまま適当に頷き返すだけで、殆ど後ろの千代子が代わりに答えているようだった。

「凄いだろう」

不意に背後から声が掛かった。振り返ると、そこには薄い笑みを口元に浮かべた岸の姿があった。

「あれが小柳津義稙なんだ」

麦酒壜を差し向けられ、月寒は慌てて近くの卓子から硝子杯を取り上げた。どちらからともなしに、二人は柱の陰に寄った。

「矢張り陸軍の重鎮だからですか」

「まあそんな所だね。閣下の関東軍への影響力が、そのまま満洲に対する影響力となる訳だよ」

月寒は麦酒を注ぎ返そうとしたが、岸は手を振ってそれを遮った。

「それで、調査はどんな具合なんだい。椎名君から聞いたが、閣下宛に脅迫状が送られていたんだって？」

「そうです。銃弾と一緒に打刻打ちで『三つの太陽を覓へてゐるか』。何か思い当たることはありますか」

岸はさあと肩を竦め、硝子杯の麦酒を少しだけ舐めた。

「聞いたこともないな。でも、何だか詩的な文句だね」

「それと、矢張り貴方の云っていた通りでした」

「何がだい」

「瀧山氏が亡くなった件です。脅迫状のこともありましたから、はじめ私は、狙われたのは小柳津閣下だったのではないかと考えたのです。しかしそれは誤りでした。瀧山氏が毒を口にした経路（ルート）を考えるに、取り違いが発生する筈がないのです」

月寒はそこで言葉を切り、岸の反応を窺った。しかし月寒の期待に反して、岸の返答はそうだなと云うだけの淡泊なものだった。

「今日は新京からいらしたんですか」

「そうだよ、これでもなかなか忙しい身でね」

「よく間に合いましたね。そんな列車ありましたか」

「なあに、関東軍の参謀が出張で飛行機を使うと聞いたから、一緒に乗せて貰ったのさ。持つべきものは友だよ、月寒君」

快活に笑っていた岸は、そこで何かを思い出したような表情になった。

「そう云えば、君、新京には来たが、未だ阿閉（あつじ）大佐は訪ねていないんじゃないのかい」

「ええ、そうですが」

「大佐は普段なら新京の作戦課にお勤めだが、ここ数日は対ソ作戦の国境視察のため海拉爾（ハイラル）に出張中だそうだ。近々哈爾浜に戻ってモデルンホテルで数日滞在するらしいから、そこを訪ね給え。その時なんだが、大佐に渡して貰いたい物がある。これも明日か明後日(あさって)には君の事務所へ届くよう手配するが、詳しいことは椎名君に連絡をさせる。彼から聞いてくれ」

岸は月寒の肩を軽く叩き、そのまま首を動かした。月寒も連られて、義稙たちの方を向く。

義稙へ続く列は未だ途切れることなく延びていた。丁度、腰を屈(かが)めて義稙に話し掛けていた大柄な猶太人が、身体を起こすところだった。彼は胸に手を遣り、後ろの千代子にも親しげに声を掛け始めた。千代子も明朗な笑顔でそれに答えている。岸は黙ってその様を見詰めていた。

「どうかしましたか」

「ん、ああ、いや、閣下とお嬢さんにも挨拶をしておきたいが、当分順番も回ってきそうにないなと思ってね」

立ち去る猶太人に礼をした千代子の顔がこちらを向いた。その小さな口が、あっと叫ぶ形になる。

千代子は車椅子の横に廻り、月寒や岸の方を瞥見しながら義稙に何かを耳打ちした。岸は麦酒壜と硝子杯を素早く卓子に置き、急ぎ足で車椅子に向かった。月寒もその背に従う。

「岸様、それに月寒様も」

笑顔を見せる千代子に会釈し、岸は車椅子の前に立った。次の番だった猶太人は驚いた顔で身を引いていた。

「閣下、ご無沙汰(ぶさた)しております。岸でございます。遅くなりましたが、本年もどうぞ宜しくお願い致します」

深々と頭を垂れる岸に、義植はああと頷き返した。

「久しいな信介。仕事は順調か」

「はいお陰さまで」

麻雀牌(マージャンパイ)のような歯を見せ、岸は莞爾と笑った。襟巻きに埋まった青銅(ブロンズ)のような義植の顔のなかで、黄色く濁った瞳(ひとみ)が月寒に向けられた。月寒も黙って頭を下げる。

千代子は不思議そうな顔を月寒に向けた。首元で輝く真珠の首飾りが、照明に白く輝いていた。

「月寒様はどうしてこちらに？」

「私が呼んだんですよ」

岸はそれだけ云って、からからと笑った。人目もあるので、件の話題となるのは避けたかったのだろう。

義植の口が微(かす)かに動いた。岸は身を屈め、耳を寄せながらはいと頷いている。

千代子が車椅子の柄から手を離し、月寒に寄った。数拍遅れて、千代子の纏う甘い薫香がふわりと漂ってきた。

「猿投様から連絡があったのですが、新京まで行かれたそうですね。いかがでしたか」

「特に目新しいことはありません。今日も、次長が哈爾浜に来られるというので呼ばれただけです」

そうですかと千代子は安堵したような、それでもどこか不満の残る顔をした。

「お屋敷で何か変わったことは」

「お陰さまでございません。変な手紙もあれ以降は」

千代子は首を横に振る。月寒は頷き返しながら、改めて千代子の全貌を素早く見廻した。

裾の広がった夜会服は所々が透織地で、袖や肩口からは白い肌が覗いていた。以前の雰囲気からすれば随分と大人びた装いの筈だったが、今夜の千代子には不思議とそれが似合っているように感じられた。化粧のせいだろうか。白く粧われた顔のなかでは紅い唇が映え、描かれた眉や目元の陰影も主張し過ぎぬ程度に濃くなっている。月寒がそのことを褒めると、千代子は恥ずかしそうな微笑で以て酬いた。

「承知致しました。それでは、はい、また」

岸は身体を起こし、義植に三度頭を垂れた。頬に微笑の影を残したまま千代子にも会釈した岸は、月寒にそれじゃ宜しく頼むよと云い残し、奥の人集り（ひとだかり）へ歩いて行った。後ろの猶太人たちからは、苛々（いらいら）とした視線が向けられている。このまま残る訳にもいかないだろう。

「では、私もそろそろ失礼します」

月寒も一礼し、二人から離れた。このまま立ち去っても良かったが、折角なのでもう少し様子を見ることにした。月寒は柱の陰に背を凭（もた）せ掛け、岸の饗応ぶりと小柳津の威光を暫くの間観察していた。

一四・

夢を見ていることは分かっていた。

薄い夕闇のなかで誰かが叫んでいる。男か女かは分からないが、酷く耳障りな甲高い声だった。

目を凝らすと、そこは小柳津邸の正門前だった。

鉄柵（てっさく）の向こうには何者かの姿がある。顔は見えないが、腕に巻かれた憲兵の白い腕章だけが暗がりに映えていた。

絶叫は止まない。これは相手が叫んでいるのか、それとも若しかしたら自分の声なのか。

人影の腕がゆっくりと動いた。その手には自動拳銃が握られている。逃げなければと頭では分かっているのに、痺れたように全身が動かなかった。

早くしないと殺される。肚の底が冷たくなり、心の底から恐怖を感じた。そして喉の奥から何かが込み上げそうになった刹那——月寒は目を覚ました。

遠くに白い天井が見えていた。首を動かすと、絨幕の隙間からは蒼白い光が漏れている。

事務所へ続く扉越しに、電話の呼鈴が響いていた。叫び声の正体はどうやらこれだったようだ。

腕時計を見ると、夜光塗料の塗られた針は五時半を指していた。日の出まで未だ一時間以上ある。

月寒は舌打ちした。これまでの経験上、こんな時間に掛かってくる電話には碌なものがない。布団を被り無視を決め込んだが、呼鈴は途切れる気配を見せずに延々と鳴り続けている。いったい、扉越しに聞こえ続ける電話の呼鈴ほど不快な物はなかった。

十五回目が鳴り終わったところで月寒は根負けし、遂に寝台から下りた。事務所に続く扉を開け、灯りを点す。卓上の黒電話は今も鳴り続けていた。ここまで来て直前で切れるのが一番癪に障るので、月寒は足早に寄って受話器を取り上げた。

「やっと出たか。おい月寒、お前か」

電話線を通じて聞こえてきたのは、聞き覚えのある野太い声だった。

「三日月さんですか」

「ああ俺だ。寝てたのか」

「当たり前でしょう。何時だと思ってるんです」

月寒は回転椅子を引き寄せ、腰を下ろした。

相手は、哈爾浜警察の司法主任を務める三日月という男だった。仕事によっては顔を合わせる機会も多い間柄だったが、生憎なことに月寒は蛇蝎の如く嫌われていた。一般的な官憲らしく、月寒のような民間の探偵は犯罪者と大差ないというのが彼の信条だそうだ。それ故に向こうから連絡を入れてくることなどついぞなかったのだが、一体どういう風の吹き回しだろうか。

「あんたから電話を寄越すなんて珍しいですね。何かありましたか」

「黙れ、誰が好き好んでお前なんぞに電話を入れるか。こっちだって仕方ないから掛けてるんだ」

「左様ですか。で、何の用です」

卓上には、昨夜飲み残した硝子杯の水があった。月寒はそう問い返してから残りを口に含む。刺すような冷たさが、眠気の靄をすっかり払った。

「月寒、お前また変な事件に首突っ込んでるのか」

「何ですか急に」

「俺が今、何処から電話を掛けているか教えてやろうか。馬家溝の小柳津邸からだ」

月寒は受話器を持ち直した。

「どういうことです。また事件でも起きたんですか」

「またってのはどういう意味だ。前にも何かあったのか、おい」

「三日月さん」

「大きな声を出すんじゃねえよ。俺たちも通報を受けて駆け付けたところなんだ」

「何があったんです。誰か殺られたんですか」

「小柳津閣下の義弟の雉鳩哲二郎だ。庭にある研究室で屍体が見つかった」

月寒は言葉を失った。受話器を持つ手に、自ずと力が籠もった。

「おい月寒、聞いてるのか」

「殺されたんですか、彼は」

「未だ調査中だ。詳しいことは分からん。ただまあ、見た限り自殺や事故じゃねえだろうな。いや、そもそも、お前がこの家とどんな繋がりを持っているのかは知らんが、分かったところで教えてやる義理はない」

「だったらどうして連絡してきたんです」

「お前を呼べってしつこい奴が――ああお嬢さん、こんなところにまでお越しにならずとも、どうぞ居間(ラウンジ)でお待ち下さい。え？　ああはい、これは月寒と繋がっていますが。ええ勿論です。どうしてもと仰るならそれは勿論」

「月寒様、月寒様ですか」

上調子になった三日月の声から、一昨日にスンガリで耳にした千代子の声に切り替わった。椅子の背から身体を離し、月寒は受話器を強く耳に押し当てる。

「月寒です。三日月主任から聞きましたが、哲二郎氏がお亡くなりになったというのは本当ですか」

「そうなんです。私もう、本当にどうしたらいいか」

千代子は酷く狼狽(うろた)え、涙声に近かった。月寒は強く声を張った。

「落ち着いて下さい。私も今から直ぐに向かいます。一時間は掛からないと思いますから、三日月主任にもそう伝えておいて下さい。それじゃまた後で」

投げるように受話器を置き、月寒は寝室に駆け込んだ。

何度も滑走(スリップ)しそうになりながら凍った道路を飛ばし、馬家溝の高台に辿り着いた頃にはもう空も白み始めていた。

小柳津邸の高い門の前には、三台の警察車輛が乱雑に駐まっていた。

その近くに車を駐めると、門柱の脇にいた赤ら顔の露西亜人警官が小走りに寄ってきた。月寒が先んじて素性を名乗ると存外すんなりと門を通された。一応話は通っているようだ。

幾筋もの足跡で氷雪が踏み荒らされた自動車路を進み、表玄関に入る。

二重扉の前には、朝鮮人の巡補が緊張した顔で立っていた。突然現われた月寒に面喰らったようだが、三日月の居場所を問うと、捜査関係者の一人だと思ったのだろう、鯱張った顔で背後を指した。

皓々と灯りの点った洋式広間には、二人の刑事と話し合う三日月の姿があった。月寒の姿に気が付いた三日月は、肩を怒らせながらこちらにやって来た。

「本当に来やがったのか」

「あんたに呼ばれたんですよ」

「呼んだのは俺じゃねえ。先ずは説明して貰うぞ。お前みたいな破落戸が、何でこの家に出入りしてるんだ」

「依頼を受けたからです」

「お嬢さんにか。それとも真逆、小柳津閣下にじゃないだろうな。それに依頼の内容は何だ」

「答える筈がないでしょう」

三日月は聞こえよがしに舌打ちをして、月寒の鼻先まで顔を近付けた。

「おい月寒。朝っぱらから叩き起こされて俺は機嫌が悪いんだ。あまり手間をかけさせるんじゃねえ」

「依頼人の許可なしには話せないことぐらいあんたも分かってる筈だ。それより、さっさと本題に入りませんか。若し私の受けた依頼が事件に関係しているのなら、依頼主も許可を出すでしょう」

三日月は凶悪な顔付きで何かを云い掛けたが、月寒の名を呼ぶ階上からの声がそれを遮った。

千代子が、小走りに階段を下りてくるところだった。長い髪を留め、旗袍(チイパオ)風の服に裾の長い上着を羽織っている。

「ああ月寒様、よくお越し下さいました」

月寒は三日月から離れ、千代子の側に歩み寄った。

「この度はとんだことで。お悔やみ申し上げます。力不足でした、申し訳ありません」

「いえそんな、しかし……」

千代子は続きの言葉を捜すように、目を彷徨(さまよ)わせていた。化粧気のない頬は血の気もなく、透き通るようだった。

ちんと音がして奥の昇降機が開いた。なかからは、蓬色の協和服を着た秦(はた)が杖を突きながら姿を現わした。秦は月寒の姿を認めると軽く一礼し、刻み足にこちらまでやって来た。

「閣下のご容態は如何(いかが)でしょう。お話は伺えそうですか」

三日月は刑事たちに何か指示を出してから、千代子にそう問うた。

「鎮静剤を打って、漸(よう)く落ち着いたところです。矢張り祖父にとりましても相当ショックだったようでして、まだ当分は難しいかと」

「そうですか。それはまあそうでしょうな。うん、仕方がない。分かりました」

三日月は渋面で頷いた。

杖の音を立てながら、秦は三日月と千代子の間に身体を滑り込ませた。

「主任、当家としては、早々に葬儀の手配を進めさせて頂きたい。ついては、哲二郎様の御遺体を移したいのだが」

なかなか高圧的な態度だった。軍人と官憲は兎角犬猿の仲だが、それは退役しても変わらないようだ。

「いや遺体は当局で引き取り、解剖に廻させて頂きます。お返しするのはその後になります」

三日月は顔を顰めながら、それでも下手に出ていた。珍しいこともあるものだと月寒は驚いたが、秦にその譲歩は伝わらなかったようだ。

秦は顔を赤く染め、何を云うかと怒鳴った。

「そんなことは聞いておらんぞ。貴様たちは哲二郎様の身体に傷をつける積もりか。巫山戯るんじゃない。閣下がそんなことをお許しになると思うのか」

「いや、そう云われましてもね」

「止めなさい秦。お祖父さまには私からお話をしておきます」

いきり立つ秦を宥め、千代子は三日月を見た。

「三日月様、大叔父の身体はもう外に出されたのですか」

「いいえ、まだ現場検証の途中ですので」

「でしたら、最後にもう一度だけご挨拶をさせて頂くことは出来ませんか」

そりゃ構いませんと三日月は流石に安堵した顔で頷いた。月寒は咄嗟に口を挟んだ。

「お嬢さん。済みませんが、私もご一緒させて頂けますか」

「それは勿論。三日月様、よろしいですよね？」

三日月は面喰らった顔になり、やがて唇を曲げ、顔を斜めに動かした。傍目には頷いたように見えたが、彼なりの最大限の抵抗だったのだろう。

一五・

哲二郎は実験台に頭を向け、横向きに倒れていた。

両手で喉元を掻(か)き毟(むし)るような姿勢のまま、苦悶(くもん)の表情を浮かべて研究室の隅を睨みつけている。唇の端には吹き出したと思われる白い泡の滓(かす)がこびり付いており、蓬色の亜麻油床(リノリューム)にも吐瀉(としゃ)物らしき茶色い染みが幾つか零(こぼ)れていた。

屍体の手元には、中型の幅広混合器(グリフィンビーカー)が転がっていた。強化硝子製なのか罅(ひび)は入っておらず、辺りには琥珀(こはく)色の液体が乾き切らずに広がっていた。

「零れているのは紅茶です。実験中、大叔父はそうやってよく紅茶を飲んでいました」

屍体の脇に膝を突く月寒の横に、千代子が立った。

「三日月様のお話では、紅茶の残りから砒素(ひそ)が検出されたそうです」

月寒は黙って頷いた。屍体を見た時点から予想はしていたことだった。哲二郎もまた、毒殺されたのだ。

立ち上がり、実験台上に目を向ける。

黒い一枚板の台上には、組立台（スタンド）や洗浄壜など実験器具の他、小型懐中電灯と軽油式の卓上洋燈（ランプ）が残されていた。

組立台（スタンド）に固定された丸底計量器（フラスコ）の脇には、青い紅茶缶と洋急須（ティーポット）があった。千代子が云った通り、計量器（フラスコ）で湯を沸かし幅広混合器（グリフィンビーカー）を洋碗（カップ）代わりに使ったのだろう。洋燈（ランプ）の火屋は煤（すす）で汚れており、油もまだ十分に残っていた。

月寒は屍体の側から離れ、係員たちが黙々と作業を続ける室内を改めて見廻した。

広さは十坪程度だろうか。入口から向かって右手と奥の壁は一面の局所排気装置（ドラフトチャンバー）であり、左手の壁には、薬品庫へ続く木製の扉を挟んで書類保管庫（キャビネット）と工業用冷蔵庫（フリーザー）が並んでいる。

部屋の中央には二列×二行で試薬棚（ラック）付き実験台が並んでおり、哲二郎の屍体があるのは、丁度書類保管庫と左端の実験台の合間だった。

いま月寒たちがいるこの実験室は、居間（ラウンジ）脇の硝子陽台（サンルーム）から吹き曝（さら）しの渡り廊下を進んだ先にあった。

頑丈な赤煉瓦の平屋造りで、機密保持のためか出入り口は正面の大きな親子扉しかなく、天井に開いた明かり取り用の硝子窓にも太い鉄格子が嵌め込まれていた。

外から入って直ぐに三坪程度の細長い準備室があり、そこで入室者は白衣や、必要があれば防護服に着替える規則になっていた。準備室から研究室に入る扉に鍵はないが、外と繋がる親子扉には鉄製の頑丈な引き金錠（スライド）が設えられていた。月寒は屍体の横を通り、準備室への扉に近い実験卓の側に立った。黒鋼（スチール）の卓脚の近くには、茶褐色の吽壜（ガロン）が四本並んでいる。そして、その内の一本は床に転がっていた。屍体の位置から見て、哲二郎が倒れた拍子に手が当たって倒れたのだと思われる。

　蓋が外れた壜の口からは、粘性の強そうな緑色の液体が溢れ出て、辺り一面を濡（ぬ）らしていた。床の蓬色とは同系色だが、その液性ゆえに何とか見分けることが出来る。そして、そんな水溜（た）まりから準備室に続く扉までは、同じく緑の足跡が一直線に残されていた。何者かが零れた液体を踏み、そのまま歩いて行ったのだろう。その証左に、準備室には靴底に緑の液をべったりと付けた屋内靴が無造作に脱ぎ捨てられていた。三日月が、自殺や実験中の事故という可能性を除外している根拠がこれだった。

　千代子は屍体の肩口にしゃがみ、瞼（まぶた）を閉じたまま手を合わせていた。月寒はその側に立つ秦に近寄り、屍体発見当時のことを尋ねてみた。

「見つけたのはネルグイでした。月寒様はネルグイをご存じですか」

「哲二郎氏の助手も兼ねた蒙古系の用人でしょう。まだ会ったことはありませんが」

「左様でございます。四時半頃、飼育している実験用鼠（ラット）の採血に来たところで発見したそうです。既にお亡くなりになっていると分かり私の部屋に参りました。私も直ぐに駆け付けたのですが、確かに冷たくなっておいででした。そこで急ぎ閣下やお嬢様にご報告し、警察に通報した次第です」

「秦さん、あまりそういうことを部外者に話して貰っては困るのですが」

三日月が堪(たま)りかねたように口を開いた。敢えて聞こえない振りをしていたようだが、流石に無視しきれなくなったようだ。

何だ貴様はと秦が怒声で返す。数人の係員が怪訝そうに振り向いた。

「この私に指図するのか。そんなことより、先ほど報告を受けていたようだが、哲二郎様がお亡くなりになった時刻も分かったのか」

「生憎とまだ調査中なもので、不確かなことをお伝えするわけにもいきません。それに、その男は部外者です」

「この秦勇作(ゆうさく)が構わんと云っているのだ。御託はいいから早く答えろ」

秦は更に声を張り上げ、それに併せて杖で床を突いた。三日月は苦虫を嚙(か)み潰(つぶ)したような顔のまま、懐から手帖を取り出した。

「午前二時から三時までの間というのが見立てです。勿論、解剖の結果で前後するかも知れませんが」

「ならば停電のあった頃なんですね。秦、貴方は覚えていない？」

千代子が立ち上がり、秦に問うた。

「申し訳ありません、昨夜（ゆうべ）は寝床に入ってから一度も目覚めることがありませんでしたもので」

「停電があったんですか？」

千代子は月寒の顔を見て頷いた。

「二時頃だったと思いますが、昨晩は殊更風が強く、折れた枝が当たって送電線のひとつが切れてしまったんです。ネルグイに直させましたので、時間としては三十分程度でしたが」

黙って話を聞いていた三日月の元に、係員の一人が寄った。彼から何かを耳打ちされた三日月は頷き、千代子に向き直った。

「それでは、これより遺体を搬出させて頂きます。お二人とも一度ご自分のお部屋にお戻り下さい。使用人も含めて順々にお話を伺わせて頂きます」

秦は三日月に歩み寄り、丁寧に運ぶようにと強い口調で注意をし始めた。三日月はうんざりしたような顔を隠そうともせずに聞いている。

千代子は書類保管庫（キャビネット）の側まで下がり、哲二郎の屍体が担架に移される様子を見詰めていた。蒼醒めた顔のなかで、唇が小さく動いた。

囁（ささや）くような声だったが、月寒の耳にも何と云ったかは聞こえていた。

「さようなら、叔父さま」

一六

千代子が義稙の様子を見に戻ったので、居間（ラウンジ）での事情聴取は秦から始まった。筆記係の若い日本人刑事は隅の珈琲卓（コーヒー）で手帖を広げ、秦と三日月は重厚な丸卓子を挟んで肘掛け椅子（アームチェア）に腰を下ろした。月寒も黙って、双方の顔が見える暖炉脇の椅子に陣取った。三日月は忌々しげな一瞥を寄越したが、何も口にはしなかった。

「それでは早速ですが、幾つかお尋ねさせて頂きます。飽くまでどれも形式上のことですので、どうぞその点はご理解下さい」

拉（ひしゃ）げた煙草の箱を取り出しながら、三日月は口火を切った。

「初めに、屍体を発見された時のことをお聞かせ願えますか」

「私は毎日四時十五分に起床し、身支度を調えて屋敷中の暖炉に火を入れることを日課としている。今日も同じ時刻に目を覚まし、洗面等を済ませて着替えていたところ、あれは確か四時半を少し過ぎた頃だったと思うが、自室の扉を強く叩かれた。こんな時間に訪ねてくる者はいないので、訝（いぶか）しみながら開けてみると、ネルグイだった。奴は、哲二郎様が死んでいると云った。研究室で哲二郎様が倒れている、確かめたがもう手の施しようもなかったとネルグイは繰り返した。驚いたのは云うまでもない。私は慌てて奴と共に研究室に向かった。そして、それが事実だということを知った」

「何か室内の物に触れましたか」

「分からん。若しかしたら哲二郎様に声を掛ける時に何か触れたかも知れんが、よく覚えておらん。ネルグイに訊くといい。奴は入口から私のことを見ていた筈だ」

「単なる事故ではないと思われましたか」

「当たり前だ。あの足跡は直ぐに目に入った。だからその旨を急ぎお嬢様と閣下にご報告して、警察に連絡を入れたのだ」

「記録を見ると、五時丁度でしたね。現場となった研究室ですが、我々が到着するまでに貴方がた二人以外で誰か出入りはしましたか」

「離れる時に鍵を掛けて、私が持ち歩いていた。だから何人も入りようがない」

「その間、ネルグイは？」

「ヴァシリーサ様と使用人共を起こして廻るように命じた」

「成る程。話は変わりますが、このお屋敷は随分と堅牢（けんろう）な造りですな。矢張り小柳津閣下のご趣味なのですか」

「元からこうだったと記憶している。ここは元々露西亜人の銀行家が別荘として使っていた屋敷だ。塀が高いのも夜盗対策だったんだろう。それがどうした」

「いや、それがちょっと分からないことがありましてね」

紙巻きを咥えたまま、三日月はにこりともせずに云った。

「塀の高さは三米（メートル）近くあって、しかもその上には槍頭（そうとう）みたいな鉄製の装飾が並んでいる。表の門も、我々が駆け付けるまで施錠されていたんですよね？」

「ああそうだ。私も見ていたが、すっかり凍っていて開けるのには苦労していた」

「部下に調べさせましたが裏の門もそうでした。だから困っているんですよ」

「回りくどいな。何が云いたいんだ」

秦は苛々した様子で杖を動かした。月寒は煙草を離し、口を開いた。

「秦さん。つまり三日月主任は、外から屋敷に忍び込むのは不可能だったんじゃないかと云いたいのですよ」

三日月が顔を顰めるのと、色を作（な）した秦が立ち上がるのはほぼ同時だった。

「ならば貴様たちは、この屋敷の中に哲二郎様を殺（あや）めた者がいると云うのか」

「まあそう声を荒げずに。だから逆に教えて頂きたいんです。表と裏の門以外で人が行き来出来るような箇所はあるんですか」

秦は咄嗟の返答に詰まっていた。三日月は煙草を吹かしながら、その目を薄くする。

「出入りが出来るのは確かに表門と裏門だけだ。しかし、幾ら高いからと云って塀が乗り越えられない訳ではない。そんな考えはあまりに莫迦げている」

「仰る通りです。飽くまで可能性の問題ですので」

三日月は重々しく頷いているが、秦を一瞥したその瞳には、明らかに猜疑の光が含まれていた。

秦はぶつぶつと何かを呟きながら、それでも再び椅子に腰を落ち着けた。三日月は月寒に顔を向け、部外者は黙っていろと釘を刺した。

「話を戻しますが、昨夜の雉鳩氏はどんな様子でしたか」

「特にお変わりはなかった。いや、むしろ上機嫌であられた」

「何かあったんですか」

「軍の依頼で改良を施した焼夷弾の設計が採用されたそうだ。詳しいことは私も知らん」

「最後に雉鳩氏の姿を見かけたのは誰かご存じですか」

「夕刻に帰宅され、食事を摂られてからは直ぐに研究室に向かわれた。他の者のことは分からんが、私がお見かけしたのはそれが最後だ。確か九時頃だったと思う」

「貴方は何時頃にお休みになったのですか」

「十一時だ。暖炉の消火を確認し、閣下にご挨拶してから部屋に戻った。薬を嚥んで寝床に入ってからは一度も目を覚まさなかった」

「では、昨夜あったとかいう停電のこともご存じない？」

「そうだ。お嬢様のお話で初めて知った」

三日月は最後に、脱ぎ棄てられた屋内靴について尋ねた。ネルグイと共に現場へ赴いた時からあったのかという問い掛けに対し、秦はそうだと答えた。

秦が退出したのを見送った三日月は、煙草の箱で卓子を叩きながら月寒に顔を向けた。

「そろそろ云っちまえよ。お前がこの家に絡む理由は何だ」

三日月は無表情で、その目は冷ややかだった。

月寒は脚を組み直す。このままはぐらかし続けるのにも限界がありそうだった。

「大した仕事じゃないんですよ。少し前から小柳津閣下は回想録の執筆を始められたんですが、その資料捜しに雇われたんです。当時の新聞記事を集めたり、部下だった人物から話を訊いて纏めたりね」

「嘘を吐くな。その程度の男を、わざわざこんな時に呼び出す訳がないだろ」

「それだけ信頼して貰っているんでしょう」

「電話で云った、『また事件でも』ってのはどういう意味だ」

「そんなこと云いましたか？」

三日月の大きな掌のなかで、煙草の箱が潰れた。

「いいか月寒。小柳津は関東軍の、いや陸軍の重鎮だ。この満洲じゃ哈爾浜に限らず名が通っている。お前みたいな三下が絡んでいい案件じゃあねえんだぞ」

「三下には三下なりの仕事があるんですよ。出て行けというなら従います。私は別にそれでも困りませんからね」

腕を伸ばし、暖炉のなかに煙草の灰を落とす。三日月は陰険な目で月寒を睨んだが、それ以上は追及しようとしなかった。

三日月が次に指定したのは用人のネルグイだった。

居間に現われたのは、浅黒く陽に焼けた眉の濃い青年だった。胸板も厚く、深草色の協和服に身を包んだ体軀は二米近くある。

通訳は必要かという三日月の問いに、ネルグイは、大丈夫ですと答えた。音調にも狂いのないきれいな日本語だった。

掛けてもよいとは云われていないためか、ネルグイは直立不動の姿勢で肘掛け椅子の脇に立ったままだった。三日月は後ろに凭れ掛かり、そんなネルグイの全身をじろじろと検めている。秦の時とは打って変わった高圧的な態度だった。

「名前と年齢は」

「ナイダン・ネルグイです。今年で二十五になります」

「随分と日本語が上手いな。勉強したのか」

ネルグイは真正面を向いたまま、はいと答えた。そして、哈爾浜高等工業学校で役夫として働きながら学んでいたところ、哲二郎から声を掛けられた旨を説明した。

「最初に屍体を発見したのはお前だそうだな」

「そうです。いつも四時四十分に実験用鼠の採血をしていますので、今朝も研究室に行きました。そこで先生が倒れているのを見つけました」

「その時、研究室に鍵は掛かっていたか」

「いいえ掛かっていませんでした。ですが、先生はよく研究室で夜を明かされることもありましたので、特に可怪しいとは思いませんでした」

「だが、なかでは雉鳩氏が死んでいた。屍体に触ったか」

「近くに寄って声は掛けましたが、触れてはいません。返事もありませんでしたし、一目見てあれではもう駄目だと分かりましたので」

「じゃあ現場では何も触れてないんだな。あの足跡はどうだ。それに汚れの付いた靴も」

「最初からあのようになっていました。準備室に入った時から目に入りましたから、可怪しいとは思ったのですが。もちろん、研究室に入った時も踏まないように気をつけました」

「あの緑の液体は何だ。何かの薬剤か」

「K式液体照明灯(ライト)と云って、先生が開発された新型照明灯の原液です」

月寒はああと呟いた。確かにあの色は、椎名から渡された牛乳壜の中身と同じだった。

「研究室に入る時は白衣や防護服だけでなく、靴も専用の物に履き替えるんだったな。お前、靴の寸法(サイズ)は」

「十二文です」

三日月は短くなった煙草を棄てながら、丸卓子の下を覗き込んだ。月寒の場所からもネルグィの足は見えるが、確かに大きい。脱ぎ捨てられていた靴の寸法は十一文弱で、踵(かかと)に踏んだような痕(あと)はなかった。ネルグィでは到底入りそうもない。

「停電についてはお前が詳しいと聞いている。何時頃なんだ」

「二時を過ぎた辺りでした。駒田(こまだ)さんはもうお休みになっていたのですが、私は枕元の卓上電灯を点(つ)けて本を読んでいました。特に風の強い夜だったのですが、ちょうどその頃に木の倒れるような音が外からして、同時に灯りが消えたのです」

「駒田とは同室なんだな」

「はい、玄関脇の部屋が私たちに当てられています。それで停電だと思った直後、部屋にある電話機が鳴りました。その音で駒田さんも起きました。電話機には駒田さんが近いので出たのはあの人です。相手は先生でした」

「研究室とは電話線が繋がっているのか」

「実験の都合で私が呼ばれたり、先生が駒田さんに食事を持って来させたりするために引いた物です。先生が私の名を云われましたので代わりますと、電気が切れたから早く直すようにというご命令でした。私は外套を着て外へ向かいました。その途中、洋式広間(ホール)で二階から下りていらっしゃるお嬢さまと会いました。お嬢さまも電気が切れたことに気付かれていたようで、私に修理を命じるために下りてこられたそうです。私は今から向かう旨をお伝えし、お嬢さまは二階に戻られました。洋式広間(ホール)の柱時計を見たのですが、時刻は二時十分を少し過ぎた辺りだったと思います」

「駒田はそのまま部屋に残ったのか」

「はい、あの人の仕事ではありませんから。外に出て見ますと、案の定根元から折れた太い枝が飛んで、邸内に引き込まれた一本の送電線を切っていました。それほど高い箇所でもなかったので、納屋から補修材と脚立を運んで繋ぎ直しました。修理を終えて屋敷に戻ったのは、二時四十分を少し回った頃です。修理が終わったことを先生に報告しなければと思いましたが、部屋に戻るとやはり駒田さんは寝ていらしたので、電話機を廊下まで引っ張ってきて電話を入れました。ですが、先生は出られませんでした」

燐寸(マッチ)を擦ろうとした手を止め、三日月は鋭い目でネルグィを見上げた。

「出なかったとはどういう意味だ」

「受話器を取って貰えなかったのです。呼び出しはしましたので、回線の不調ではなかったと思います」

「その時点で既に雉鳩氏は死んでいたかも知れん訳だろ。お前は可怪しいと思わなかったのか」

「いえ、しかし電気が直ったことは見れば分かりますし、何より先生は実験を邪魔されることを酷く嫌っておいででしたので、その時もお忙しいのだなと思いまして」

三日月は鼻を鳴らし、煙草の先に火を点けた。ネルグィは困惑した面持ちで顔を伏せた。

「黙ってないで続けろ。それからどうしたんだ」

三日月は苛々とした口調で云った。

「……先生が出られませんでしたので、私は五回ほど呼び出した所で電話を切り、再び床に入りました。次に目を覚ましたのは四時頃です。着替えや洗面を済ませて、研究室へ向かいました。そこで、先生を見つけました。最初は、本当に最初は事故だと思いました。局所排気装置(ドラフトチャンバー)が上手く働かず、有害な瓦斯(ガス)でも発生したのかと。しかしあの足跡が目に入り、訳が分からなくなりました。とにかく大変なことだということは分かりましたが。私は直ぐに近寄って声を掛けたのですが、もう手遅れでした。それで二階の秦様のお部屋まで走りました。普段でしたら私などは呼ばれない限り二階に上がってはいけないのですが、そうも云っていられなかったのです」

「秦は部屋にいたのか」

「はい。扉を叩くと、何事かと直ぐに顔を出されました。着替えも済まされていました。私が先生のことをお伝えすると酷く驚かれて、案内しろと仰いました」

「それでお前と秦は研究室に向かった。研究室を離れる時、お前は鍵を掛けたのか」

「申し訳ありません、そこまでは気が回りませんでした」

「なら、その間に何者かが出入りしていたかも知れない訳だ。屍体を見つけた時とその時で、何か室内に変わったことはあったか」

ネルグイは暫く考え込んでいたが、やがて首を横に振った。

「屍体の確認は秦がしたと聞いているが、入口から見ていて奴に怪しい動きはなかったか」

ネルグイは驚いた顔になり、そして直ぐにありませんと答えた。

「隠し立てするとためにならんぞ」

「本当です。嘘は吐いていません」

「まあいい、それよりも哲二郎氏は硝子器具で紅茶を沸かして湯呑み代わりに使っていたが、あれはいつもそうなのか」

「はい。幅広混合器は容量が大きいので、先生はよく洋碗代わりに使われていました」

「合成の実験にも使うんだろう。危なくはないのか」

「どれも使用後には洗浄しますので問題ありません。そうしないと次の実験にも使えませんので」

そうかいと呟きながら三日月は灰を落とし、ゆっくりと身を乗り出した。

ネルグイは不安げな顔のまま、それでもゆっくりと腰を下ろした。

「まあ座れよ」

「お前や秦が思った通り、雉鳩哲二郎は殺されたんだろう。問題は、誰がそんなことをやったのかだ」

ネルグイは俯いた。三日月はその頭に煙を吹き掛ける。

「突風のなかであの塀を越えるのは至難の業だ。それに、俺たちが着いた時に表の門を開けたのはお前だったな？　門の鍵はどうなってた」

「……固く凍っていました」

「裏門もそうだった。外から入るのが無理なら、犯人はなかにいるとしか考えられんだろうが。おい、お前は助手だったんだろう。一番近くにいたんじゃないのか。だったら人間関係のいざこざぐらい知っているだろう」

三日月は拳で肘掛けを叩く。ネルグイは戦くように首を振った。

「私は、飽くまで実験のお手伝いを命じられていただけです。先生は私生活に立ち入られることを酷く嫌っておいででした。だから何も知らないのです」

「御託はいいから答えろ。誰が雉鳩哲二郎を憎んでたんだ」

「知りません。本当です」

それから暫くの間、三日月は手を替え品を替え恫喝を続けていた。しかし、ネルグイは飽くまで分からないの一点張りだった。

流石に二十分を過ぎた辺りで諦めたのか、三日月も呆れた顔でしきりと煙草を吹かしていた。ネルグイは背筋を伸ばしたまま、蒼醒めた顔で卓上に目線を落としている。

暫く待ったが誰も口を開かなかった。室内には、筆記役がペンを走らせる音だけ響いていた。

月寒は、再び席外から質問を投げ掛けた。

「実験台の上には懐中電灯と卓上洋燈があった。あれは普段からある物なのか」

ネルグイはのろのろと顔を上げた。面識はないので、刑事の一人とでも勘違いしたのだろう。従順な面持ちで身体ごと月寒の方を向いた。

「懐中電灯は備え付けですが、洋燈は奥の薬品庫にしまってあります。停電中に先生が取り出したのでしょう」

「お前が屍体を見つけた時、洋燈の火は消えていたか」

ネルグイは首を傾げた。思い出せないのではなく、質問の意図が分からないという顔だった。

「どうなんだ」

「はい、消えていたと思います」

月寒は頷き、身を引いた。

「本当に何も知らんのか、あの蒙古人」

ネルグイが出て行った扉を睨みながら、三日月は何本目か分からない煙草に火を点けた。

「彼が犯人だと思いますか」

「違うだろうな。他の使用人共もそうだ。連中が殺したんなら、俺たちが着く前にさっさと姿を晦ましてる。殺っときながら律儀に残ってるような莫迦はいねえだろ」

「同感です」

三日月は鼻を鳴らした。

「お前の意見なんざ誰も訊いちゃいねえ」

月寒は肩を竦め、手帖を開いて纏めていた時間表にネルグイの行動を書き足した。停電があったのは二時から二時半までだった。残された足跡を見る限り、犯行はこの間にあったと考えるのが妥当だろう。

犯人は停電中に研究室を訪れた、若しくは研究室を訪れている最中に停電になった。その隙を突いて紅茶のなかに砒素を混ぜ、哲二郎はそれを飲んで中毒死した。その際、苦悶する哲二郎が卅墍に触れて倒し、衝撃で蓋が外れて中身が零れ出た。暗闇のせいで犯人は流れ出た薬剤に気付かず、それを踏んで足跡を残してしまった――尤もこれは、あの足跡が第一発見者であるネルグイの偽装でないということが前提になっているが。

秦は部屋から出ていないので、当然不在証明はない。二時十分頃から三十分に掛けて電線の修理をしていたと云うネルグイも、実際にはもっと早く修理が終わっていた可能性も否めない。

扉が開き、扉口から朝鮮人の巡補が顔を覗かせた。

「主任殿、次は誰を呼びましょうか」

三日月は紙巻きを咥えたまま、料理人の駒田を呼んでこいと怒鳴った。

一七・

三日月の指定と違って、次に現われたのは運転手の孫回雨だった。

最初は月寒もそれが誰だか分からなかった。大根のように細長い顔で、鼻の下には濃い髭を生やしていた。年齢は四十絡みだろうか。孫は恐る恐ると云った調子で姿を現わすと、早口に満語で何かを云った。訛りが強いため月寒にも不確かだが、自ら名乗るのと併せて、駒田は手を離せないということが伝えたかったらしい。

日本語を使えと三日月は怒鳴ったが、孫は狼狽えた顔で同じことを繰り返すだけだった。日本語はからきしのようだ。駒田が来られない理由を月寒が満語で問うと、秦の命令で朝食を作っているからだと孫は答えた。

三日月が苛々した様子で月寒の名を呼んだ。

「こいつは何者だ。駒田じゃないのか」

「彼は運転手の孫回雨です。駒田は秦の云い付けで閣下たちの朝食を作っているそうですよ。だから忙しくて今は来られないと云っています。孫は秦からそれを伝えるよ

う に云われて来たみたいです」

「人死によりてめえの朝飯の方が大事だってのか」

三日月は至極不機嫌な表情になり、大声で外に立っていた巡補を呼んだ。駒田を呼びに行かせる積もりかと思ったがそうではなかった。三日月は彼に、月寒にしたのと同じことを訊いた。どうやら月寒の通弁だけでは信用出来なかったらしい。

同席を命じられた朝鮮人の巡補を通弁に、そのまま孫回雨の訊問が始まった。

孫は通いのため、昨夜はこの屋敷にいなかった。屋敷を訪れたのも、事件を知ったのもつい先程だと云う。そのため本来なら容疑者からは外されて然るべきだが、三日月は屋敷内の人間関係について厳しく問い糺した。意向を無視されたことが余程癪に障ったのか、孫に対する三日月の当たりはネルグイへのそれ以上の苛烈さだった。

訊問は三十分以上に渡り、孫は滝のような汗を流しながらしどろもどろの答弁を続けた。しかし、結局はネルグイと同じく、自分は雇われて未だ日も浅いので何も知らないの一点張りだった。

いつの間にか時刻は七時を廻っていた。分厚い二重窓の向こう側は、すっかり明るくなっている。

根元まで吸いきった煙草を灰皿の縁で押し潰し、三日月は大きく欠伸をした。青硝子の灰皿では、吸殻がなだらかな丘を作っていた。筆記役の刑事も立ち上がり、腰を伸ばしている。

間隔を空けて二回、扉をノックする音が聞こえた。三日月がおうと応えると、薄紫の部屋着を纏ったヴァシリーサが姿を現わした。その後ろには欧風前掛け姿のリューリが、そして困惑顔の巡補が立っていた。

相変わらず化粧気のない顔だが、今日はあの分厚い眼鏡を掛けていないせいか印象が違った。存外目鼻立ちは鮮やかで、顎から首筋にかけての線もすっきりとしている。容貌を褒め称えられることに慣れているような顔だった。

三日月は仏頂面のまま煙草を口から離した。

「奥さん、申し訳ないがお話は一人ずつ訊かせて貰っているんです」

「聞いています。でも、私とリューリは一緒に済ませた方が早いんじゃないかと思いまして。部屋が同じですから」

巡補の脇を抜け、ヴァシリーサは肘掛け椅子に腰を下ろした。長い脚を組み、悠然と紙巻きを咥える。後ろで括られた長い髪が、首筋から豊かな胸元に流れていた。

「リューリは私の部屋で寝起きしています。いくら下婢だからって、こんな若い娘を下の男たちと一緒にさせる訳にいきませんでしょう？　だから私の部屋に入れてあげたんです」

三日月が目を向けると、リューリはそうですというように小さく頷いた。

「それはまあ結構なことです。そうすると、昨夜も一緒だったのですね」

「当然」

ヴァシリーサはリューリを見遣り、珈琲を用意するよう命じた。リューリは一礼して出て行った。

煙を細く吹き出しながら、ヴァシリーサは私に顔を向けた。

「貴方、警察の人だったの？」

「朝一番でお嬢さんから電話が掛かってきまして、それで駆け付けた次第です」

「随分とあの娘に気に入られたのね。ところで、まだよく聞かされていないのだけれど、哲二郎が死んだというのは本当なの」

「残念ながら」

ヴァシリーサは、特に興味もなさそうな顔でへえと呟いた。

咳払いをして、三日月が話に入ってきた。

「それじゃあ早速本題に入らせて頂きます。先ず、昨夜のことをお聞かせ願えますか」

「特に話すこともないのですけれど。十一時に自室に戻って、少し本を読んでから寝台に入りました。リューリが戻って来たのは十二時頃だったかしら。それから今朝、ネルグイが部屋に来るまではずっと寝ていました」

「それは下婢(メイド)もですか？」

「ええ。そんなに広い部屋じゃないから、出て行ったら気付くでしょう」

「停電があったことはご存じですか」

「初耳だわ」

リューリが台車(ワゴン)を押しながら現われた。洋碗(カップ)を並べるリューリに三日月は同じ質問をしたが、返ってきたのはヴァシリーサと同じ答えだった。

リューリは筆記役の刑事や月寒の所にも珈琲を運んだ。月寒が礼を述べると、リューリは親しげな微笑みを見せてからヴァシリーサの後ろに戻っていった。

灰皿の縁に煙草を置き、洋碗を摘(つ)まみ上げた。珈琲の酸い苦みに、瞼(まぶた)の奥に掛かっていた眠気の靄(もや)が払われていった。

立ち上る湯気越しに、ヴァシリーサを観察する。

素知らぬ顔で紙巻きを燻(くゆ)らすその姿は、どこまでも平然としていた。若(も)し彼女とリューリが口裏を合わせているのなら、落としやすいのはリューリの方だろう。三日月もそう判断したのか、不在証明(アリバイ)の確認は早々に切り上げて別の話題に移った。

「何か最近になって、哲二郎氏が厄介事(トラブル)に巻き込まれていたとかいった話はありませんでしたか」

「さあ。そういったことはネルグイの方が詳しいと思いますよ」

「何か心当たりはありませんか」

「ありません。悪く思わないで欲しいのだけれど、元々あの人とはそんな話をする仲じゃなかったから」

吸殻の丘に灰を落としながら、ヴァシリーサは気乗りしない口調でそう云った。三日月は訝しげな表情になったが、ヴァシリーサは気に掛けていない様子だった。

その後も哲二郎の交友関係や昨夜の様子に関する質問を幾つか重ねたが、ヴァシリーサとリューリから新たに得られた情報はなかった。

退出したヴァシリーサたちと入れ違いに、千代子が駒田を連れて姿を現わした。

三日月は立ち上がり、向かいの椅子を手で示す。駒田が纏ってきたと思われる焼べーコンの匂いが、微かに月寒の鼻腔を擽った。

「閣下は如何でしたか」

「少しは落ち着いたようです。まだ安心は出来ませんが」

「そうですか。まあ閣下にお話を伺う訳にもいかんですからな」

三日月は頭を掻いた。立場的にも身体的にも、小柳津義植は端から容疑者のなかには入っていないようだった。

千代子は肘掛け椅子に腰を下ろし、駒田は手元の料理帽を揉みくちゃにしながら、所在なげな顔でその脇に立った。

「お嬢さん、済みませんがお話は一人ずつ伺わせて頂くことになっているのです」

「ああ左様ですか、でしたら」

千代子は駒田に目を向けた。駒田は頷き、足早に出て行った。

「では、畏れ入りますが幾つか質問をさせて頂きます。飽くまで形式的なものですのでどうぞご理解下さい」

「ええ、それは勿論」

「助かります。それでは早速ですが、昨晩のことをお聞かせ願えますか」

千代子は卓上に目線を落とし、何処から話したらよいかを考えるように、端から端までゆっくりと一往復させた。

「少し頭痛がしましたので、祖父に挨拶を済ませ、十時半には自室に戻りました。直ぐ布団に入ったのですが、どうも眠りが浅かったようで夜中に目が覚めてしまいました。確か一時半頃だったと思います。変に目が冴えてしまい寝付けませんでしたから卓上電灯を点けて本を読んでいたのですが、二時になるかならないかの頃だったと思います、窓の外で木の裂けるような音がして灯りが消えてしまったのです。ああまた電線が切れたのだなと思いました」

「と仰ると、以前にもこのようなことが？」

「風の強い夜などはままありました。私の部屋の外にちょうど電線が通っていまして、昨晩切れたのもそこなのです。以前ネルグィに補強をさせたのですが、昨晩みたいな夜はどうしても駄目みたいです。放置しておくと全館集中暖房にも支障をきたしますので、直ぐ修理させるために一階の使用人部屋へ向かいました。その途中に洋式広間でネルグィと会ったのです。大叔父から連絡がありこれから修理に向かう所だと申しましたので、私は安心して二階に戻りました」

「ではそのままお休みに？」

「いえ、祖父の様子を見に部屋を訪れました。祖父も風の音で目を覚ましていたようで、暫く話をしておりますと部屋の常夜灯が点りましたので、それでああ修理が終わったのだなと分かりました。私は部屋に戻り、朝方、秦が部屋を訪れるまでは眠っておりました」

「哲二郎氏のことをお聞きになって、先ず何を思いましたか」

「秦は最初、実験中の事故で大叔父が亡くなったと私に申しました。ですから、とうとう恐れていたことが起きたかと思いました。随分と危ない薬品を使っているということは聞いておりましたので。ですが、どうにも秦の様子が可怪しかったので糾したところ、単なる事故ではないかも知れないと答えたのです。そこで、私は秦と共に研究室へ向かいました」

「貴女も現場を見たのですか」

「ええ。それで秦の云っていた意味が分かりましたので、直ぐ警察に報せるよう命じました。秦は祖父にも確認をした方がいいのではないかと云っておりましたが、とにかく早くするように、と。私はそれから、大叔父が亡くなったことを祖父に報告致しました」

「閣下は何と」

「驚いておりました。誰に殺られたのだと」

「そのことなんですが、お心当たりは」

「分かりません、考えたくもないことです。でも、通りすがりの物盗りという訳にはいかないのですよね」

「可能性も零ではありませんが、まあ限りなく低いでしょうな。家庭内の不和などは」

千代子はまさかと首を横に振った。三日月は太い指を拡げ頭を掻いた。

「分かりました。一通りのお話は伺えましたがあと一つだけ。あの探偵を雇われているようですが、差し支えなければその理由をお聞かせ願えませんか」

三日月は指先に挟んだ煙草で月寒を指した。

千代子の目線が素早く月寒に向けられた。月寒はその目を見詰め返し、微かに首を動かした。千代子の目は、直ぐ三日月の元に戻っていた。

「申し訳ありませんが、祖父の個人的な案件ですのでここでお話しするのはちょっと」

「雉鳩氏が亡くなられているのにですか」

三日月の目線が鋭くなった。怖じ気づくかと思ったが、意外にも千代子は動じなかった。

「大叔父の件とは関係ございませんのでご安心下さい。……もうよろしゅうございますか。でしたら失礼したいのですが」

千代子は三日月の答えを待たずに立ち上がり、今度ははっきりと月寒の方に顔を向けた。

「月寒様、少しお話が」

月寒は頷き、煙草を暖炉内に放って立ち上がった。三日月が口を開き掛けたが、結局何も声は掛からなかった。

千代子に付いて洋式広間へ出る。駒田と朝鮮人の巡補が退屈そうな顔で立っていた。扉越しに、巡補を呼びつける三日月の声が聞こえた。

階段の縁まで来た所で千代子は振り返った。先ほどまでの凜々しさは消え、普段の頼りなげな顔に戻っている。

千代子は月寒の肩口に顔を寄せる。

「月寒様にお話があると、祖父が申しております」

伺いましょうと月寒は即答した。

一八・

以前に足を踏み入れた書斎の向かいが、義稙の私室だった。

部屋中に、消毒液と生薬の混じったような臭いが漂っていた。広さは書斎と同じ程度だろうか。入って左手の壁際には大柄な衣装戸棚（クローゼット）が二つ並び、火の入っていない暖炉を挟んで黒檀（こくたん）の鏡台が設（しつら）えられている。

部屋の隅には、妙な暗さが澱（おり）のように溜（た）まっていた。抑え気味な照明の灯りに加え、家具や梁（はり）の配置が影を作り余計にそう感じさせるのだろう。茫（ぼう）とした翳（かげ）りは壁を伝い、ひたひたと迫ってくるようだった。

奥の壁は、書斎と同じく深紅の絨幕（カーテン）が閉ざされている。右手には無蓋（むがい）の寝台が据えられており、義稙の姿はそこにあった。車椅子は寝台の足下に固定されていた。

千代子に従って寝台に寄る。足を忍ばせずとも、床の羊毛絨毯（じゅうたん）が足音を吸い込んでいった。

双眸（そうぼう）の閉ざされた義稙の頭は、巨大な枕に埋もれていた。白い生地のせいで、その萎（しな）びた顔は木乃伊（ミイラ）のようだった。

「お祖父（じい）さま、月寒様をお連れしました」

千代子が小さく声を掛けた。

乾いた瞼が痙攣（けいれん）し、その奥から黄色く濁った瞳が覗（のぞ）いた。揺れていた黒眼がこちらを向く。月寒は黙って頭を下げた。

義稙の瞳は千代子に移り、同時に水という声が上がった。白く乾いた唇に、千代子は水差しを咥えさせる。喉（のど）を鳴らして少量飲んだ後、義稙はおくびのような息を吐いた。

「哲二郎が殺されたそうだな」

先日よりも余程嗄（か）れた声だった。

「申し訳ありません。力及ばず二人目の犠牲者を出してしまいました」

「構わん。貴様を雇ったのは人殺しを防ぐためではない。誰がやったのかを知るためだ」

抑揚もなく義稙はそう云った。千代子は傷ついたような顔になり、顔を逸（そ）らした。

「哲二郎も殺されたとなると、私に毒を盛ったのは彼奴（あいつ）じゃなかったのか。それとも、哲二郎を殺した奴がまた別なのか」

「それをこれから調べていきます。ですが、瀧山氏の毒殺に哲二郎氏が関わっている可能性は低いと考えています」

「何故だ」

「当日の皆さんの動きを精査しましたが、哲二郎氏には毒を混入させる機会がなかったからです」

義稙は怪訝そうな表情を浮かべたが、何も云わなかった。

「哲二郎氏も毒殺ですが、瀧山氏のそれとは毒の種類が異なります。そこも気になるところです」

「まあいい、精々励め」

瞼を閉ざす義稙に、月寒は急いで声を掛けた。

「閣下、昨夜の停電はお気付きになりましたか」

義稙は目を開き、物珍しい動物でも見るかのような眼差しで月寒の顔を眺めた。

「何故そんなことを訊く」

「申し訳ありません、少し気になりましたもので」

「灯りが消えたことには気付かなかった。目を覚ましたのは風が煩かったからだ」

「時刻はご記憶ですか」

「知らん。千代子にでも訊け。彼奴が部屋に来る少し前だ」

月寒は一礼して引き下がった。義穂は口を歪(ゆが)め、何かを呻(うめ)きながら瞼を閉じた。これで終(しま)いのようだった。

「お祖父さま、何かあったらまたお呼び下さい」

義穂は目を閉じたまま何も答えなかった。

千代子は月寒を見て頷く。二人はそのまま部屋を出た。

暗さに目が慣れていたせいか、乳脂色(クリーム)の壁はやけに白々しく、のっぺりと膨らんでいるように見えた。未だ屋敷内の捜索は始まっていないのか、二階には巡補の姿もなく、しんとして静かだった。

そっと扉を閉める千代子に、月寒は小さく声を掛けた。

「こんな時に何ですが、実は瀧山氏の件について幾つか分かったことがあります。ご報告しておきたいのですが」

千代子が月寒の方を向いた。意味を掴(つか)みかねているような、妙に茫とした顔だった。

「どうしましたか」

「ああ、いえ、ごめんなさい。そうですね、秀一(しゅういち)さんのこともありましたね。何だか私、頭がぼうっとして」

「無理もありません。あんなことがあった後なんです。こちらこそ配慮を欠きました。別の機会にしましょう」

「いえ大丈夫です。下では他の目もありますから、私の部屋で伺います。それでも宜(よろ)しいですか」

千代子が斜め向かいの扉を手で示した時、階段の方から云い争うような声が聞こえ始めた。階下から響いてくるのは、三日月と秦の声だった。はっきりとは聞こえないが、どうやら屋敷内の捜索を許すか許さないかについて揉めているようだ。

「また何かあったみたいですね」

千代子が眉(まゆ)を顰(ひそ)めた。放っておきなさいと云いかけて、月寒は或(あ)ることを思い付いた。

「主任と秦さんみたいです。止めに行かれた方がいいのでは？　私はここで待っていますから」

「そうします。申し訳ありませんが」

千代子は小走りに廊下を進み、階段に消えた。その姿が完全に見えなくなったのを確認してから、月寒は静かに駆け出した。

二階洋式広間(ホール)を抜け、突き当たり右手の扉――以前、千代子から哲二郎の私室だと教えられた部屋の前に立った。

摑手(ノブ)を摑む。鍵(かぎ)は掛かっていなかった。

月寒は扉を開け、素早く身を滑り込ませた。

簡素な造りの部屋だった。正面の窓は絨幕が半分ほど開いており、そこから差し込む陽光が扇形に室内を照らしていた。

木製の寝台の他には書き物机が一つと、衣装戸棚、それに酒壜の並んだ硝子棚が壁際に並んでいるだけだった。広さが義植の寝室と同じ程あるため、余計にそう感じるのかも知れない。胡桃材の床には絨毯もなく、所々が剝げてつるつると光っていた。

手近な衣装戸棚を開けて見た。鼠色の背広が数着と、擦り切れた毛皮外套が下がっている。それぞれのポケットを探ってみたが、手巾や紙入れ、燐寸箱など特に気になる物はない。

硝子棚の前に移る。棚板は分厚い硝子製で、内装には一面に金箔の使われた豪奢な作りだった。質素な部屋のなかで、これだけが妙に浮いていた。

並べられた酒壜も、ナポレオンなど高価な物ばかりだった。隅の方には、小さな板看板が掲げられている。近寄って見ると、関東軍司令長官の揮毫だった。どうやら、軍への協力の対価として贈られた物らしい。

戸棚から離れ、月寒は窓際の机に寄る。

抽斗の備わった書き物机には、筆立と洋墨壺の他、聖書のように分厚い黒革の手帖が置かれていた。日記の類いかと思ったが、乾いた紙面を埋めるのは英文の添えられた構造式や関数曲線ばかりだった。実験記録のようだ。

手帖を戻し、上の抽斗を開けて見る。手前には鉛筆や鋏などの文具が、奥には便箋や封蠟の塊が仕舞われていた。

下の抽斗は少し変わった作りだった。薄板で細かく間仕切られたそれぞれの枠には、色取り取りの燐寸箱が整然と並べられている。幾つかを取り上げて確認してみたが、どれも哈爾浜市内の酒場や舞踏園の物だった。表面の絵柄から察するに、必ずしも上流の店舗ばかりではないようだ。

蒐集品のようにも思えたが、それにしては妙なことがあった。燐寸の軸数がどれもまちまちなのだ。満杯に詰まった物もあれば、一本しか残っていない小箱もある。

月寒は、少なくなった燐寸箱の横を検めた。側面の赤燐には、擦ったような跡がない。燐寸箱を手にしたまま、近くの屑籠を覗いてみる。未だリューリが集めていないのだろう。底の方には、紙屑に交じってくの字に折られた燐寸の軸が幾つか見られた。

月寒は手元の燐寸箱をもう一度見た。「放鶴楼」という酒楼の物で、表には湖畔に佇む老人が淡い筆致で描かれている。月寒は再び衣装戸棚を開き、毛皮外套のポケットから燐寸箱を取り出した。こちらはみっしりと燐寸が詰まっている。二つは同じ物だった。月寒は少し考えてから、新品の方を自分のポケットに入れた。

もう少し見ていたい気持ちはあったが、そろそろ時間のように思われた。

月寒は急ぎ足で部屋から出る。幸い、廊下には未だ誰の姿もなかった。

月寒は大股（おおまた）で二階洋式広間（ホール）まで戻り、昇降機の脇で息を落ち着けた。動悸（どうき）が鎮まるのと、千代子が階段を上がってくるのはほぼ同時だった。

千代子の私室は、義稙の書斎の隣だった。

広さは十畳ほどで、右手の壁際には整えられた寝台と小振りな書き物机が並び、その向かいには、曲線に乏しい無骨な飾り戸棚（キャビネット）が置かれていた。飾り戸棚（キャビネット）は焦げ色の桃花心木（マホガニー）製で、その盤面には大きな鏡面が嵌（は）め込まれている。この部屋には露台（バルコニー）があるようで、哲二郎の私室とは異なり、白い透織絨幕（レースカーテン）の向こうには窓扉が設えられていた。

月寒は年頃の娘の私室という物をよく知らないが、そんな月寒でもあまりそれらしい内装だとは思えなかった。何より色彩が乏しい。飾り戸棚（キャビネット）や床以外は白系統の単色的（モノトーン）で、病室のような寒々しささえ感じられた。

部屋の中央には、小さな珈琲卓と二脚の椅子が置かれていた。月寒は勧められるまま、柔らかいその椅子に腰を下ろした。

「それで、分かったことと仰いますのは」

「結論から申し上げますと、瀧山氏は、小柳津閣下の身代わりで亡くなったという訳ではなさそうです。死因となったリシンという毒の性質を考えると、そう考えざるを得ないのです」

月寒は続けて、リシンが刺激の強い蛋白質であること、それゆえ気付かれずに混ぜ得る飲食物は食後に饗されたウオッカを措いて考えられないことを説明した。

「確かに、お酒の席に祖父はいませんでした。それならば、矢張り岸様の仰った通り、秀一さんが狙われていたということなんでしょうか」

「それをお訊きしたいのですよ。あの場には閣下と秦さん以外の全員が揃っていたのでしたね」

千代子は指を折って六人を数えた。

「大叔父、ヴァシリーサさん、阿閉大佐、猿投社長それに秀一さんと私です」

「食料庫からウオッカを持って来たのは阿閉大佐だった。大佐は厨房で硝子杯に注ぎ、貴女がそれを居間まで運んだ」

「その通りです。大佐が用意された物を、私が台車に載せて運びました」

「硝子杯も大佐が用意したのですか」

「いえリューリです。お酒に合わせる小料理を駒田が作っていましたので、それを盛り付けるお皿と一緒に用意していました」

「ウオッカに氷は」

「入っていませんでした」

「硝子杯も全て形が異なっていたんでしたね」

そうですと千代子は頷いた。月寒はふむと唸る。そこが分からないのだ。

「最初に硝子杯を取ったのは阿閉大佐だったと思います。大佐は先に居間へ行っていらしたのですが、扉を開けるのを手伝って下さいまして、その時に硝子杯を取られたと思います。その後は、ええと皆さんが集まっておいででしたので、私は卓子の脇に台車を寄せ、猿投様用の硝子杯ともう一つを取って、猿投様とヴァシリーサさんに渡しました」

「待って下さい。猿投社長の分というのはどういう意味です。決まっていたのですか」

ああごめんなさいと千代子は慌てた顔で手を振った。

「申し上げていませんでしたね。猿投様は、ウオツカにチェリョームハの実を挽いた粉を入れて召し上がるのがお好きなんです。大佐もそれをご存じなので、猿投様の分にはいつも黒い粉が浮かべてあるんですよ。あの晩も、駒田に用意させたチェリョームハ粉を硝子杯の一つに入れていました。私もそれは存じ上げていましたから、粉の浮いた分をお渡ししたという訳です」

「他の硝子杯に、何か特別な趣向はありましたか」

千代子は少し考えてから、首を横に振った。

「特に思いつくことはありませんが」

「そうですか。失礼、続けて下さい。残りの方はどうだったんですか」

「猿投様にお渡ししている間に、残りの二つは大叔父と秀一さんが取っていました。私は台車（ワゴン）を厨房に戻し、自分の硝子杯（グラス）に炭酸水を注いで居間（ラウンジ）に向かいました。リューリが台車（ワゴン）に料理を載せて現われたのはその少し後です」

月寒は口元に拳（こぶし）を当て、ウォッカがそれぞれの手に届く迄（まで）の流れをもう一度頭のなかで再現してみた。しかし、不可解な点の突破口は何処にも見つからなかった。

月寒が顔を上げると、千代子の不安そうな顔があった。月寒は姿勢を正した。

「申し訳ありません。偉そうなことを云っておきながら、真相の究明は未だ先になりそうです」

「犯人の狙いは秀一さんだったのでしょうか」

「それも未だ分かりません。小柳津閣下ではないが、本当はあの場にいた他の誰かだったという可能性も未だ否定は出来ませんから」

千代子は当惑した顔で口を閉ざした。

居心地の悪い沈黙だった。もう少し言葉遣いに気をつけるべきだったと、月寒は今更ながらに悔やんでいた。

退出しようと腰を浮かし掛けた時、月寒は千代子の背後にある一枚の額縁に気が付いた。

蔓草の文様が彫られた小振りな額縁には、絵葉書のような小さな絵画が飾られていた。淡い桃色で描かれた背の低い桜の向こうには、黒々とした五重塔が顔を覗かせている。月寒には見覚えのある風景だった。

「仁和寺ですか」

何気なく声を掛けた積もりだったが、千代子は酷く驚いた顔になった。

「何て仰いました」

「いや、あそこに飾ってある絵です。京都にある仁和寺の御室桜でしょう」

「ご存じなんですか」

「実家があの近くなんですよ。子どもの頃はよく境内で遊びました」

そうなんですかと千代子は微笑んだ。強張っていた顔が解けるように、笑顔を咲かせていた。

「あれは、お仕事で内地に戻られた岸様からお土産で頂いた物なんです。とても綺麗ですから、ああして飾らせて頂いています」

「桜がお好きなんですか」

「殆ど覚えていないのですが、それでも、はい」

千代子は風に吹かれたような動きで窓の方に顔を向けた。そして、本物はもっと綺麗なんでしょうねと幽かな声で呟いた。

連られて見遣った透織絨幕(レースカーテン)の隙間からは、灰色の空が覗いていた。

一九・

埠頭区(プリスタン)発傅家甸(フージャデン)行きの大型乗合車(バス)内は、大蒜(にんにく)の臭いが充満していた。

斜め向かいに腰を下ろす満人の老婆は確かに網一杯の大蒜を抱えているが、この悪臭は月寒が腰掛けた布張りの座席からも漂っているような気がする。床下から漏れる揮発油(ガソリン)臭と混ざって、胸が悪くなるような臭いだった。月寒は気を紛らわせるため、矢鱈(やたら)と煙草を吹かしていた。

月寒の乗り合わせた大型乗合車(バス)は、大通りの人混みを掻き分けるようにしてゆっくりと進んでいた。運転手は絶えず警笛を鳴らしているのだが、往来を埋め尽くす厚着の群衆は、何処吹く風といった顔で闊歩(かっぽ)している。これならば歩いた方が余程早そうだが、今更鮨詰(すしづ)めの乗客を掻き分けて降りるのも一苦労だった。月寒はポケットに手を突っ込んだまま、薄く曇った窓越しに、小雨に煙る傅家甸の街並を眺めていた。

傅家甸とは、哈爾浜北東部を占める中国人街の名称である。

街は巨大な娼館を中心に、大小の芝居小屋や妓楼、酒家などがその周りを囲み、無数の屋台が合間を埋める形で広がっていた。傅家甸の中心街である正陽街などは道もしっかりと舗装され、両脇には洋風建築が甍を争って建ち並んでいる。その様はキタイスカヤ街にも引けを取らない繁栄ぶりで、事実傅家甸は、奉天や大連は疎か上海よりも現代風な中国人街だと謳われていた。

尤も、それは傅家甸の陽の顔である。陰の顔はまた違った。

大通りから一本でも裏道に入れば、そこには汚穢な下級妓楼が延々と軒を連ねている。暗がりでは俥引きが強盗に早変わりし、持ち金は疎か耳環を盗るために乗客の耳を削いだりすることも当たり前であるような土地だった。関東軍の将校ですら余程のことがない限りは足を踏み入れようとせず、ナハロフカ同様良識ある人間ならば近寄るべきでないというのが、哈爾浜在住の日本人たちの共通認識だった。

地図で見た限り目指す放鶴楼はまだ陽の当たる場所にあったが、何があるかは分からない。月寒が胸元の拳銃嚢に回転式拳銃を忍ばせているのも、そういう理由からだった。

悲鳴のような停止音を立てて、大型乗合車は時計台のある角で駐まった。月寒は染みだらけの床に煙草を棄て、のろのろと動く乗客の動きに併せて外に出た。

忽ち、この寒空に信じられない程の薄着をした中国人の俥屋が集まってきた。月寒は帽子を目深に被り直し、外套の襟を立てて多少乱暴に彼らの間を通り抜けた。

放鶴楼への道筋は予め月寒の頭のなかに入っていた。人混みを掻き分けながら正陽街を東へ進み、「大薬房」という看板の掲げられた石造りの店舗の角を曲がる。

舗石のされた細い路地だった。両脇には丸焼きの鶏を下げた屋台や、人影の蠢く薄暗い酒家などが隙間なく建ち並んでいる。冷たく濡れたそれらの壁際からは、杖を突いた物乞いや朱の濃い客引き女などがしきりに手を伸ばしてくる。月寒は新しい煙草を咥え、丸板の看板や天幕を避けながら足早に進んだ。雨脚は強くも弱くもならず、しっとりと月寒の外套を濡らしていた。

放鶴楼へ赴くのは、哲二郎との関わりを調べるためだった。

事務所にあった哈爾浜の店舗全覧で調べたところ、彼の店は傅家甸北部の埋め立て地に店を構える高級酒楼であることが分かった。しかしかなり奥まった場所にあり、日本人の学者が用もなく立ち寄るような店だとは到底思えない。何か得られるという確証はなかったが、他に手掛かりがない以上、月寒には訪ねてみる他に選択肢はなかった。

暫く進むと、開けた所に出た。

高い白壁に囲まれた空き地の正面には、寺院を思わせる石造りの門があった。両脇には、少し首を傾げた巨大な獅子の石像が据えられている。地図が正しければ、あそこが放鶴楼の正面玄関の筈だ。

短くなった煙草を棄て、石段に足を掛ける。その途端、門柱の陰から大柄な男が姿を現わした。鼠色の馬掛児を羽織り、頭には苔色の山高帽を被っている。

男は品定めするような目で月寒を一瞥すると、片言の日本語で紹介状はあるかと問うてきた。

予想はしていたが、矢張りすんなりと入れてくれる筈もなかった。傅家甸の遊郭には、馴染みの客の紹介がなければ日本人でも足を踏み入れることが許されない店もあるという。放鶴楼は酒楼なので大丈夫だろうと踏んでいたが、そう上手くはいかなかったようだ。

哲二郎の名を出すことは未だ避けたかった。月寒は平然とした顔を作り、二枚の名刺を差し出した。義稙の名刺と、義稙の添書きがある月寒の名刺だ。

男は無表情のままそれを受け取り、それぞれの両面を検めた。流石に無理かと諦めかけたが、男は小さく頷き、抑揚のない声で、こちらへと月寒を促した。小柳津の名は、こんな僻地でも輝きを失ってはいないようだった。

敷石の飛んだ砂利道の先は、白い石造りの回廊だった。

赤い布張り提灯が幾つも下がったそのなかを、男の先導に従って歩く。向こうに見える庭木は、靄のような小雨に霞んでいた。小さな波紋の広がる池では、紅白の大きな鯉が悠然と泳いでいる。静閑な庭には、石床を打つ靴音だけが響いていた。

開け放たれた大扉から廟のような広間に入ると、番台に座した小太りの男と目が合った。脇の洋燈に照らされて、脂ぎった顔がてらてらと輝いている。

先導していた男が番台に寄り、名刺を示しながら彼に何かを耳打ちした。小太りの男は名刺を取り上げてから、機敏に床へ下り月寒の前に立った。

「お待ちしておりました」

男は長い袖を合わせたまま恭しく頭を垂れた。こちらもまた、聞き取れこそするものの、流暢とは云い難い日本語だった。

月寒は口を閉ざしたまま鷹揚に頷いてみせた。いらっしゃいませではなく、お待ちしておりましたというのが引っ掛かった。どうやら、既に何かが始まっているようだ。合わせるしかないと月寒は思った。

「ご案内致します。どうぞこちらへ」

小太りの男に促され、洋燈の吊り下がった朱塗りの階段を上がる。階段脇の小部屋からは女児たちの笑い声が漏れていた。通り様に瞥見すると、透かし扉の向こうでは、色鮮やかな衣装を纏った白塗りの芸妓たちが、巫山戯合いながら西瓜の種のような物を摘まんでいた。

一人が月寒の姿を見つけ、指をさしながら何かを叫んだ。月寒は足早にその場から立ち去ったが、けらけらという嬌声（きょうせい）は纏わり付くように追い掛けてきた。

二階の廊下を暫く進み、小太りの男はその突き当たりにある扉を開けた。それまで両脇に並んでいたのは何れ（いず）も透かし模様の施された扉だったが、これだけは漆塗りのように艶々（つやつや）として重厚な造りだった。

扉の向こうは朱塗りの卓子が中央に据えられた比較的小さな個室だった。奥の暖炉には火が入っており、炉棚（マントル・シェルフ）の上には鮮やかな薔薇（ばら）が一輪挿しで飾ってあった。焚（た）かれた香の甘い薫（かお）りが、月寒の鼻腔を擽った。

「主（あるじ）を呼んで参ります。いま暫くお待ち下さい」

男は再び頭を垂れてから扉を閉めた。未だ名刺を返して貰（もら）っていないことに気が付いたが、もう遅かった。

月寒は手近な椅子を引き、腰を下ろした。角張った黒檀の肘掛け椅子（アームチェア）だが、毛皮の覆いがあるため座り心地も悪くない。

新しい煙草を咥えて燐寸を擦る。使ったのは、哲二郎の外套から拝借した放鶴（こ）楼の燐寸箱だった。

薪（まき）の爆（は）ぜる音に混じって、箒（ほうき）で掃くような雨音が聞こえる。後ろに凭（もた）れ掛かり、月寒は天井に紫煙を吹き上げた。

煙草が半分ほど灰になった頃、漸く相手が現われた。

ノックもなく開いた扉の向こうには、一組の男女の姿があった。男は先ほどの小太りな番頭だが、芸妓風の女は初めて見る顔だった。

女にしては随分と背が高く、すらりとした手脚だけでなく頸もまた長い。真珠の首飾りや黄金色の腕輪で燦然と着飾っているが、白粉や紅で装われた端整な細面はどういう訳か酷く不機嫌そうだった。

番頭は扉を閉めてから壁際に寄り、女はつかつかと室内に足を踏み入れた。そして、手元の支那扇で口元を隠しながら、腰掛けた月寒の姿をゆっくりと見廻した。

月寒は煙草の灰を床に落とし、黙ってその瞳を見詰め返す。

女は小さく鼻を鳴らし、向かいの椅子を引いた。番頭が駆け寄り、目の前に二枚の名刺を並べて置いた。

「貴方が将軍からの新しい遣いか」

女は名刺の側に肘を突き、支那扇の先で月寒を指した。こちらは流暢な日本語だった。

月寒は煙草を咥えたまま、軽く頷いた。

「ということは、雉鳩哲二郎が殺されたのは本当か」

「そんなことより名刺を返してくれないか。大事な物なんだ」

女は黙って二枚を滑らせた。月寒はそれを受け取り、時間をかけて名刺入れに仕舞い直した。

「哲二郎が殺されたのは本当だ」

「それで貴方が代わりなのか」

「さあどうだろう。小柳津閣下に行けと命じられたから来たまでだ。だから君の名前も知らない。何て云うんだ」

女は眉根を寄せたまま、それでも白冬梅(バイドンメイ)と名乗った。

「貴方と将軍はどんな関係なのか」

「それが君に何か関係あるのか」

白は黙って腕を引いた。腕輪が卓子に擦(こす)れ、耳障りな音を立てた。

「将軍は何と云っている」

月寒は咄嗟(とっさ)に考えを巡らせた。

これまでの内容から察するに、哲二郎が義稙の遣いとして放鶴楼を訪れていたことは間違いがなさそうだった。

ならばその目的は何なのか。

「行ってみろと仰せになった。それだけだ」

当たり障りのない返事をした積もりだったが、相手の反応は顕著だった。白は大袈(おおげ)

裟な溜息を吐き、うんざりとした表情を浮かべた。しかし切れ長のその双眸には、はっきりと畏れの色が滲んでいた。

「将軍はまだお怒りなのか！　あれはちょっとした手違いだ。処罰も済んで、今はもうしっかりと管理している。雉鳩にはそう説明をした筈だぞ。貴方からも将軍にそう伝えて呉れ」

大きな身振りを交えながら、白は月寒にそう訴えた。

月寒は煙草を吹かしながら、啞然とした気持ちでその狼狽ぶりを眺めていた。

白冬梅は小柳津義植の意向を受け、何かしらの管理を請け負っている。しかし以前に不祥事を起こし、そのため老体の義植に代わって哲二郎の視察を受けていた——そんなところだろうか。

刹那、月寒の脳裏に途方もない考えが浮かんだ。

真逆とは思いつつも、気付いてしまった以上、確かめない訳にはいかない。

月寒は短くなった煙草を床に棄て、平然とした顔を作って新しい煙草を咥えた。

「兎に角、案内して呉れないか。こっちはそれが仕事なんだ」

白は忌々しげな顔で月寒を睨んだが、それでも観念したように立ち上がった。

白に従って廟のような広間に戻り、奥に続く煉瓦壁の通路を進む。途中で通り過ぎた厨房では、油染みた料理人たちが黙々と青菜の束に包丁を振るっていた。

　暫く進むと、頑丈な錠前の下がった鉄扉が見えてきた。

白は大振りな鉄鍵を取り出し、錠前に差し込んだ。後をついていた番頭が駆け寄り、軋(きし)んだ音をさせながら鉄扉を開ける。

がらんとして開けた場所だった。何かあるようだが暗くて分からない。しんとして冷たく、吐く息も白い。辺りには機械油のような厭(いや)な臭いが漂っていた。

白が壁際の開閉器(スイッチ)を押すと、連なって天井から下がっていた裸電球が黄色い光を放ち始めた。

灯りの下で見ると、そこは倉庫のようだった。厚い亜鉛鉄板(トタン)屋根の土蔵造りで、隅には幾つもの梱包(こんぽう)箱が積まれている。

白は振り返り、好きにしろと云うように首を動かした。

未だ長さのある煙草を棄て、靴底で踏み消す。鼓動が速まっていくのが、月寒には自分でも分かっていた。

　外套のポケットに手を突っ込んだまま、ゆっくりと梱包箱の山に近付く。大きさは様々だが、どれも厚板の側面には「天地無用」と「危険注意」の焼判が捺(お)されていた。

　手前にある木箱の四方を確認していた月寒は、奥の一面を見て固まった。

　そこには、二匹の百足(むかで)が絡み合うような図画が捺されていた。忘れる筈もない。小柳津邸の門灯に描かれた家紋と同じ文様だった。

言葉を失くす月寒の横に、白が来た。

彼女は慣れた手付きで蓋をずらす。

箱の中身は銀色に輝く石油缶だった。七分目ぐらいまで大鋸屑が詰められた木箱のなかには、見えるだけでもみっしりと十の石油缶が詰められていた。

白は月寒の顔をちらりと見ると、墨痕鮮やかに「跨虹膏」と書かれた札を剥がし、銀の丸蓋を外した。

石油缶の中身は、ねばねばとした飴のような黒い液体だった。忽ち、形容し難い香気が辺りに広がった。

「……最悪だな」

そう呻きながら、月寒は思わず一歩下がった。外れろと願っていた予想が、当たってしまった。

月寒は強く唇を嚙む。

跨虹膏——虹を跨ぐ練り薬とはよく云ったものだ。

この形状、そしてこの臭気。

石油缶に充ちたその黒い粘液は、精製後の阿片に間違いなかった。

二〇・

白冬梅が用意させた馬車に乗った月寒は、哈爾浜駅へ向かうよう御者に指示した。女主人は自ら見送りに現われ、洋酒や香水壜など土産まで持たせようとしてきた。月寒は全てを断ったが、白は最後まで義植に宜しく伝えて呉れと懇願を重ねていた。勘気に触れるのが余程恐ろしいのだろう。尤も、月寒からすればそれどころではなかったのだが。

馬車が動き出し暫くしてから、月寒は漸く自分を取り戻せたような気持ちになった。緊張の糸が切れたのか、全身が酷く重たかった。

柔らかい座席に身を埋め、月寒は深く溜息を吐いた。そして、先ほどの光景が意味するところについて考えを巡らせ始めた。

放鶴楼で管理されているのは精製後の生阿片だった。そして、それが小柳津義植の指示で行われていることは最早疑いようがなかった。

この国と阿片が切っても切れない関係にあることは、月寒もよく理解していた。

満洲国の半身は、阿片に冒されている。それは、日本人を含む国民の大半が阿片の享楽に耽っているからというだけでなく、国や、それを操る関東軍にとって、既に阿片が欠くべからざる一大財源となっているからだ。

金と同じく少量でありながら高値で取引される阿片は、軍部にとって非常に使い勝手の良い代物だった。そのため関東軍は掌中に収めた流通経路を通じて、熱河省などで栽培される罌粟の花を買い上げ、そこから精製した阿片を国内外で多く売り捌いていた。

そしてその一端を、関東軍の退役将官である小柳津義稙が担っている——つまりはそういうことだ。

月寒は思わず舌打ちした。こんなことなら引き受けるべきではなかったと、心の底から後悔した。

阿片は人を人でなくならせる。これまで月寒が関わってきた事件のなかには、阿片絡みのものも幾つか存在した。それらを経て、月寒はその悍ましさを十分に理解している積もりだった。迂闊に近付けば引き摺り込まれる。それ故に今までも、阿片に関する依頼は極力避けていたのだ。

しかし、もう遅い。

掌（てのひら）で顔を押さえ、目の周りを強く揉んだ。瞼の裏で、白い光が明滅している。出来ることなら、このまま何処か遠い場所へ逃げてしまいたかった。だが、それが許される筈もない。

何度目かも分からない溜息を吐きながら、月寒は手を離した。

煙草を喫（す）う気にもなれなかった。茫とした視界のまま、暗い天板を見上げる。

無意識の内に指の背で鼻を擦っていた。鼻腔にこびり付いた生阿片の臭いは、当分の間は消えそうもなかった。

哈爾浜駅前を指定したのは、事務所の位置を知られないようにするためだった。

馬車から降りた月寒は、念のため夕闇の哈爾浜市街を一時間ほど遠回りしてから事務所に戻った。往来の人混みに紛れながら考えを纏めようとしたが、脳内に舞い散る事実の断片は何の情景も描きはしなかった。

アパートのある通りに戻った頃には、既に七時を過ぎていた。労働者風の露西亜（ロシア）人が俯（うつむ）きがちに向こうへ消えていく他、街灯が弱々しく照らす裏通りには何人の姿も見当たらない。

岸や椎名（しいな）に電話すべきか、それとも千代子に尋ねるべきかと考えながらアパート前の石段に足を掛けた時、物陰から徐（おもむ）ろに人影が現われた。

灯りの下に現われたのは、背丈が二米近い満人だった。咄嗟に懐の拳銃を引き抜こうとしたが、同時にその顔には見覚えがあることに気が付いた。

男の顔は全体的に色が黒く、片頰には引き攣れたような傷痕がある。前に椎名が連れていた支那服の護衛だった。

男は口を閉ざしたまま、片手に摑んでいた四角い物を月寒に突き出した。

茶色い洋紙に包まれた煉瓦大の小包だった。何が入っているのかずっしりと重く、表面には電話番号と思われる数列と共に、「受け取り次第連絡されたし　椎名」と書かれた紙片が貼り付けてあった。

「椎名さんから渡すよう云われたのか」

男からの返事はなかった。小さく頭を下げると、そのまま闇のなかに消えて行った。

月寒は階段を駆け上がって事務所に戻った。しっかりと扉に鍵を掛け、灯りの下で改めて小包を確認する。

折り目はきっちりとしているが、触れた感じでは随分と柔らかかった。紙の箱でも包んであるのだろうか。封を切ろうとしたが、受け取り次第連絡されたしという字面を見て止めておくことにした。

小包を摑んだまま、月寒は卓上の受話器を取り上げ、交換手に番号を告げた。

相手は直ぐに出た。耳元に響く声は、聞き慣れた椎名のそれだった。

「月寒です。小包を受け取りました」

「結構。それは次長が用意された物だ。粗末に扱うんじゃないぞ」

「何なんですかこれは」

「阿閉大佐への届け物だよ。次長から話を聞いているんじゃないのか？　大佐は対ソ作戦の国境視察のために海拉爾（ハイラル）出張中だ。明日には哈爾浜に戻ってモデルンホテルに三日間滞在するそうだから、それを持って訪ね給え。既に話は付けてある」

「中身を教えて頂くことは出来ますか」

「まあ隠すことでもないからな。金だよ金。関東軍への上納金だ」

椎名はあっさりと答えた。云われてみれば、確かに大きさは紙幣のそれだった。

「関東軍作戦課参謀の動向なんて一級の軍事機密でしょうに。そんなものまで貴方の所には入って来るのですか」

「お届け物がある旨をお伝えしたら、ご丁寧に大佐の方から教えて下さった。有り難いことだ」

受話器の向こうでかちりと着火器（ライター）の鳴る音がした。

「そんなことより、小柳津邸でまた人が死んだらしいな。今度は雉鳩哲二郎か」

「紅茶に毒を盛られたようです。ところで、私も貴方に訊きたいことがあるんですよ」

「私に？　なんだね」

煙を吹き出す音と共に、椎名の怪訝そうな声が返ってきた。のんびりとした口調に苛立ちを覚えながら、月寒は直ぐに阿片のことを問い糾そうとした。

しかし、同時に湧いて出た或る疑念が、月寒の言葉を喉で止めた。

果たして、岸や椎名はどこまでこの事実を知っているのか。

月寒は、二人の口から何も聞いてはいない。それは、知っていながら敢えて教えなかったのか。それとも、そもそも初めから知らなかったのか。

いくら高級官僚とはいえ、全てが耳に入ってくる訳ではない。況してや関東軍からすれば流通経路は極秘事項な訳だから、岸や椎名が知らなくても可怪しくはないが――。

月寒は、国務院の一室で椎名と話した時のことを考えた。狙われたのは自分だという義稙の懸念を告げた際、椎名はこう笑った。

「当たり前だ。関東軍の連中に小柳津義稙を殺せる筈がないじゃないか」

どうして殺せないのか。それは、義稙が関東軍にとって今も重要な立ち位置にいるからではないのか。単なる退役将官ならば、そんな扱いになる筈もない。

矢張り椎名、そして岸は、小柳津義稙と関東軍を繋ぐ阿片という名の糸の存在を知っていた。それでいて、敢えて口にしなかったのだ。月寒はそう確信した。

「おい、急に黙るな。訊きたいことって何だ」

椎名の不機嫌そうな声が受話器から聞こえてきた。いやと月寒は笑って誤魔化した。

「何でもありません。どうでもいいことでした」

「なんだそれは。なら切るぞ。……ああいや待て、そういえば次長からひとつ伝言があった。憲兵の方は片が付いたから安心するようにとのことだ」

「それは助かります。岸さんにも宜しくお伝え下さい」

その後、大佐に小包を渡す時の注意点を幾つか尋ねてから月寒は受話器を置いた。月寒はやるべきことや考えることは山ほどあったが、一先ず明日へ廻すことにした。月寒は部屋着に着替えてから牛乳を沸かし、牛酪を塗った白麵麭と一緒に腹のなかへ詰め込んだ。

オールド・クロウのストレートを一杯だけ飲み干してから寝台に入り、翌朝まで一度も目覚めなかった。

二・

モデルンホテルはキタイスカヤ街のほぼ中央に位置する、哈爾浜随一の高級宿館だった。事務所からは十分も掛からない距離なので、月寒は歩いて向かうことにした。

帽子を取りながら扉を押し開ける。熱気と濃い煙草の匂いが、押し付けるように月寒の顔に迫った。

玄関広間(エントランスホール)を抜け、受付(フロント)に向かう。広い休憩広間(ロビー)では、日本人や露西亜人の若者が茫とした顔で煙草を吹かしていた。職のない彼らにとって、この場所は金の要らない休息所代わりなのだ。

ぴかぴかに磨かれた台の前に立つと、若い受付係員(クラーク)が笑顔で寄ってきた。

「ご宿泊ですか？」

「ここに泊まっている阿閉大佐に届け物だ。取り次ぎを頼めるか」

「手前どもでお預かりすることも出来ますが」

「済まないが、直接手渡すように云われている」

「それでは、お名前をお教え願えますか」

「岸信介(のぶすけ)の遣いで伝わる筈だ」

受付係員(クラーク)は何かを云い掛けてから止め、一礼してから奥へ引っ込んだ。

戻って来るのに三十秒も掛からなかった。奥で何か云われたのか、口角の上がり具合が先ほどまでよりも五割増しになっていた。

「大変お待たせを致しました。お部屋は三階の三〇七号室になります」

月寒は礼を述べ、奥の昇降機に向かった。

三階まで上がり、ふかふかの絨毯を踏んで三〇七の金色札が貼られた扉の前に立った。

呼鈴を押すと、軍服姿の若い日本人が顔を覗かせた。彼は月寒に一礼し、大佐はなかでお待ちですと云った。当番兵だったようだ。

暖炉の焚かれた広い部屋のなかでは、濃い口髭を生やしたワイシャツ姿の男と、首から聴診器を下げた白衣の老人がソファに腰掛けていた。

左腕の袖を肘まで捲っていた口髭の男が月寒に顔を向けた。ソファの背に掛けられた将校服の襟元では、大佐の記章が輝いていた。

「君が月寒君かね。阿閉だ。直ぐに済むからまあ掛けて待っていてくれ」

月寒は軽く頭を下げ、向かいのソファに腰を下ろした。

医者らしき老人は無関心な顔で酒精綿を持ち、大佐の前腕を拭った。そして卓子に置かれた金属製の箱から注射器を取り出し、気泡を逃してその太い腕に針を刺入した。

薬剤の注入後、老医師はゆっくりと針を抜き、ぽつりと浮き出た血の玉を酒精綿で拭った。

肉色の止血布が貼られた腕先から、阿閉の顔に目線を移す。

「どこかお加減でも悪いのですか」

「なに、ただのヴィタミン剤だ。君も打って貰うかね」

虫刺されのように赤く染まった前腕を揉みながら阿閉は快活に笑った。

器具を仕舞い終えた老医師は、外套と鞄（かばん）を抱えて小さな声で何かを云った。阿閉はそれに対してうむと頷く。老医師は低く頭を下げて、のろのろと部屋から退出した。

「改めて、阿閉騎一郎（きいちろう）だ」

阿閉は腰を下ろしたまま、卓子越しに大きな掌を差し出した。月寒も身を乗り出してその手を握り返す。

「お休みの所を申し訳ありません。岸次長より直接お渡しするようにとのことでしたので」

「なに構わんよ」

阿閉は細巻きの葉巻を取り出して咥えた。月寒は鞄を開き、洋紙（クラフト）に包まれた例の小包を取り出す。

「こちらになります」

阿閉は無造作にそれを摑み上げ、重さを量るように小さく上下した。

「うん、確かに受け取った。岸君にも宜しく伝えてくれ」

「それで大佐、実は別件で少しお尋ねしたいことがありまして」

話が切り上げられそうだったので、月寒は素早く話を切り出した。

途端に阿閉の表情から親しみやすさが消え、冷然とした職業軍人のそれになった。

「済まんが私も忙しくてね」

月寒は素早く件の名刺を二枚取り出し、卓上に並べた。立ち上る紫煙の奥で、阿閉の目が細くなった。

「小柳津家に関する事柄なのです。今日は岸次長の代理として参りましたが、実は或る調査のため小柳津閣下にも雇われております」

「雉鳩教授の件か」

「ご存じでしたか」

「少し前にお嬢さんから電話があった。実験中の事故だったそうだな。惜しい人を亡くしたよ。明日にでも何とか時間を作って弔問したいとは思っているんだが。しかし、事故じゃないのか」

先ほどまでの突き放したような態度ではなくなったが、代わりにその眼差しにははっきりと警戒の色が刷かれていた。

月寒は身を乗り出し、潜めた声でこう続けた。

「その件ではないのです。大佐は、千代子さんが婚約されていた満洲国産業部の瀧山秀一氏をご記憶ですか」

「彼も岸君の下で働いているんだったか。閣下の晩餐会で顔を合わせたこともあったと思うが」

「お亡くなりになりました」

ほうと阿閉は煙を吹いた。

「不幸が続くな。未だ若かったろうに」

「先日の晩餐会後に急に体調を崩されたのです。そして、これは是非とも内密にお願いしたいのですが、閣下はそれを単なる病死だとは考えておられないのです」

月寒は、閣下の箇所を強調した。阿閉の顔付きが険しくなる。

「どういう意味だね」

「毒を盛られたのだと閣下はお考えです。そしてそれは、自分に向けられた物だとも」

「莫迦な、あり得ん」

阿閉は言下に否定した。

「瀧山君は晩餐会の後もぴんぴんしていたぞ。毒を嚥まされた筈がないだろう」

「遅効性の毒ということも考えられます。瀧山氏は哈爾浜で一泊され、翌朝新京へ戻られました。体調を崩されたのはその車中のことです」

「ならば、彼の身体からは何か検出されたのか」

「それがないんですよ」

「何だと」

阿閉はあからさまに顔を顰(しか)めた。月寒は小さく笑ってみせた。

「ええ、大佐がお考えになった通りです。依頼主が依頼主ですから私も必死になって調べてはみたのですが、今のところ毒殺を裏付けるような証拠は何も見つかっていません」

「それは君、つまり」

「恐らくは小柳津閣下の思い込みなのでしょう。しかし、晩餐会の参加者からは必ず話をきくようにとのお達しですから、已(や)むなくこうして参上している次第です」

葉巻を咥えたまま、阿閉は後ろに凭れ掛かった。

「成る程、君もなかなか苦労しているようだな」

扉が開いて、先ほどの当番兵が台車(ワゴン)を押しながら入って来た。台上の銀蓋を開けると、食欲をそそる料理の匂いが辺りに広がった。

「済まんが、食いながら話させて貰うよ。昼が未だなんだ」

「どうぞお召し上がり下さい。当日の様子が伺えましたら直ぐに退散しますので」

当番兵が阿閉の前に銀の盆を置く。眩(まぶ)しいような白皿の上には、それぞれ牛酪(バター)の添えられた白麺麭にトマトサラダ、焼ベーコンを添えたスクランブル・エッグスが載っていた。

当番兵が、大きめの砕氷が入った銀容器(アイスペール)を掲げた。

「氷もお持ちしましたが、いかが致しましょうか」

月寒の顔をちらりと見てから、阿閉はそれを受け取った。当番兵は敬礼を残し、廊下へ出て行った。

阿閉は腰を上げ、奥の戸棚から緑の壜を取り出した。

「ウォツカだ。君も一杯どうだね」

「ありがとうございます。しかし仕事中ですので」

「堅いことを云うな。少しぐらいいいじゃないか」

阿閉は既に二つの硝子杯(グラス)を取っていた。こんなことで機嫌を損ねるのも業腹なので、月寒は大人しく受けることにした。

月寒の前に硝子杯を置き、透明の液体を半分ほど注いでから、銀箸(トング)で氷の欠片を幾つか移した。

「斯拉仏克(スロバキア)の名品だ。飲んでみ給え」

大佐は戸棚の方を向いたまま、肩越しにそう云った。

月寒は硝子杯(グラス)を持ち上げ、少しだけ口に含んでみた。想像以上の濃さに思わず噎(む)せかける。口中に病院のような消毒液臭が充(み)ち、鼻へ抜けていった。

「随分と辛いですね」

「そうだろう。普通のウォツカは濾過(ろか)の前に糖蜜(とうみつ)を加えて甘みを含ませるものだが、これはそれを省いた品なんだ。だから非常に癖が強いんだが、私はその癖が好きでね」

氷の浮かんだ硝子杯を傾け、阿閉は一気に半分ほど飲み干した。硝子杯を戻し、そのまま肉叉（フォーク）を手に取る。

「しかし閣下も困ったものだ」

阿閉はベーコンを頬張りながらそう零（こぼ）した。

「狙われていると仰るのは、今回が初めてではないのですか」

「詳しくは知らんよ。ただ、雉鳩教授がそんなことを云っていたような気もする」

「何か原因があるのでしょうか」

それとなく鎌を掛けてみたが、阿閉はさあなと呟くだけだった。

「先日、この件で猿投社長を訪ねた際に教えて頂いたのですが、晩餐会自体、あまりよい雰囲気ではなかったそうですね」

「閣下もお歳だ、仕方がない」

食事布（テーブルナプキン）で口元を拭いながら、阿閉は唇の端を歪めた。平然としたその姿に、月寒は違和感を覚えつつあった。

「食事会の後に、一階の居間で皆さんが歓談されたと聞いています。そこで何か瀧山氏とお話しされましたか」

「支那事変が満洲に及ぼす経済効果について、猿投君や雉鳩教授を交えて論じ合ったと記憶している。彼も猿投君も戦線の拡大ばかりに目を向けているから、私は来るべきソヴィエトとの戦いのことも考えねばいかんと云ってやったんだ」

「話していて何か不審に感じられたこととかはありましたか」

「不審とはどういう意味だね」

「思想的にという意味です」

大佐は音を立ててサラダを食しながら、特にないなと答えた。

「話は変わりますが、あの晩もお酒を準備されたのは大佐だったそうですね」

「ああそうだ。用意されている肴(さかな)の味に合わせて私がいつも選んでいる」

「変なことを訊くようですが、あの晩はどんな銘柄のウオツカを出されたのですか」

「波蘭土(ポーランド)の『オダヴォガ』というウオツカだ。少し甘味が強いのが特徴でね。それがどうかしたのか」

「ルキヤノヴァさんが気に入られたようでして、大佐の所へ行くのならついでにお尋ねするようにと千代子さんから云い付けられたのです」

咄嗟に口を突いた嘘だったが、阿閉は納得したようだった。

「猿投社長は胡椒(こしょう)を入れて飲まれるとお聞きしました」

「胡椒ではない、チェリョームハ粉だ。普段は黒麵麭や焼菓子に混ぜる物だが、あれを入れるとウオツカの風味にアクセントが加わる。猿投君はいつもあの飲み方だ」

阿閉は再び硝子杯に手を伸ばした。月寒も儀礼的に硝子杯を運び、口を付けた。既に大分酔いが回っていた。月寒も酒に弱い訳ではなかったが、空きっ腹に流し込んだのがよくなかったらしい。これ以上飲んだら、歩いて帰るのにも支障を来しそうだった。

「ところで、大佐は小柳津閣下が近衛師団長時の部下だったと伺いました」

「そうだ。当時閣下は陸軍中将で、私は少佐だった」

「家令の秦勇作氏も閣下の部下だったそうですが、秦氏ともお知り合いだったのですか」

「いや。秦さんはその時既に、シベリアでの怪我が元で退役されていた筈だ。名前だけは私も知っていた。三つの太陽とパルチザンの話は、私たちの間では善くも悪くも噂になっていたからな」

酔いのせいで適当に流しかけて、ふと聞き覚えのある言葉が含まれていたことに気が付いた。月寒は咄嗟に記憶を探り、何処でそれに触れたかを思い出そうとした。酒精のせいで脳の働きは緩慢になっていたが、それでも何とか呼び起こすことが出来た。

三つの太陽――義殖宛の脅迫状にあった文言だ。

月寒は直ぐにその意を問おうとした。しかし、それを遮るように阿閉は立ち上がった。

「さあ、もう十分だろう。そろそろ次の予定もある。閣下にはちゃんとお答えした旨を伝えて呉れよ」

何とか食い下がろうとしたが、上手い云い回しが咄嗟に出てこない。月寒は引き下がらざるを得なかった。

後は長居を詫びて退出するだけとなったが、月寒にはもう一つだけ確かめておきたいことがあった。

阿閉は洗面台の方に向かっていた。月寒は素早く手を伸ばし、半分ほど残った相手の硝子杯のなかに人差し指を浸した。

直ぐに手を戻し、その指先を舐めてみる。予想通り、冷たく濡れた指からは何の味もしなかった。

上着の裾で指を拭いながら立ち上がり、阿閉の背に再度長居を詫びる言葉を掛けた。阿閉は首だけで振り返り、曖昧な返事を寄越した。

鞄と外套を抱えて、月寒は廊下に出た。

扉の脇には、若い当番兵が直立不動の姿勢で控えていた。軽く目礼して通り過ぎたが、思いついたことがあったので月寒は彼の前まで引き返した。

「君、実は阿閉大佐に贈り物をしたいと考えているのだが、大佐はウィスキーを嗜まれるだろうか」

当番兵は日に焼けた顔を少しだけ傾けた。

「どうでしょうか、私が配属されてからはウイスキーを召し上がられたことはありません」

「ブランデーや葡萄酒(ワイン)、あと麦酒(ビール)なんかは？」

「それらもお好きではないのかも知れません。専らウオツカか白酒で、あとたまに内地からお取り寄せになった清酒も召し上がります」

「成る程。それらは皆、大佐がご自分で用意されるのかな」

「そうです。料理の種類やその時のお気持ちで何を飲まれるかは変わるそうで、硝子杯(グラス)の形や氷の量なども事細かに指定されますから」

「ありがとう。非常に参考になった」

本心からの言葉だった。瀧山秀一毒殺事件について、月寒は漸く端緒を摑めたような気がしていた。

真剣な表情で頷く当番兵に背を向け、月寒はゆっくりと昇降機を目指した。

二二

モデルンホテルを辞した月寒は、事務所に戻ることにした。

「三つの太阳(たいよう)」という言葉がシベリア出兵に関係するかも知れないと分かったのは、大きな前進だった。

事件関係者の半分は、何かしらの形でシベリア出兵と関わりを持っている。義稙と秦はシベリア出兵に従軍しており、ヴァシリーサの父、ルキヤノフ将軍は赤軍との戦いで命を落としていた。

竣工(しゅんこう)以来一度も磨かれたことがなさそうなアパートの階段を上がりながら、月寒はここから先をどう進めるべきか考えを巡らせた。

一番早いのは義稙、そして秦に「三つの太阳」の意味を訊くことだろう。阿閉も候補には入っているが、再度訪ねるには別の口実が要る。

月寒には、秦が義稙に脅迫状を見せようとしなかったことも気になっていた。秦は脅迫状の意味する所を、また若しかしたらその差出人までも分かっているのではないだろうか。問題があるとすれば、あの秦にどうやって口を割らせるかということだ。

いずれにせよ、放鶴楼の件を確認するために小柳津邸を訪ねる必要が月寒にはあった。その時に千代子と相談するべきか。

事務所に戻った月寒は蒸気暖房（スチーム）の電源を入れ、外套を羽織ったまま回転椅子に腰を下ろした。

後ろに凭れ掛かり、暫くの間、煙草を燻らしていた。室温はゆっくりと上昇し、やがて汗ばむほどになった。蒸気の吹き出るしゅうしゅうという音が、ほどよく眠気を誘う。

右壁越しに何かが聞こえた。

微かな物音だったが、眠りかけていた月寒の耳には妙に響いて聞こえた。長くなっていた煙草の灰を落とし、それとなく耳を澄ます。

無線通信機（ラジオ）のようだった。そして同時に、月寒には先ほどの問題に関する別の答えが見つかったような気がした。

眠気を振り切って立ち上がる。

月寒は外した首巻と帽子をソファに投げ、流し台の脇の戸棚を開けた。そして、幾つか並んでいる酒壜のなかから、昨晩一口だけ飲んだオールド・クロウを取り出した。壜を片手に提げたまま廊下に出て、月寒は左隣の扉の前に立った。陽暮れ時の冷気が、瞬く間に千の針となって月寒の顔を刺した。

「爺(じい)さん、いるかい」

壜の底で戸を叩(たた)いた。扉の向こうからは、怒声ともくしゃみともつかない音声が返ってきた。

摑手(ノブ)に手を掛ける。鍵は掛かっていなかったので、月寒は躊躇(ためら)うことなく扉を開けた。

事務所と同じ造りの筈だが、こちらは家具が少ないため妙にがらんとして広く見える。そのせいか、体感温度も廊下とあまり変わりがない。外套を着てきたのは正解だったようだ。

火の入った暖炉(ペチカ)の前では、褞袍(どてら)のような物を羽織った浄法寺(じょうほうじ)が安楽椅子に揺られていた。

小脇の卓子には緑の硝子壜と氷の溶けかけた硝子杯(グラス)が置かれている。炉棚(マントル・シェルフ)の上では、旧式の無線通信機(ラジオ)から雑音混じりの広告放送が流れていた。

浄法寺が緩慢な動作で月寒の方を向いた。朱の差した顔と腫(は)れぼったい目から察するに、随分と前から独りで始めていたようだ。

「何の用だ」

浄法寺はのろのろと壜を摑み、硝子杯(グラス)に傾ける。壜の口からは二、三滴しか零れてこなかった。月寒は舌打ちする浄法寺の近くに寄り、その側にオールド・クロウを置いた。

「お陰さまで腫れは引いた。それのお礼と併せて、ちょいと先人の知恵を借りたくてね」

胡乱な目を向ける浄法寺に、月寒は無線通信機の電源を切りながら云った。

「碌なことじゃあるまい」

「ところが今日はそうじゃない。爺さんの好きな陸軍の話だ」

浄法寺は鼻を鳴らし、オールド・クロウの壜を摑んで自分の硝子杯になみなみと注いだ。月寒は近くの丸椅子を引っ張って来て、その向かいに腰を下ろした。浄法寺は壜の口を握ったまま、月寒を睨んだ。

「お前は飲まんのか」

「仕事中だから遠慮しておこうか」

「軟弱者が。酒も飲めないような奴は軍じゃ出世せんのだぞ」

月寒は立ち上がり、近くの戸棚から琺瑯の洋碗を取ってきた。浄法寺から壜を受け取って、三分目ぐらいまで注ぐ。

「爺さんは陸軍にいたんだろう。だったらシベリア出兵にも詳しいのか」

「何だ藪から棒に」

燐寸を擦り、咥えた煙草の先に火を点す。燐寸は暖炉の火に投げ入れた。

「新しい依頼人が退役した陸軍将校なんだが、現役の頃にはシベリア出兵に参加していたみたいでね。或る程度は話を合わせる必要があるだろう？　それでまあ、餅は餅屋かと思った次第よ。どうだい、何か知ってるか」

「知ってるも何も、俺のいた高崎の歩兵第十五連隊は小倉の十二師団と交代で浦塩に派遣されたんだぞ」

「へえ、なら爺さんもシベリアに行ってたのか？」

「そうだ。だが、生憎と到着した途端に休戦だった。俺の砲弾で露助どもの赤っ鼻をへし折ってやろうと思ってたのによ」

浄法寺はちろちろと硝子杯の中身を舐めながら、遠くを見るような目になった。

一九一八年から四年以上に亘るシベリア出兵は、そもそも露西亜革命に対する干渉に端を発する。

レーニン率いるボルシェビキがロマノフ王朝を倒しソヴィエト政権を樹立させたのが、一九一七年の三月のこと。時まさに欧州大戦の真っ只なかであり、独逸との戦いで手が離せない英吉利と仏蘭西は、共産主義政権の拡張を阻むため、日本と亜米利加を唆しボルシェビキを叩かせようとした。

そしてそれは、日本にとっても決して悪い話ではなかった。

共産主義の広がりは皇国にとっても対岸の火事ではなく、また何より、普段ならば日本の領土拡大に過敏な反応を見せる英仏に余裕がなく、大陸での勢力を伸ばす又とない機会だったからだ。

一九一八年八月、日本はシベリアへの出兵を宣言した。

流石に表だってソヴィエト政権の打倒を掲げる訳にはいかないため、出兵の名目は飽くまで「ソヴィエト国内に残された捷克(チェコ)軍団の救出」というものだった。

独立を目指す捷克斯拉仏克(チェコスロバキア)は露西亜と手を結んで墺太利洪牙利(オーストリア・ハンガリー)帝国と戦っていたが、一方で政権を奪ったボルシェビキは捷克を切り捨て、早々に墺太利洪牙利帝国と講和してしまった。そのために行き場を失い孤立した捷克軍団の救出が、ソヴィエト国内へ侵攻するために掲げられた日米含む連合国側の大義名分だった。

反ボルシェビキ政権の樹立、そしてシベリア地域の権益獲得という野望を秘め、日本は他国を遥(はる)かに凌(しの)ぐ七万の兵力を順次投入していった。

しかし、ことはそう簡単には進まなかった。

「でも、出兵自体は結局失敗に終わったんだよな」

洋碗(カップ)を小さく回しながら、月寒は浄法寺に問うた。喘(あえ)ぐようにしてウイスキーを流し込んでいた浄法寺は、袖口で口元を拭い、ああと呻いた。

「そうだとも。哈爾浜も寒いが、シベリアの風はここの比なんかじゃねえ。そんなところにいきなり日本の兵が送り込まれたところで、対応出来る筈がねえんだ。唯一まともに戦えたのは旭川の第七師団だけでな。ただ、まあ戦なんちゅうものはどれもそうだが、いったん始めちまったら引くには引けねえ。殊にあの出兵は被害が大きすぎた。だから引き際を失った」

「よく覚えていないが、日本の領事館が赤軍に襲撃されたんじゃなかったか」

「尼港だな。あれも酷い話だ。陸戦隊の兵だけじゃあなく、女子どもに至るまで皆殺しだった。それで、露助を許すなって世論が沸いた。俺たちだってそうだ。報道されなかったからお前は知らんだろうが、皇軍のなかには全滅させられた部隊もあった。田中大隊と小柳津大隊の二つだ。露助にそんなことされて、黙っている訳にもいかん。仇を討てってことで余計に引けなくなった」

腕を伸ばして暖炉の縁に灰を落としていた月寒は、浄法寺に顔を向けた。

「いま、小柳津大隊って云ったか」

「ぼんくらなお前でも知ってるだろ。奉天会戦の英雄、『鬼柳津』義稙だ」

「小柳津義稙が浦塩派遣軍にいたことは知っている。だが、全滅ってのはどういう訳だ」

「そのままの意味に決まってるだろうが。小柳津が指揮した独立大隊は、遠征の帰路でパルチザンに襲撃された。五百に近い兵の内、応援部隊が駆け付けた時に生き残っていたのは二十数名だけ。文字通りの全滅だ」

「……詳しく教えて呉れ」

月寒は卓上に腕を乗せ、真正面から浄法寺を見た。浄法寺は淀んだ目付きのまま、それでも嬉々とした様子で語り始めた。

「小柳津は当時、陸軍少将で浦塩派遣軍の旅団長だった。俺も司令部で何度か見掛けたが、それはまあ猛将と呼ぶのが相応しいような男だった。それで、ありゃあ確か一九年の六月だ。先遣の部隊からパルチザンの本拠地と思しき農村に関する情報が入った。一進一退の現状が堪えきれなかったんだろうな、小柳津は自分が精鋭部隊を率いて討伐に出ると申し出た。だが、司令部からの認可はなかなか下りなかった。実は当時、ハバロフスク郊外でパルチザンと戦っていた白軍から援軍の要請が届いていたんだ。動かせる部隊は一つだけだから、遠征に出たら白軍の応援には行けない。『赤軍本拠地叩くべし』と『白軍に義理立てすべし』で司令部は割れた。尤も、どちらを選ぶにせよ時間がない。結局最後は小柳津が押し切って、パルチザンの本拠地を叩くことが決まった」

浄法寺はそこで一旦言葉を切り、琥珀色の液体を硝子杯に注ぎ足した。

「そもそも、将官自ら名乗りを上げて、しかも最前線に討って出るなんてえのがあり得ない話だが、当時の司令部はもうまともな空気じゃあなかった。先の見えない戦いのなかで、士気は下がる一方だ。将校は毎日酒浸りで、商売女が平然と司令部内まで出入りしているような有様だった。それで、結局はなあなあの内に認められちまったって訳だ。それに、当時が六月で夏真っ只なかだったってのもある。シベリア鉄道のユフタ駅に進軍した田中少佐の部隊が全滅したのは、それが二月だったからだ。凍えて動けない上に数も地形も利を取られて、田中大隊は文字通り全滅した。だが今回は夏だ。火薬を凍らせる風もなければ、視界を遮る吹雪もない。今度はいけるだろうってんで、司令部も小柳津の申し出を許可した訳だ」

「でも駄目だったのか」

「笑っちまうよな。寒くないからいける筈だって送り出された部隊が、今度は暑さでやられたんだ。敵の本拠地を叩くことには成功した。だが、小柳津大隊はその帰路で返り討ちにあった。戦闘があったのはアムール河の支流沿いだ。部隊は河を背に陣を敷いたんだが、それが間違いだった」

浄法寺は一息に硝子杯を呷り、陰気な笑い声を上げた。

「貴様は知らんだろうが、あの辺りの地面は岩みたいに硬いんだ。だから塹壕を掘るには、鶴嘴で砕くようにしなきゃならねえ。塹壕の法面は鏡みたいにつるつるなんだ。

そうするとどうなるか分かるか？　陽が差すのは上からだけじゃねえ。三方向から来るんだ。後ろからは河面に反射する陽が、前からは塹壕の法面に反射する陽が兵士たちを焼いた」

月寒は煙草を咥えたまま唸り声を上げた。肚の底から静かな興奮がせり上がってくる。離れていた二つの事実が、漸く合致した。

「それが、『三つの太陽』か」

「よく知ってるじゃねえか。そうだ、司令部ではそう呼ばれていた。置いてある油にも勝手に火が着くような熱気だったらしい。多くの兵が熱中症に倒れ、銃すらまともに持てなかった。そこを攻められたんだ。碌に抗戦出来る筈もなく、兵は次々に殺された。応援部隊が到着したのは、部隊の生き残りがパルチザンの包囲網を突破した直後だった。小柳津と副官も負傷し、岑守という参謀が生き残った兵を代理で率いていた」

負傷した副官とは秦のことだろう。秦もまたその戦闘で目と脚に生涯の傷を負ったのだ。一方で、岑守というのは初めて聞く名前だった。月寒はその名を頭に刻んだ。

「小柳津は、多くの部下を失いながら自分だけのうのうと生きて還った。治ってから自刃でもするのかと思っていたが、そのまま帰国だ。奉天会戦の英雄が聞いて呆れる。だが、山口出身の小柳津は長州軍閥の雄だった。陸相だった田中義一の庇護もあってお咎めは何もなし。そりゃ非難の声もあったが、当の本人も『恥ずべきことは何もない』の一点張りだ。あそこまで云い切れるのは最早才能だな。結局その後は近衛師団に移って、陸軍中将まで成り上がった訳だ」

浄法寺は詰まらなそうな顔で硝子杯の中身を呷った。いつの間にか壜の中身は半分ほどに減っていた。

「もう一つ訊きたい。小柳津が進軍する時、ハバロフスクから援軍の要請が来たと云っていたよな。その指揮官の名前は覚えているか？」

「覚えてねえ。露西亜人らしい名前だったのは確かだが」

「ルキヤノフ将軍じゃないのか」

「ああそいつだ、ルキヤノフだ。一度か二度ぐらい浦塩の司令部にも来たことがあった。髭面の大男だった」

「援軍を断られて、彼はどうなったんだ？」

「知らん。討ち死にしたか、若しくは露助に囚われて銃殺かだろ」

煙草を喫いながら、月寒は暫くの間、考えを巡らせていた。

つまり、ルキヤノフ将軍は義稙に見棄てられたことになる。若しヴァシリーサがその事実を知っていたとしたら、どう思うだろうか。

最後の一吸いをして、月寒は煙草を暖炉に投げ棄てた。

「参考になった。ありがとう」

浄法寺からの返事はなかった。首を折るようにして俯いたまま、微かな鼾(いびき)をかいている。

月寒は足を忍ばせて廊下に出ると、ゆっくりと扉を閉めた。

二三

蒸気暖房(スチーム)をつけたままにした部屋は、温室のような暖かさだった。

月寒(つきさむ)は外套(コート)を脱ぎ、ソファに投げていた帽子や首巻きと一緒に衣装戸棚(クローゼット)に仕舞った。

頭痛の種のような物が、蟀谷(こめかみ)の奥で疼(うず)いていた。よくない酔い方であると同時に、一気に流れ込んできた情報を頭が処理し切れていない証拠だった。流し台で冷たい水を一杯飲むと、大分気持ちが落ち着いた。

受話器を取り上げ、千代子(ちよこ)に明日訪ねる旨の連絡を入れておこうとした矢先、背後で扉の鐘が鳴った。

扉口には、軍服姿の男が立っていた。月寒は受話器を戻し、素早く机の裏に廻(まわ)った。

軍帽のつばを押さえてみせるその顔は、哈爾浜憲兵隊の浪越に違いなかった。そしてその背後には、同じく憲兵の腕章を着けた伊奈々木が控えていた。

「よう探偵、相変わらず忙しそうだな」

「何しに来た」

「そう身構えんで呉れよ。今日は単に、君と話をしに来ただけなんだから」

浪越はつかつかと室内に足を踏み入れた。怯えていると思われるのも癪なので、月寒は横を向き、咥えた煙草の先にたっぷりと時間をかけて火を点けた。

浪越は来客用ソファに腰を下ろし、紙巻きを咥えた。伊奈々木は、恐らく浪越の物と思われる外套を持ったまま、無表情で扉の脇に立っている。

「君とは仲良くやれというのが上からのお達しだ。それに抗ってまでどうかしようとは思わんさ。しかし君、あんな男の下で働いていると碌なことにならないぞ」

どうやら岸のことを云っているようだ。月寒はその意図を訊き返したが、浪越はうっすらと笑みを浮かべるだけだった。

「まあ兎に角そういう訳だから安心し給えと云いたいのだが、その前に一つ訊きたいことがある。君、放鶴楼に何の用で行ったんだ」

「尾けていたのか！」

「莫迦を云うな。場末の探偵一人に構っていられるほど私たちも暇じゃない。そっちがのこのこと現われたんじゃないか。君は関係ないと岸は云っていたが、実際のところどうなんだ」

紙巻きを燻らす浪越の目が鋭くなった。

月寒はうんざりした気持ちになった。すれ違いもここまで来れば立派なものだ。深く煙を吸い込み、ゆっくりとその正面に腰を下ろす。

「それを知りたいのはこっちも同じだ」

「何を云っている」

「なら少しだけ協力しないか。若しこっちが知りたいことを教えてくれるなら、あんたらの質問にも正直に答えよう」

月寒の視線の先で、紙巻きがゆっくりと上下した。そして、意外なほどあっさりと浪越は頷いた。

「仲良くやれと云われているからな。答えられることなら、喜んで教えてあげよう」

「それは有り難い。なら、小柳津家と阿片の関係について教えて呉れ」

煙草に混じり物でもあったかのように、浪越は顔を顰めた。

「おい冗談は止せよ。それなら何で放鶴楼に来たんだ」

「そこでもう認識に齟齬がある。実際のところ、それらは最近になって知ったばかりなんだ。だからこうして驚いている」

浪越は探るような目を向けていたが、やがて勢いよく後ろに凭れ掛かった。

「軍部と阿片の関係は知っているか」

「関東軍が阿片の売買で莫大な利益を上げていることぐらいは」

「まあ間違ってはいない。今更隠すことでもないが、軍は熱河産の上質な阿片を宣撫や資金源として活用している。阿片業者から一括で仕入れ、関東軍の押さえている様々な販路を駆使して、満洲国内のみならず南方にまで流しているんだが、その内の一つ、哈爾浜に入る経路を仕切っているのが、陸軍退役中将の小柳津義稙だ」

月寒は黙って頷いた。浪越は鼻を鳴らす。

「予想通りって顔だな。まあいい。新しい阿片が哈爾浜に入って来るのは、必ず小柳津と卸との間で価格が決まってからになる。だから阿片は軍の管理している倉庫から、先ず小柳津の管理下に移される。放鶴楼はその内の一つだ。これでいいか？」

煙草の先から灰が落ちて、卓上に白い水滴のような跡を作った。訊きたいことは山ほどあった。しかし、それら全てが我先に出ようとして喉に閊えていた。

月寒は灰を落としながら何から問うべきか考え、当たり障りのない一つを選んだ。

「しかし、どうして現役将官でもない小柳津義稙にそんな大役を」

「退役しているからだ。その方が目に付きにくいし、何より自由に動ける。肝心なのは、司令部が信用出来るかどうかだ。小柳津は青幇みたいな支那の結社だけでなく、白系露人(エミグラント)や猶太(ユダヤ)の金融家にも太い縁故(パイプ)を持っている。何処も阿片の絡んだ金となると、実物が手元に届くまで大変なんだが、哈爾浜だけはそうじゃない。それだけ、小柳津は奴らから信頼されているんだ」

月寒にも漸く(ようや)理解が出来た。阿片の一大市場である哈爾浜での売上の多寡が懸かっているのなら、確かに迂闊(うかつ)には手出しも出来ない筈(はず)だ。

「小柳津の一族は全員が関わっているのか」

「放鶴楼をはじめとした倉庫の視察は、元副官の秦(はた)と義弟の雉鳩哲二郎(きじばとてつじろう)、それに何と云ったか白系露人の女がやっている」

「ヴァシリーサ・アレクシェーヴナ・ルキヤノヴァ」

「それだ。雉鳩とその女は化学の嗜み(たしな)もあるとかで、阿片の品質検査も任されているようだな」

「お嬢さんは関わりがないのか」

「流石にあの歳の小娘じゃあ、役に立ちようもないだろう。しかし、その顔を見るに本当に知らなかったのか。呆れた(あき)もんだ」

見下すような眼差し(まなざ)を向けながら、浪越は紙巻きを燻らしていた。月寒には返す言葉もなかった。

「あんたたちは、その小柳津経路(ルート)を援助しているのか」

「逆だ。それを暴くように云われている」

浪越は紫煙越しに酷薄げな笑みを浮かべた。

「司令部の連中は金さえ入ればいいと考えているようだが、我々の上は違う。既に軍役から退いた者の力を借りるなぞ恥ずべきことだとお考えだ。況(ま)してや、その者が軍の方針にいちいち口出しをするなら尚更(なおさら)な。小柳津と哈爾浜の阿片を切り離し、全てを軍が管理監督することを望まれている。私と伊奈々木はそれを受けて、君の元にもお邪魔したという訳だ」

「去年の暮れ、岸の秘書を務めている瀧山秀一(たきやましゅういち)という男を尾けたのもそのためか」

「瀧山……ああ、お嬢さんの婚約者か。そうだ。初めてあの屋敷に入る顔だったからな。丁度その頃に、小柳津義禎が遂に引退を決めたという噂が流れた。奴も八十近いから強(あなが)ち有り得ない話じゃない。そうなると後継は秦か雉鳩だと思っていたんだが、大穴で孫婿の線も考えられた。暫(しばら)くは様子を見ていたんだが、どうもそんな大役が務まりそうなタマじゃない。そうこうしている内に、小柳津の引退自体が虚偽情報だったと分かったから取り止めになった。無理もないな。全ては小柳津義禎という男が背負ってきた物で成り立っているんだ。その衣鉢を継げるような奴はなかなかいないだろう」

「閣下の地位は、どれだけ儲(もう)かるんだ」

「想像もつかんね。私なんかはまっぴら御免だが、惹かれる奴にとっては堪らない玉座なんだろう」

気が付くと、煙草の火が指元に迫っていた。月寒は吸殻を棄て、腕を組んだ。そして、卓上に視線を漂わせながら、瀧山、そして哲二郎の毒殺事件について浮かんだ新しい可能性――小柳津義稙の後継争い――について考えた。

「だから、雉鳩哲二郎が殺されたことには我々も少なからず驚いている。一体、あの屋敷で何が起きているんだ」

「哲二郎だけじゃない。その瀧山も、先の晩餐会の席で毒を盛られて命を落とした。私があの家に関わっているのは、その真相究明を岸信介とお嬢さんから依頼されたからだ」

浪越の目が薄くなった。瀧山の一件は初耳だったようだ。

「それは本当か」

「受けた分は返す」

「二つの事件の関係は」

「分からない。使われた毒も前回はリシンで、今回は砒素だった」

浪越は黙って煙草を喫っていたが、徐ろに立ち上がった。今まで微動だにせず背景に溶け込んでいた伊奈々木は素早く壁から離れ、その双肩に外套を掛けた。

「近い内にまた訪ねる」

「ちょっと待て」

足早に立ち去ろうとする浪越を月寒は止めた。

「私や瀧山が小柳津邸を訪ねたことを知っていたということは、あんたらは常時あの屋敷を見張っているのか」

「当たり前だろう。それがどうした」

「哲二郎が殺された晩なんだが、警察が駆け付ける迄に屋敷に出入りした者はいたか」

「そんな奴がいたら、放っておくと思うか？」

冷ややかな一瞥を残し、浪越は伊奈々木を伴って扉から出て行った。

月寒は後ろに凭れ掛かった。絡み合った糸の束を解いていたら、全く別の色の糸が奥から出てきたような気分だった。若し今回の事件が阿片利権に関わる小柳津家内外での謀略、つまり義植の後継者争いに端を発するならば、義植に送られたあの脅迫状は全くの別件ということになる。

更に分からないのは、「狙われたのは自分だ」と義植が主張し続けていることだ。

浪越の話を聞く限り、関東軍には手出しが出来ないことを一番よく理解しているのは義植自身の筈である。それにも拘わらず、何故義植はそう訴えて已まないのか。それは単に、耄碌しているからというだけで済ませてもよいものなのか。

月寒は立ち上がり、卓上の受話器を取った。交換手を呼び出し小柳津邸の番号を告げる。

通話口に出たのはリューリだった。千代子は外出しているとのことなので、明日の昼過ぎに訪ねる旨を告げてから電話を切った。小柳津家の仕事について知っているかを確かめてみたくもなったが、止めておいた。

受話器を戻すと同時に、忘れていた頭痛が再び疼き始めた。

気が付けば、窓の外は昏（くら）くなり始めている。壁際からは、ゆっくりと宵闇が迫りつつあった。

月寒は壁の開閉器（スイッチ）を捻（ひね）り、珈琲（コーヒー）を淹（い）れるため厨房（ちゅうぼう）に向かった。

・二四・

翌日、小柳津邸を訪ねた月寒を迎えたのは秦だった。

「お嬢様は閣下のご用事がございますため、いま暫くお待ち頂けますでしょうか」

いつになく穏やかな声で、秦はそう云った。

「実は、月寒様にお話ししておきたいことがございまして」

「奇遇ですね。私もなんですよ」

月寒と秦は暫くの間黙って見つめ合った。秦は無表情で、黒透鏡（レンズ）の向こうの瞳（ひとみ）も無感動だった。

「では少しだけお話を」

外套の釦（ボタン）を外しながら、月寒は秦に促されるまま応接室に入る。これから起こり得るであろう展開を想定し、月寒はポケットから放鶴楼の燐寸（マッチ）箱を取り出した。

革張りのソファに向かう背後で、微（かす）かな金属音がした。

振り返ると、秦がこちらを向いていた。その手には、鈍く光る一式拳銃（けんじゅう）が握られている。

「お掛け下さい。話をしましょう」

月寒は鞄（かばん）を床に落とし、秦の指示に従った。秦はその銃口を月寒に向けたまま、ゆっくりと肘掛け椅子（アームチェア）に腰を下ろす。

「何故あんなことをされたのです」

「あんなこととは」

「お惚（とぼ）けになられては困る。哲二郎様の後継と偽って放鶴楼を訪ねたのは貴方（あなた）でしょう」

月寒がそうだと答えると、秦の表情は一気に凶悪なものに変わった。

「貴様は瀧山様の事件のために雇われたのだろう。それとも何処ぞの狗なのか」

「勘違いをしないで下さい。私が彼処に行ったのは、飽くまで事件の調査のためです」

月寒は掌に忍ばせていた燐寸箱を珈琲卓の上に放った。秦の目が少しだけ動く。

「事件後、私は哲二郎氏の私室を調べました。これはその時に見つけた物です。机の抽斗には使いさしの燐寸箱が山ほどあり、屑入れには軸を折られた燐寸が棄てられていた。気にするなという方が無茶でしょう。他に手掛かりもなかったから訪ねた迄のこと。放鶴楼の倉庫であれを見て、一番驚いているのは私なんですよ」

「そんな与太話を信じると思うか」

「そんなことを云っても、どうせ調査済みなんでしょう？　若し本当に私が何処かの間諜だったら、ここに来る以前で殺されている筈ですから」

秦からの返答はなかった。月寒の目の前で、その表情は憤怒からまた別の物に変わっていった。絶望や憔悴を薄めたような、兎に角草臥れた顔だった。

秦はのろのろと腕を下ろし、溜息と共に拳銃を置いた。月寒は、燐寸箱の横に置かれたそれを遠くに蹴飛ばしたい衝動に駆られたが、自ら押し留めた。代わりに煙草入れを取り出し、一本咥えて火を点ける。秦にも勧めたが、首を横に振るだけだった。

「……それで、月寒様は何処までご存じなのですか」

「見なかった振りをしようと思ったのですが、昨日、私の事務所に憲兵が来て一切合切を教えて呉れました」

「哈爾浜憲兵隊の浪越ですか」

「そこまでもうご存じとは。流石ですね」

「以前から当家の周りを嗅ぎ廻っているのがその男なのですよ。何度か懲らしめてやったのですが、未だ懲りないとみえる」

秦は唇を歪め、忌々しげに舌打ちした。月寒は手を伸ばし、卓上の灰皿を引き寄せた。

「阿片の絡む事件とは関わり合いたくないというのが、正直な気持ちです。しかし一方で、ここまで携わっていながら尻尾を巻いて逃げ出すのは矜持が許さないという思いもある」

「こちらから手を引いて頂きたいと云った場合は」

「千代子さんが納得されているのならそうしましょう。飽くまで依頼主は彼女ですから」

秦は瞑目し、嗄れた声で分かりましたと云った。

「お嬢様は真相の究明をお望みです。ですが、お分かりかとは思いますが他言は無用に願います。それが絶対の条件です」

「肝に銘じておきます。しかし、このことは千代子さんもご存じなのですか」

「真逆、そんな訳がないでしょう。お嬢様は何の関係もありません」

「それを聞いて安心しました。……ちなみに、抽斗にあった燐寸の店が倉庫なんですか」

秦は少し云い淀(よど)んだが、結局は捨て鉢な様子で頷いた。

「哲二郎様は監査の頻度を燐寸の数で管理しておられました。手帖や七曜表(カレンダー)に書いておく訳にもいきませんから」

「放鶴楼の女主人は随分と怯えていましたが、何かやらかしたのですか」

「雇い人の一人が商品の横流しをしていたのです。恐らくはその件でしょう。騒ぎになりかけましたが、既に片は付いています」

口元から煙草を離し、月寒は前屈(まえかが)みになった。

「実際のところ、一連の事件と阿片はどう関わっているのです」

「はっきり申し上げます。関係はございません」

頑とした口調だった。月寒は煙草を持ち替え、溜息と共に紫煙を吐いた。

「そんな筈はないでしょう。哲二郎氏や、若しかしたら閣下の座を狙う者だっているのではないですか」

「月寒様。貴方は未だよく分かっておられない。全ては閣下のご意向なのです。哲二郎様や私などは幾らでも替えの利く手駒に過ぎません」

「閣下の後継として貴方と哲二郎氏の名が挙がったこともあると耳にしましたよ」

「それで私が哲二郎様を殺したと？　莫迦莫迦しい。小柳津義禎の代わりになる者などいない。皆がそれを理解しています。閣下のお命を狙う者などこの哈爾浜に、いや満洲にはいないのです」

「だったら、これは何だったのですか」

床の鞄を引き寄せ、月寒はなかから例の紙片を取り出した。拳銃を——秦から遠ざけるようにして——退かし、紙を広げた。

紙面に目を落とすや否や、秦の顔色が変わった。

「『三つの太陽を覺へてゐるか』。銃弾を添えて送られたこの手紙は、明らかに悪意が込められています」

「……知りません、そんな物は」

「それは嘘だ。お嬢さんから相談を持ち掛けられた貴方は、閣下にお見せするのは止めた方がいいと助言したんじゃないんですか」

「そんな下らない物は知らないと云っているのだ」

杖頭を握り締め、秦は吠えた。蟀谷の血管は膨れ上がり、その口元は小刻みに震えている。月寒はそんな秦の顔を見詰めたまま、ゆっくりと紙を引いた。

「いま、下らないと仰いましたね」

「ああそうだ。だから早く棄てるようにと申し上げたんだ」

「では、矢張り貴方にはこの脅迫状の意味が分かっていることになる。そうでなければ下らないとは判断出来ない筈でしょう？」

秦は顔を背けた。皺が刻まれた浅黒い頬は、電気を通したように痙攣していた。

「私の方でも色々と調べました。この『三つの太陽』という言葉はシベリア出兵時の浦塩派遣軍司令部で使われていたそうですね。そして、閣下と貴方はそこにいた」

秦が身を屈める。しかし月寒の方が早かった。秦の萎びた手が辿り着くより先に、月寒は卓上の拳銃を取り上げていた。

咥えた煙草の先から、白い灰が零れた。月寒はゆっくりと身を引きながら、その銃口を秦の胸元に向けた。

「さあお聞かせ下さい」

秦は紙のような顔色のまま、月寒を睨んでいる。色を失くす程に強く結ばれた唇は、一向に開く気配を見せなかった。

引き金を引く積もりはなかった。月寒は後ろに凭れ掛かり、この状況をどう打開すべきか考え始めた。

どれほど睨み合いが続いたか。不意にノックの音が響いた。

「千代子です。失礼します」

止まっていた時間が急に動き出した。秦は慌てた様子で杖頭を握り直した。月寒も素早く拳銃を懐に隠し、姿勢を正した。

腰紐のある深草色の洋服に身を包んだ千代子が、扉を開けて入って来た。

「あらごめんなさい。お話し中でしたか」

「いえ、どうぞこちらに。お嬢様がいらっしゃるまでお相手をさせて頂きました」

秦は出来る限りの速さで立ち上がり、千代子に椅子を勧めた。

「それでは私はこれで失礼を致します。そうだ、リューリに云ってお茶を用意させましょう。暫しお待ち下さい」

月寒には目も呉れず、秦は一礼して退出した。その慌ただしい背を、千代子は驚いたような顔で見送っていた。

「何かあったのですか」

月寒は口元から煙草を離し、肩を竦めてみせた。

「事件について議論していたんですよ。ただ、どうも秦さんにはそれが気に入らなかったようで」

千代子は分かったような分からないような顔で椅子に掛けた。月寒は卓上の脅迫状を手で示した。

「少しずつ意味が摑めてきました。きっかけは阿閉大佐との会話だったんですが」

月寒は「三つの太陽」がシベリア出兵に繫がる経緯、そして先ほど秦がみせた激しい反応について手短に説明した。

「閣下の部隊が全滅したことは、お嬢さんもご存じだったんですか」

「いいえ初めて聞きました。でしたら、これの送り主はそれで……？」

「決めつけることは出来ませんが、そう考えるのが妥当でしょうね」

「秦は何か申しましたか」

「生憎と教えては頂けませんでした。あの反応を見る限り、心当たりはありそうでしたが」

千代子は神妙な顔で頷いた。

「私から訊いてみます。直ぐにお報せ出来るか分かりませんが、必ず訊き出してみせます」

「そうして頂けると私としても助かります。……ところで、閣下のご容態は如何ですか」

千代子の顔が曇った。

「決して良くはありません。先ほど薬を嚥んだばかりですので、今日お話し頂くのは難しいかも知れません」

「勿論、無理にとは申しません。ただ、脅迫状の内容とは別にお尋ねしたいことがあったものですから」

「どんなことでしょう？　私で分かることならお答え出来ますが」

「なら、お嬢さんは岑守という名前をご存じですか。秦さんと同じく、閣下の部下だった人物だと思うのですが」

「ミネモリ？　岑守吾一さんのことですか」

煙草を挟む指に力が籠もった。月寒は思わず身を乗り出す。

「ご存じなんですね」

「はい。月寒様が仰る通り、祖父が現役だった頃の部下の方です。秦とも旧知の仲だった筈ですよ。陸軍士官学校時代からの付き合いだったとか云っていたような」

「シベリア従軍中、負傷した閣下や秦さんに代わって部隊を指揮したのが、その岑守という参謀でした。戦いのなかで何かがあったのなら、彼も知っている筈です。未だ存命ですか」

「はい。今はもう退役されて、確か鞍山か撫順に住んでいらっしゃったと思います」

「満洲にはいるんですね、それはいい」

渡りに舟の展開だった。千代子が秦を糾し得たとして、そこで語られた内容が苦し紛れの嘘でないかどうかを確かめる術が月寒にはない。しかし、岑守から証言が得られたのならば話は変わってくる。

「私は彼を訪ねて、話を訊いてみます。連絡はつきますか」

「少しお待ち下さい。昨年の夏にも暑中見舞いを頂いたと思うので」

小走りに出て行く千代子を見送りながら、月寒は腕時計を確認した。鞍山にせよ撫順にせよ、哈爾浜を発つのは明朝になりそうだった。道順としては奉天まで出て、そこから乗り継いで行くことになるだろう。後はただ、そこから岑守が何処にも移っていないことを願うばかりだった。

十分程度待ったところで、千代子が一枚の葉書を手に戻って来た。

「お待たせしました。やっぱり撫順でした」

卓子越しに葉書を受け取り、月寒はその両面を素早く検めた。

表面には細いペン字で暑中見舞いの挨拶が認められており、裏面は同じ字体で小柳津邸の住所の他、岑守吾一という署名と共に撫順の町名が記されていた。皇帝溥儀の顔が刷られた切手上の消印も、それが撫順で投函されたことを示していた。

「少しお借りしても構いませんか」

「勿論です。どうぞお持ち下さい」

鞄の口を開け葉書を仕舞っていると、不意に千代子が月寒の名を呼んだ。

「以前、秀一さんの事件について、毒はウォツカに入れられていた可能性が高いとお話し頂きましたよね」

「はい。それが何か」

千代子は暫くのあいだ目を泳がせていたが、やがて意を決したように口を開いた。

「これは、本当は誰にも云ってはいけないことなのです。ですから、若し事件に関係がなかったのだとしたら、私がお話ししたことも併せて忘れて下さい」

「約束しましょう」

月寒が姿勢を正すのを待ってから、千代子は言葉を選ぶようにして語り始めた。

「お話ししたいのは阿閉大佐のことです。実は大佐は、あのお方は、本当はその、あまりお酒が飲めないお身体なのです」

「肝臓でも悪くされたのですか」

「そのようです。昨年の春先の晩餐会の時、普段は大佐がお酒を用意されるのですが、その日はどうしてだったか私がウォツカを準備していまして、大佐にも硝子杯をお持ちしたのですが、その時にこっそりと耳打ちをされたのです。お医者様から止められているが、出来ればそれは秘密にしておきたいから、替えの水を用意してくれと」

「では、あの晩も？」

「……確認した訳ではありませんが、恐らくは」

千代子は深刻な顔で頷いた。

生来か後天か分からないが、阿閉が酒を受け付けない体質であることは月寒も見抜いていた。

月寒がそれに気が付いたのは、モデルンホテルに阿閉を訪ねた時だった。注射のため、消毒用の酒精綿で拭われた阿閉の二の腕は、その直後から皮膚が真っ赤に染まっていた。あれは、その人間の体内には酒精を分解する酵素が少ないという特徴だ。

しかし、舌が爛れそうなあのウォツカを飲み干した後も、阿閉の顔色は変わらなかった。不審に思って確かめたところ、案の定、硝子杯の中身は冷水だった。

阿閉がウォツカや白酒、それに清酒——つまり透明な蒸留酒を好むのは、それが傍目には冷水と変わらず誤魔化し易いからだろう。酒に煩いという設定で自ら酒庫に入ってしまえば、そんな偽装に気付く者はそうそういない筈だ。

問題はなぜ阿閉がそんな嘘を吐き続けているのかということだが、若しかしたら浄法寺が云った通りなのかも知れない。出世に響く、それだけだ。

「貴女以外でその事実を知っている者はいますか」

「使用人も含めて私だけだと思います。少なくとも、祖父や秦は知らない筈です。どうでしょう、これは何か事件に関係ありそうですか」

月寒は煙草を揉み消しながら、曖昧に頷いた。

嘘ではなかった。明かされたその事実は、確かに瀧山秀一毒殺事件の推理を前進させた。

しかしその結果、月寒の中で推理が行き詰まってしまったことも、また動かしようのない事実だった。

二五

翌日、特急あじあで哈爾浜を発った月寒が奉天に着いたのは、五時を少し過ぎた辺りだった。

駅前の安宿館(ホテル)で一泊し、翌朝、再び南に向かう。蘇家屯(そかとん)で撫順線に乗り換え、終点である撫順駅の停車場(プラットフォーム)に降り立ったのは昼前だった。

撫順は、満洲随一の炭鉱街である。混凝土(コンクリート)の床を吹き渡る風は冷たく乾き、どこか煤(すす)けたような匂いがした。

駅前で馬車を捉(つか)まえ、南に向かわせる。

岑守の住所については、哈爾浜駅で買った撫順市内の地図を使いおおよその見当をつけていた。正確な場所までは分からなかったが、葉書に記されていた住所は、巨大な露天掘りの炭鉱に沿って進んだ工場街の外れを指していた。念のため撫順駅の事務員にも確認をしてみたが、矢張りその辺りで間違いはなさそうだった。

老御者の怒鳴り声と鞭を振るう音を頭上に聞きながら、随分と長いこと馬車に揺られていた。吊り紐を握ったままうとうとしていることは分かっていたが、いつの間にか眠っていたらしく、車ごと大きく揺れて止まった時、月寒は危うく椅子から転げ落ちるところだった。

窓の絨幕を引き、外の様子を窺う。

積木を並べたように、平たく四角張った造りの家が幾つも並んでいた。薄曇りの空を突く無数の煙突からは、白い煙が濛々と吐き出されていた。

帽子を被り直しながら外に出て、上から伸ばされた皺だらけの手に小銭を置く。待たせておこうかとも考えたが、御者は手を引っ込めると同時に鞭を振るい、旧式の馬車は見る見る内に遠ざかっていた。

鞄を提げたまま、月寒は細い路地に足を踏み入れる。

ここから先は、何の手掛かりもなかった。尋ねて回る他に方策もない。赤茶けて凸凹とした路地を暫く進んでみたが、誰とも擦れ違わなかった。物憂げな冬空の下、どの家もひっそりして、月寒の硬い靴音だけが炭住街には響いていた。

十字路の角に煙草屋の看板を見つけた。小窓の板戸を叩くと、暫くして赤く陽に焼けた日本人の老婆が顔を覗かせた。

早速岑守のことを尋ねてみたが、聞いたことのない名だというのが老婆の答えだった。

折角なので煙草を買いながらこの辺りのことについて訊いてみた。途端に愛想が良くなった老婆曰く、この付近はまだ日本人鉱夫が家族と共に居住する区域らしい。もう少し進むと極楽寺という日本の寺があり、それより西は苦力たちの街になるので立ち入らない方が無難だそうだ。

封を切り、摘まみ出した一本を咥える。湿気っているのかなかなか火が点かず、煙も埃っぽい味がした。

ふと、看板にある郵便の標が目に入った。そして同時に、住民については郵便配達夫に訊くのが一番手っ取り早いということに月寒は気が付いた。岑守は退役軍人である。恩給に関する通達は定期的に届いている筈だろう。郵便局の場所を老婆に確認し、月寒は煙草屋を後にした。

市場が近いのか、路を往く人数も増え始めていた。老若は入り交じっているが、総じて女が多いようだ。舗石された路は徐々に幅を広げつつあり、その両脇にはうらぶれた飯屋や酒家がぽつりぽつりと姿を見せ始めた。饅頭を蒸す蒸気のせいか、往来にはうっすらと靄がかかっていた。

老婆の説明通り金物屋の角で折れると、少し先に白壁の小さな建物が姿を現わした。天を突く竿の上では、郵便標の旗が風に揺れていた。

分厚い戸を押してなかに入る。むっとするような熱気に、月寒は首巻を緩めた。

昼下がりの郵便局に客の姿はなかった。受付の向こうには、眠たそうな顔をした初老の事務員が独りだけ座っていた。

「何の御用で」

受付の前に立った月寒を見上げながら、男は訛りの強い声で云った。

月寒は台の上に岑守の葉書を出した。

「この葉書を出した人物を捜していてね。この辺りだとは思うんだが」

男は眼鏡をずらしながら葉書を手に取った。

「岑守というんだが、どうだろう」

「どうでしょう。集荷配達担当なら分かるかも知れません、ちょっとお待ち下さいよ」

男は葉書を持ったまま立ち上がり、奥に引っ込んだ――と思ったら顔を覗かせた。

「ところで貴方は警察の方ですか」

月寒は少しだけ首を斜めに傾けた。どう受け取ったのかは分からないが、男は、ああそうですか、と呟きながら姿を消した。

長くなるかも知れないと思い煙草に火を点けたが、男は意外と直ぐに戻って来た。後ろには体格の良い若者の姿があった。

「お待たせしました。こいつが分かるそうです」

青年は軽く頭を下げながら受付台に寄ってきた。

「岑守さんですよね。ええ知っていますよ。今朝も小包を届けたところです」

「ここからは遠いのかい」

「そうですね。少し離れてはいますけど、西の陸橋を渡ったら後は一本道です」

青年は受付から地図帖を取り出し、陸橋までの道のりを指で示した。

「ここをこう曲がって、後は真っ直ぐ進むだけですから。家は日本人墓地の横にあって、大きな芭蕉が門の横に生えていますから直ぐに分かると思いますよ」

月寒は二人に礼を述べ、郵便局を後にした。立ち去り際に岑守の家族の有無を尋ねたところ、独り暮らしのようだと青年配達夫は答えた。

路地を走る風は強く、いつの間にか陽も翳り始めていた。月寒は帽子を目深に被り直し、人混みを掻き分けながら西に足を向けた。

石畳の道を進むに連れて、辺りは市場から再び住宅地に戻っていった。いつの間にか中国人街に足を踏み入れていたのか、石積みに土の屋根という貧相な造りの家が多くなっていた。往来では子どもたちが賑やかに遊び回り、両脇の暗い軒下からは幼子を抱いた女たちが無感動な顔でそれを眺めていた。

暫く進むと人家の数も疎らになり、路も石畳から剝き出しの黄土に変わった。

左手には、遥かな荒野が広がっている。播種を待つ高粱畑だった。

漸く石造りの陸橋まで辿り着いた頃には、陽も傾きつつあった。月寒は黒く煤けた欄干に凭れ掛かり一服する。黄金色の夕陽が目を刺し、月寒は帽子の縁を下げた。眼下に延びる涸れた河床のような路では、石炭車を引いた黄色い動力貨車がのろのろと進んでいた。

煙草を棄て、再び歩き始める。

薄暗い畦道の先に石垣が見え始めた。半ば崩れかけた石垣に沿って廻ると、途中でそれは土塀に変わり、やがて煉瓦造りの簡素な門が現われた。

右の門柱には、黒く「岑守」と彫られた陶製の表札があった。塀の向こうからは茶色く枯れ果てた芭蕉が顔を覗かせ、時折吹き荒ぶ風にばさばさと葉を鳴らしていた。

建屋自体は日本人街で目にしたのと同じく、箱のような赤煉瓦造りだった。窓にはうっすらと灯りが見えていた。

月寒は門を潜り、分厚そうな木製の扉を拳で叩く。

「岑守さん、いらっしゃいますか」

暫くの間続けてみたが、反応はない。摑手を捻ると、鍵が掛かっていた。

月寒は再び路に出て、全体を観察した。そして、葡萄色の夕空を突く細い煙突からは一筋の煤煙も立ち上がっていないことに気が付いた。

身を切るような風は、今も月寒の頰を削ぐように吹いていた。遥かな地の果てに陽は隠れ、辺りにはうっすらと夜の帷が下り始めている。

月寒は周囲を確認すると、急ぎ足で庭に廻った。

好き放題に伸びた藪椿の枝を除けて煉瓦壁に寄るが、窓はどれも磨り硝子のため中の様子を窺うことが出来ない。裏口に向かう途中で、少しだけ開いている窓を見つけた。月寒は躊躇うことなく手を掛け、その窓を開けた。

なかは板敷きの洋間だった。奥に石造りの暖炉と調理台があり、その手前には木製の物書き机が置かれている。

そしてその脇には、一脚の椅子と共に協和服姿の男が仰向けに倒れていた。月寒は鞄を投げ入れ、窓枠に足を掛けて室内に飛び込んだ。

後ろ手に窓を閉めるのと同時に、甘ったるい腐臭が鼻を突く。暖炉に火はなく、室内は外と殆ど変わらない寒さだった。

手巾で口と鼻を押さえながら、月寒は机に近付く。胡桃材の床に倒れているのは、胡麻塩頭の大柄な老人だった。

最早手当をしても意味がないことは、一目見ただけで直ぐに分かった。

　天井を見上げる両眼は白く濁り、顔や袖口から覗く腕は黒ずんで見える。黄ばんだ歯が覗く口の周りには、黒い汚れがこびり付いていた。吐血の跡だろう。同じ汚れは、協和服の襟元から胸の付近にかけても飛び散っていた。屍体の周囲を廻って確認したが、これといった外傷はなさそうだった。床を見ても、血を拭ったような痕はない。

　腰を伸ばし、卓子の上に目を移す。

　湿気を吸って反り返った古い手帖が正面にあり、鉄製の急須と湯呑みがその脇に並んでいた。

　手帖の向こうには、小さな藁紙箱が置かれている。なかには丸いチョコレート菓子が四×二の列で並べられており、右端の一個は空いていた。

　息苦しさが募ってくる。知らずの内に息を溜めていたようだ。月寒は窓辺に寄り、少しだけ開けてから深呼吸をした。清涼な夜気が吐気を払う。三度繰り返すと大分楽になった。

　月寒は窓を閉め、再び屍体に向き直る。確かめねばならないことは山ほどあった。第一に、この屍体が捜していた岑守吾一なのか。そして第二に、彼は何故死んでいるのか。

　室内を見廻した月寒は、暖炉上の壁に写真が掲げられていることに気が付いた。うっすらと埃の積もった額縁のなかには、正装した軍人の写真が飾られている。近寄って確かめたが、軍刀を構え正面を向いたその顔は、年齢こそ違え床に倒れた老人のそれに間違いなかった。そして月寒は、写真の右下に淋漓(りんり)とした墨字で書かれた「陸軍中佐　岑守吾一」の銘を見つけた。一つ目の疑問は解消されたが、同時に捜していた道標(みちしるべ)も失われてしまった。月寒は直ぐ二つ目の疑問に頭を切り換えた――何故彼は死んでいるのか。

　義稙ほどではないが、岑守も高齢であるように見受けられた。外傷がない以上、先ず疑うべきは持病の発作などだろう。

　しかし月寒の脳裏には、四日前に見た哲二郎の屍体の様子が浮かんで消えなかった。

　屍体の脇を通り、奥の扉を開ける。狭い洗面所を抜けて、白と青の陶板(タイル)張りの浴室を窺った。凍えるような冷たさで、床も四角い湯船もすっかり乾いていた。

　別の扉を開けると、そこは寝室だった。木製の寝台はきっちりと整えられている。壁際には衣装戸棚(クローゼット)や棚が並んでいるが、特に荒らされたような痕跡(こんせき)もない。

　無意識に咥えていた煙草を仕舞い直し、居間に戻る。窓の外はすっかり黒一色に染まっていた。時計の針は五時を廻ろうとしている。天井から吊(つる)された裸電球がじじと微かな音を立てていた。

　月寒は屍体の脇に立ち、卓上の手帖を取り上げた。頁の合間から何かが落ちる。折り畳まれた包装紙と短冊形に切られた打刻印字器(タイプ)紙だった。

拾い上げ、中身を検めてみた。打刻(タイプ)された文章を見てどうやら手紙のようだと思ったところで、月寒は思わず唸(うな)り声を上げた。紙片の最後には、同じく打刻された文字で小柳津義稙とあった。

手紙の内容は、義稙が岑守の来訪を請うものだった。歳のせいか、最近は昔のことをよく思い出す。久しぶりに秦を交えて話がしたい——云々(うんぬん)。

紙片を指に挟み、手帖の頁を捲(めく)ってみた。日付ごとに、細かい字でびっしりと書き込みがされている。所々には陣形と思われる図もあった。

月寒は鼓動が速まっていくのを感じた。最初の数頁を見ただけで直ぐに分かった。これは、岑守がシベリア出兵従軍中に記した陣中日記に違いなかった。口語体で書かれている所を見ると正式な記録ではなく、岑守自身が個人的に書き残していた物なのだろう。記された日付は一九一八年八月から一九一九年六月にかけてだった。月寒は手帖を外套のポケットに仕舞った。

手元の包装紙を開いてみた。初めは分からなかったが、大きさから見るとどうやらあのチョコレート菓子の箱を包んでいた物のようだ。

荷札には小柳津義稙の名と、馬家溝(マチャコウ)の住所が打刻されていた。小柳津の名では、「津」の文字だけが少し上に飛び出ていた。月寒は再度紙片に目を落とす。ここでの署名も、同じように「津」がずれていた。

何処かで見た打刻印字（タイプ）の癖だと月寒は思った。荷札を睨みながら思い返してみると、答えは直ぐに浮かんだ。「三つの太阳（たいよう）」を謳（うた）った、あの脅迫状だ。

最早疑いようもなかった。月寒はそれらと共に、卓上の藁紙箱（ボール）を鞄のなかに仕舞った。

見落としがないか、もう一度室内を見廻しておく。問題がないことを確認してから、月寒は窓枠を跨（また）いで外に出た。

腐臭に慣れた鼻に、夜風が心地よかった。薄い雲の合間からは、大きな半月が顔を覗かせていた。

月寒は帽子を目深に被り直し、白く照らされた畦道を追い立てられるような気持ちで進んだ。

二六・

市場の外れで馬車を捉まえ、撫順市内に戻ったのは七時を過ぎた頃だった。

　朝から何も食べていない筈だが、流石に食欲はなかった。それでも近場の酒場（キャバレー）に入り簡単な夕食を済ませた月寒は、店舗の隅にある電話から警察に連絡を入れた。匿名で屍体を発見したこととおおよその住所を告げ、そのまま電話を切った。

　時刻表を調べた訳ではないが、この時間から奉天まで出られるとは思えなかった。最終便に間に合ったとしても、向こうに着くのは日付が変わる頃だろう。それよりはここで一泊し、明日ゆっくりと哈爾浜まで戻った方が良いように思えた。何より、月寒は疲れていた。

　日本人が経営する駅裏の宿館（ホテル）に入り、案内された二階の部屋に入った途端、緊張の糸が切れた。

　服を脱ぎ、濡（ぬ）れ洋手拭（タオル）で身体を拭ってから寝台に倒れ込む。鉛でも詰め込まれたように全身が重たかった。脈打つ度に、足の裏は火照っていた。

　枕元の灯りを消し、瞼（まぶた）を閉じる。

　不思議な感覚だった。身体は寝台に沈み込むようなのに、頭だけはしっかりと冴（さ）えていた。

　暫くそうしていたが遂に諦（あきら）め、月寒は目を開いた。

　灯（とも）りを点し、寝台に寝転んだまま椅子に掛けた外套のポケットから例の手帖を取り出す。

半身を起こして壁に凭れ掛かったまま、月寒は手帖の頁を捲った。

*

六月三日　晴天

敵影見ず。

六月四日　曇天

佐々木小隊戻る。今日も又敵影見ず。

六月五日　晴天　比較的涼し

小規模戦闘。損害軽微。士気大いに上がる。矢張り兵の本分は戦闘なり。小柳津少将も満足の御様子。秦少佐と今後の案を練る。

六月六日　晴天

敵影見ず。

六月七日　晴天

進軍するも距離延びず。暑さに辟易(へきえき)す。

六月八日　曇天

飲水確保のため河畔に露営す。作戦協議。少将、御機嫌麗しからず。

西山(にしやま)小隊を先遣に出す。

六月九日　晴天

急襲受け一時抗戦。損傷軽微。即座に反撃に転じ敵軍壊走。白坂(しらさか)小隊長負傷。

六月十日　晴天

西山隊戻る。件(くだん)の村を発見せし旨報告を受く。

ニーヤ村は東ザバイカル戦線の本拠なりや？　要検討。西山小隊長の報告を基に地図を作成。秦少佐と共に作戦を立案し、少将の裁可を仰ぐ。司令部への電信に「懲膺(ちょうよう)」の文字を入れるよう下命あり。

午後進軍。

六月十一日　晴天

小規模戦闘あり。敵軍の跳梁跋扈(ちょうりょうばっこ)夥(おびただ)し。迎え撃つも、追撃せし一個小隊が逆に包囲され損害を被る例あり。深追い厳禁の通達を徹底すべし。

白坂小隊長戦死。

六月十二日　炎暑なれど曇天

小規模戦闘続く。パルチザン討伐は虱潰(しらみつぶ)しが如きもの。一つを潰せば次が顔を出し、それを潰すと次が出る。兵たちの苛立(いらだ)ちも肌で感ず。

六月十三日　曇天のち晴天

司令部より入電。進軍す。

午後、再度入電。白軍ルキヤノフ部隊敗走の報に触れる。将軍は消息不明の由。少将に報告。意に反して毅然(きぜん)たる面持ち。流石也(なり)。

六月十四日　炎暑

夜明けと共に進軍。午前、ニーヤ村を包囲す。過激派五十数名を銃殺し、付近の敵を全く掃討す。その後、懲膺のため過激派に関係せし同村の民家を尽(ことごと)く焼夷(しょうい)せり。然(しか)

し（以下、何かを書いた後、黒く墨塗されている）

六月十五日　曇天

残党の討伐続く。

午後、司令部より入電あり。ここ数日の炎暑が原因か、体調を崩す兵が続出せし旨報告を受く。秦少佐と協議するも妙案出ず。

六月十六日　晴天

舟見河畔にて露営。少将交えて協議す。

秦少佐の顔色芳しからず。当人は強い口調にて否定せしが、察するにニーヤ村討伐の惨状か。秦少佐は繊細なる一面あり。

六月十七日　炎暑

午後、先遣の佐々木小隊より前方に不穏の動きありと報告を受く。敵数不明。秦少佐と協議す。

六月十八日　炎暑

佐々木小隊、佐々木隊長以下三十名戦死、五名負傷。

先の鉄橋、敵軍の手によって破壊されたる旨報告あり。急遽河畔に壕を造営す。鶴嘴も欠ける程の硬土なれば塹壕掘りも容易ならず。

午後、司令部との電信不可に。敵軍の仕業か。銃器砲弾に不足なし。一戦交える覚悟。

夜半、少将、陣に赴き兵卒を大いに鼓舞す。

六月十九日　炎暑
午前、右翼部より急襲受く。敵数は二百から三百か。恐るるに足らず。（以下数頁に亘って、敵兵力の分析及び陣形についての考察が続く）

六月廿日　炎暑
小規模戦闘続く。交通壕を通じての前線視察。河畔の損害大きく、所謂三つの太陽問題、身を以て知る。灼熱地獄が如し。
午後、陣の移動について秦少佐と協議す。敵兵力は恐るるに足らざるも、斯くの如き炎天下では兵の消耗著しく消耗戦には不向きなり。
甲案乙案共に少将の裁可得られず。他案、他案。

六月廿一日　炎暑

戦闘続く。司令部への電信復旧急がんとするも、工兵・通信兵損害多し。

夜半、左翼部強襲さる。小宮山中隊長戦死。久米川、牛久、小野寺、匂坂各小隊、被害甚大。

再度少将に具申するも裁可得られず。

六月廿二日　晴天のち曇天

別働の二個小隊、包囲されたる報あり。捜索応援部隊に関して議論あり。少将も流石に憔悴の色隠されず。逸見小隊、逸見隊長以下二十名戦死、十名負傷。

午後、電信復旧。司令部に入電。応援要請す。

六月廿三日　曇天時々小雨

抗戦続く。秦少佐負傷。各隊被害甚大なり。

夜半、小雨あり。慈雨なり。

六月廿四日　炎暑

司令部襲撃さる。少将はじめ多数負傷。

六月廿五日　曇天

戦局、最後の関頭に直面せり。敵軍の侵攻止まず。最早止まるも死、進むも死。帝国男児の真骨頂を発揮するを要す。

心残りはニーヤ村の一件なり。後生のため、また皇国の名誉の為に敢えて此処に書き残す。

ニーヤ村が東ザバイカル戦線の本拠地なるは全くの誤報なり。彼の村は単なる一寒村に過ぎず。然れども我が軍は大討伐を断行せり。最早あの場にて引き返すこと能はず。其の責は全て参謀たる我及び秦少佐にあり。

砲弾を撃ち込み、男は基より女子供老人に至る迄その尽くを討つ。

我ら誤てり。嗚呼我ら誤てり。

あれは戦乎。

否、否。

少将より全将兵へ訓示あり。司令部にもその旨打電す。斃而后已(たおれてのちやむ)。これにてペンを置く。

峇守吾一　記

＊

峇守の手記はそこで終わっていた。

月寒は手帖を閉じ、息を吐いた。薄い絨幕の向こうでは、空が白みつつあった。

壁際の七曜表(カレンダー)に目が行った。

今年は康徳(こうとく)五年——一九三八年なので、この手記に記されたニーヤ村の惨劇は、今から十九年前ということになる。

壁に背を預けたまま、何本目かも分からない煙草を喫う。漂い消えるその紫煙の奥に、月寒は或る人物の顔を思い描いていた。

二七・

早朝に撫順を発った月寒は、蘇家屯、奉天と乗り継ぎ、何とかその日の内に哈爾浜へ戻ることが出来た。特急あじあの車輛（しゃりょう）が哈爾浜駅のホームに滑り込んだのは、十時半を廻った頃だった。

見慣れた駅前の光景に緊張の糸が切れたのか、捉まえた有蓋（ゆうがい）馬車に乗り込んだ途端、月寒は抗いようのない眠気に襲われた。撫順の宿では夜通し岑守の手記を読み耽（ふけ）り、哈爾浜へ戻る車内でもあの手記が意味するところについて考えていたため結局一睡もしていなかったのだ。

少しだけ目を瞑（つむ）った積もりだったが、顔を上げると、馬車は裏街の角を曲がるところだった。アパートの前で馬車を駐（と）めさせ金を払う。刺すような冷気に少しだけ目が醒（さ）めたが、事務所の扉を押し開けた時には再び意識を失いかけていた。

のろのろと歩きながら外套を脱ぎ、鞄と共にソファへ投げた。水を一杯だけ飲んで寝てしまおうと思い襟飾（ネクタイ）を緩めていると、扉の近くに白い洋封筒が落ちていることに気が付いた。扉の隙間に挟み込んであったようだ。

表には、少し滲（にじ）んだ青の洋墨（インク）で月寒の名前が記されている。裏の紅（あか）い封蠟（ふうろう）には対（むか）い百足（むかで）の文様――すっかり見慣れた小柳津の家紋が押されていた。

抽斗から鋏（はさみ）を取り出して封を切る。手触りの良い便箋（びんせん）には、封筒の表面と同じくしっかりとしたペン文字でこう記されていた。

謹啓
酷寒の候　貴殿に於（お）かれましては益々（ますます）御健勝のこととお慶（よろこ）び申し上げ候
さて　今般亡雉鳩哲二郎の法要を左記の通り相営みたく候へば　御多用中のこととは
被存（ぞんぜられ）　候も　幸に御都合宜（よろ）しくば故人が為臨席賜りたく存候
右非礼を顧みず書状にて
謹白

日付は明後日の午後四時から、場所は馬家溝の小柳津邸だった。署名には小柳津義稙とあるが、恐らくこれも秦か千代子が代筆した物だろう。

諾否は当然決まっていた。月寒が壁の時計に目を遣ると、いつの間にか日付が変わっていた。

流石に今から電話を入れるのは不作法に思われた。それ以前に、頭は靄がかかったようになり既に何かを考えられるような状態ではなかった。

手紙を卓子の上に置き、月寒は寝室へ向かった。


昼過ぎまでたっぷりと眠ったお陰で、気力体力共に回復していた。

熱いシャワーを浴びて髭をあたり、仕舞ってあった白麵麭と珈琲で昼食を済ませた月寒は、自動車を出して赤十字病院へ向かった。岑守宅から持ち帰ったチョコレート菓子の分析を百武に依頼するためだった。

百武はいつも通りの仏頂面だったが、金の入った封筒を添えると、渋々といった態で藁紙箱を受け取った。そして、今日中か遅くとも明日には結果が出るだろうと云った。

休憩広間を抜け月寒が車を駐めていた通りに向かっていると、濃い臙脂色の大型自動車が正面の円形交差点から姿を現わした。運転席に見覚えのある顔を見た月寒は、歩道に立ち手を振ってみる。車は滑るようにしてその側に駐まった。

運転席から細長い顔を覗かせたのは孫回雨だった。孫は帽子を取り、小さく会釈をした。後部座席には誰の姿もなかった。

「誰かを送った帰りか」

孫は済まなそうな顔で首を振った。月寒が同じ内容を満語で繰り返すと、孫は律儀に運転席から出てきてヴァシリーサを送ったところだと答えた。

月寒は煙草入れ(シガーケース)を開けて差し出した。

「幾つか訊きたいことがある。構わないか」

孫は困惑した顔になったが、やがておずおずと煙草に手を伸ばした。月寒も一本咥え、助手席に回り込んだ。

「お屋敷の人々の送り迎えは、みんなお前がしているんだろう」

「そうです。今日みたいにヴァシリーサさまをお送りしたり、お嬢さまのお買い物のために車を出したりです」

「他の人はどうだ。小柳津閣下は外出されるのか」

「将軍は自動車に乗られません。というよりも、この車には車椅子が入らないのです。ですからお身体を悪くされて以降は、外出用に大型の有蓋馬車を呼んでいらっしゃいます」

「頻繁に外出されるのか」

「どうでしょうか。以前はよく外出されたそうですが、私がお見掛けしたことは未だ一度もありません」

「そうか、お前は雇われてから未だ日も浅いんだったな」

「はい、二ヶ月も経っていません」

「どういう経緯(いきさつ)で雇われることになったんだ」

「元々は新市街(ナンガン)の自動車工場に勤めていまして、自動車の整備のためにお屋敷にはよく出入りしていたんです。そんな時、梁(リャン)という将軍付の運転手をしていた若者が病気で死にましてね。急遽代替で私に声が掛かったという次第です。初めの内は次の運転手が見つかるまでという話だったんですが、どうなんでしょう。私はまあ一向に構わんのですが」

孫は困ったように笑った。

月寒は正面を向いたまま、煙草を喫っていた。

何かが引っ掛かっていた。孫の話を頭のなかでゆっくりと繰り返し——そして気が付いた。

少しだけ開けた窓の外に灰を落としながら、月寒は何気ない口調で尋ねた。

「前の運転手、名前は梁秀英(ショウイン)だったか」

「ええそうですよ。ご存じでしたか。気の良い奴だったんですがね。未だ若かったのに可哀想なことでした」

孫はあっさりとそう答えた。

月寒は小さく舌打ちした。何という迂闊さか。

梁秀英。

聞いてはいけないことを聞いてしまったと恋人の湯度（トンドウ）に零し急逝した、若い満人運転手の梁秀英。

改めて考える迄もなかった。湯が語った梁秀英の死因は、瀧山のそれと同じだった。

孫と別れた月寒は、自動車を駐めたまま徒歩で東に向かった。

八区（パーチエン）と呼ばれる工場街は、浜洲（ひんしゅう）線の線路を挟んで赤十字病院のある通りの一区画隣にあった。わざわざ車を回すよりも歩いて行った方が早く、そもそも貨物車や貨物自動車（トラック）がひっきりなしに往来するその地区では、自動車が駐められるような場所があるとも思えなかった。

赤煉瓦の倉庫街に足を踏み入れた途端、それまでは遠くに聞こえていた様々な音が急に大きくなった。機関車の吐き出す蒸気の音。貨車と貨車が連結される金属音。貨車を押す苦力（クーリー）たちの野太い掛け声。そして、竹刀を片手にそんな苦力たちを叱責（しっせき）する日本人職員の怒鳴り声。

煤けた煉瓦壁に沿って足を進めながら、月寒は外套の内ポケットから手帖を取り出した。頁を遡っていると、小柳津事件に関する書き込みが長らく続いた後、湯と話した際の短い記録が出てきた。

湯が勤める大豆油工場は、「小千谷製油」という名前だった。月寒は手帖を仕舞い直し、唾を撒き散らしながら苦力を罵る日本人職員に近付いていった。

痩せぎすのその職員は、小千谷製油ならば小八区と呼ばれる北西の線路沿いにあると教えてくれた。凶暴な目付きに反して存外丁寧な口調だったが、礼を述べて離れたその背後からは、再び甲走った怒声と竹刀を振り下ろす音が聞こえ始めた。

暫くの間、工人募集の貼紙がべたべたと貼られた工場街が続いた。そのいずれからも劈くような機械音や蒸気音が漏れ、それに負けじと日本人監督たちは倍の音量で怒声を上げていた。漏れ出た油が水溜まりに流れ込み、路上には虹色の渦が幾つも残されていた。

細長く切り取られた空は、低く垂れ込めた雲に覆われていた。今にも降り出しそうな空模様だが、路地に充ちた蒸気のせいか辺りは汗ばむほどだった。月寒は首巻を少しだけ緩めた。

うずたかく積まれた藁束や梱包箱の後ろでは、監督の目を盗んでさぼっているのであろう苦力たちが、莫蓙の上で寝転がったり、衣類の蚤や虱を取っていた。皆一様に黒く陽に焼け、肩肉が瘤のように盛り上がっている。総じて薄汚い身形で、素肌の上には綿入れをさしこに縫った雑巾のような上着を羽織っているだけだった。靴を履いている者は殆どおらず、皆擦り切れた藁草履か若しくは裸足だ。月寒の姿を認めると皆はっとした顔で身体を起こしかけるが、工人監督ではないと分かると直ぐに興味を失くした顔で再び自分たちの世界に戻っていった。

行く手に、薄緑色の油槽が見え始めた。

高い煉瓦塀に沿って足を進めると、直ぐに小千谷製油株式会社という看板を掲げた門が姿を現わした。いつの間にか、辺りには豆を煎るような甘い匂いが漂い始めていた。

守衛の姿も見当たらないので、月寒はそのまま門内に足を踏み入れる。正面には天井が蒲鉾のような弧を描いた工場が三棟並んでおり、その脇に事務所と思われる木造の小屋が建っていた。

建て付けの悪い硝子戸を開けると、事務所のなかでは国防色の上着を羽織った四十絡みの男が机に向かっていた。口髭を生やした厳つい人相で、狭い室内には彼以外の姿は見当たらない。

「何かご用ですか」

明らかに警戒するような眼差しを向けたまま、男はゆっくりと立ち上がった。

「仕事中に申し訳ない。私はこういう者です。少しお願いがあって来たのですが」

男はつかつかと歩み寄り、受付台に置いた月寒の名刺を無造作に取り上げた。

「探偵？」

「ここで働いている湯度という娘に少し訊きたいことがありましてね。まずはその許可を責任者の方に頂きたいんです」

「私が専務の小千谷です。親父、いえ所長は現場に出ていますから私が伺いましょう。湯が何かしでかしたんですか」

「いや、私が担当している案件に関して二、三訊きたいことがあるだけです。彼女自身は何も関係ありません」

小千谷は訝しげに顎を撫でながら、名刺と月寒の顔を交互に見た。

「湯は出社しているのですか」

「来てはいますが、しかしね」

月寒は当たり障りのない笑みを浮かべ、受付台の上に折り畳んだ紙幣を置いた。小千谷は険しい顔のまま月寒を瞥見した。

「あまり長引かさないで下さいよ」

名刺と紙幣をポケットのなかに突っ込み、壁に掛けられた構内地図に目を向けた。

「湯は第二倉庫で在庫の確認をしている筈です。これを首に掛けて下さい。分かっていると思いますが、機械には手を触れないように」

入構許可証と書かれた紐付きの木札を受け取り、月寒は事務所を出た。

工場の横に延びた引込線に、貨物車が入って来るところだった。既に機関車からは切り離されており、十人程度の苦力が厚い麻布（ドンゴロス）を肩に当てて車輛を押している。線路の先では、五人の工人が草臥れた顔でゆっくりと進む貨物車を眺めていた。これから原料の受け入れが始まるのだろう。

月寒は木札を首に掛け、工場の壁に沿って奥に向かった。擦れ違う工人たちからは一様に奇異の目が向けられるが、誰からも声を掛けられることはなかった。

第二倉庫と書かれた赤煉瓦の建屋は、敷地の端にあった。鉄製の扉を押し開けると、煎り豆のような匂いが月寒の鼻を擽（くすぐ）った。

幾つかの裸電球が等間隔に下がっただけの屋内は、昼だというのに暗かった。吹き抜けの内部は幾つかに区分けされ、無数の麻袋が積まれていた。

手前の壁際に立っていた人影がこちらを振り返る。国防色の上着を羽織り、白い防護帽を被った湯だった。そこからだと暗がりになって見えないのか、手元の帖面に鉛筆を当てたまま目を凝らしている。月寒は灯（あか）りの下まで歩き、片手を上げた。

「探偵さん？　どうしてここに」

湯は満語でそう云うと、胸元に帖面を抱きしめたままこちらに駆け寄った。

「梁秀英のことだ。君に訊きたいことがある」

「でも、あの時に私の依頼は受けられないって。だからお金も」

「色々とあったんだ。まあそれはいい、とにかく梁だ。君は、彼が日本人付の運転手をしていたと云った。その主人の名前を聞いているか」

「オーヤイヅって云ってました。お屋敷は馬家溝の南です」

矢張り予想通りだった。月寒は小さく頷き、湯の顔を見詰めたまま声を潜めて問いかけた。

「ここから先は、かなり大事な話になる。君と私だけの話だ。誰にも漏らしたりはしないから、信用してもう一回話して欲しい。君は、梁秀英が毒殺された可能性を疑っている。それは彼が、仕事中に何かよくないことを見聞きしてしまったからだと云った。訊きたいのはそこから先だ。湯、君はその詳しい内容を梁から聞いたのか」

湯は強く首を振った。

「聞いていません。何も聞いてはいないんです」

「どういう意味だ」

「私たちは日本語の勉強をしていました。この街で上手くやっていくには、その方がいいからって私が提案したんです。でも、それがいけなかったんです」

湯は唇を噛み、顔を伏せた。

「あの人は、日本語の勉強をしていることをオーヤイヅ家の人にも云ったそうです。

もっと役に立てるからって。でも、そうしたらとても怖い顔をされたと云っていました」

「それはつまり」

「あの人は、多分、車のなかでの会話を全部聞いていたんだって勘違いされたんです。そんなことはないのに。だって勉強を始めたばっかりだったんですよ。分かる筈がないじゃないですか。それなのに」

湯は小さく洟（はな）を啜（すす）り上げた。

「梁が日本語のことを報せた相手は誰だったんだ」

「……お屋敷の執事とご主人さまのお孫さんだったと思います。具体的な命令はその二人からされるんだって云っていました」

「じゃあ、梁が運転して主人を何処かへ送って行く時、その二人も必ず同行していたんだな」

湯は顔を伏せたまま小さく頷いた。

月寒は深く息を吐いた。頭のなかで飛び交っていた事実の断片が、漸くひとつの像を結びつつあった。

「探偵さん」

湯が意を決したように顔を上げる。

「教えて下さい。あの人は、梁秀英はやっぱり殺されたんですか」

深い哀しみを湛（たた）えながら、それでも決意の光を微かに灯（とも）す湯の瞳を真正面から見詰め、月寒は頷いてみせた。

「ああ、間違いない」

二八・

日没と同時に雪が舞い始めていた。

前景窓（フロントウィンドウ）にぶつかる灰色の雪片は、東へ向かうに連れて勢いを増していく。空気の乾燥した哈爾浜（ハルビン）には珍しく、この分だと小柳津（おやいづ）邸に着く頃には猛吹雪となっていることだろう。月寒（つきさむ）は把手（ハンドル）を握ったまま、早めに出たのは正解だったと思った。

「随分と飛ばすんだな」

後写鏡（バックミラー）越しに後部座席を見遣（みや）る。防寒外套（コート）を纏（まと）った浪越（なみこし）と伊奈々木（いななき）の顔が、暗がりのなかに並んでいた。

「さっきからあまり滑走（スリップ）しないね。何か特殊な改造をした車なのか？」

「寒冷地での運用に向けて、輪胎(タイヤ)の護謨(ゴム)を改良した試作品だ。おたくらからのお下がり品だよ」

「それは興味深い。どうしてそれが一民間人である君の手にあるんだい」

「別に不法な手段じゃない。或(あ)る依頼の報酬で石原莞爾(いしわらかんじ)少将から貰(もら)ったんだ」

「ああ石原閣下に。驚いたな、君は本当に顔が広いんだねえ」

　鏡面のなかで、浪越の顔が真面目なものになった。

「君が望む通り屋敷内を見張っておくことに異存はない。ただ、若(も)し犯人の目星がついているのなら云っておいた方がためだぞ」

「生憎(あいにく)と未(ま)だ絞り切れてはいない。それに、事件の裏にあるのは一人の思惑だけじゃないんだ。一人を取り除いたら、むしろそれがきっかけになって別の人間が動き出さないとも限らない。云ってしまえば、今日の法要に臨むであろう人間全員に動機が存在する。誰がポケットのなかに凶器を忍ばせていてもおかしくはない」

　剣呑(けんのん)だなと浪越は腕を組んだ。がくんと車体が揺れ、自動車は坂道に入った。

「小耳に挟んだが、警察も動いてるのか」

「お嬢さんを通じて哈爾浜警察に話を入れて貰った。あんたたち二人は屋内、警察は外だ。閣下の警護という名目で、お嬢さんの許可も得てある」

「手回しのいいことで。まあ君の云わんとすることは分かった。ただ、実際に我々がどう動くかまでは指図不要だぞ」

「分かってるよ。云ったところで聞きはしないだろ」

微動だにしなかった伊奈々木の顔が、少しだけ不快そうに歪んだ。

前照灯が照らす闇の先に、大きな門の影が見え始めた。

門扉の脇には、有蓋の警察車輛が三台駐まっていた。

氷の葉を纏った楡の脇に自動車を駐め、首巻を締め直してから外に出る。身を切るような風雪のなか、警察車輛から太った人影がのっそりと姿を現わした。露西亜帽を被った三日月だった。

「また来やがったのか。さっさと帰れ」

「そういう訳にもいきません。閣下から招待状を頂いてますので」

憎々しげに煙草を嚙んでいた三日月は、月寒の背後に視線を移した。浪越が月寒の横に並び、笑顔で三日月に手を差し出した。

「貴方が哈爾浜警察の三日月司法主任ですか。お噂はかねがね。哈爾浜憲兵隊の浪越大尉です。どうぞ宜しく」

三日月は面喰らった様子だったが、直ぐに鹿爪らしい顔でその手を握り返した。

「外の警備はお任せ出来ると聞きました。助かります、何せ人手が足りないもので。

まあ、お互い上手くやりましょう」

浪越は小さく会釈してから手を離した。三日月は口のなかで何かを呟きながら、顰め面で警察車輌の方に戻って行った。

幽かな門灯の下で通用門が開き、暗がりから月寒を呼ぶ声が聞こえた。丈の長い毛皮外套を着込んだネルグイだった。

「お待ちしておりました。申し訳ありません。秦様もお嬢さまもリューリさんも準備に掛かりきりでして、私がご案内します。どうぞこちらへ。お車はどうされますか。鍵を預けて頂けましたら車庫に入れておきますが」

「いや、あのままで大丈夫だ。他の方はもう到着されているのかな」

「はい。猿投様も阿閉様も既に」

「それは失礼をした。急ごう」

足を速めながら、月寒は後ろの二人を手で示した。

「お嬢さんから聞いているかも知れないが、こちらが、今夜閣下の護衛をして下さる哈爾浜憲兵隊の浪越大尉と伊奈々木軍曹だ」

「伺っております。ネルグイと申します。何かご用がおありでしたら何なりとお申し付け下さい」

浪越は等閑な様子で頷き、月寒に寄って来た。

「先に外を確認したい。我々には構わず、君は君でやって呉れ給え」

浪越と伊奈々木は石畳に軍靴を響かせながら闇のなかへ溶け込んでいった。

雪片を払ってから玄関に入り、ネルグイに帽子と外套、それに首巻を預ける。

ネルグイが階段下の小部屋に入ったのを確認してから、月寒は応接室に向かった。

誰の姿もなかったが、灯りは点いたままで暖炉にも火が入っていた。

月寒は炉棚に寄り、右脇の打刻印字器に触れた。

活字棒に刻まれているのはABCではなく、いろは文字と漢字だった。邦文打刻印字器なのだ。字の彫られた細い金属棒は通常の倍以上の数が用意されている。先ずそのなかから打ちたい文字を選び、横の把手を廻すと正面の盤上に活字棒が現われるという仕組みだった。

月寒は予め用意しておいた用紙を嵌め、小柳津義禎と打ってみる。この様式を使うのは初めてなので、随分と手間取った。薪の爆ぜる音に混じって、きりきりという歯車の軋む音が室内に響き渡る。

漸く打ち終えてから紙を外し、文字列を確認する。紙面に捺された五つの漢字のなかでは、津の字だけが少しだけ上に飛び出ていた。

月寒は折り畳んだ紙をポケットに仕舞い、応接室を出て居間に向かった。

「君も来たのか」

飲みかけた硝子杯(グラス)から口を離し、猿投は目を丸くしていた。阿閉とヴァシリーサも、同じような視線を月寒に向けた。

「閣下からお手紙を頂戴(ちょうだい)しましたもので」

「随分と気に入られたようだな」

そう冷やかす猿投は黒の背広に黒の襟飾(ネクタイ)を締めており、阿閉も飾緒を吊(つる)した軍服に喪章を下げている。髪を纏め粧(よそお)ったヴァシリーサは、裾(すそ)の広がった黒の夜会服(ドレス)姿だった。衣装戸棚(クローゼット)から喪服を引っ張り出してきたのは正解だったようだ。

食堂に通じた扉が、音もなく開いた。黒の燕尾(えんび)服に身を包んだ秦の姿があった。

「お待たせを致しました。支度が調いましたので、どうぞこちらへ」

皆が席についたのを見計らったように、食堂の扉が開いた。

千代子(ちよこ)が押す車椅子に乗って、義稙が姿を現わした。法服を思わせる厚手の黒い毛皮着(ガウン)に身を包み、紫の襟巻きを締めている。襟巻きとの対比が余計にそうさせるのか、その顔色は蠟(ろう)のようだった。千代子も白く粧い、ヴァシリーサと同じような丈の長い黒の夜会服(ドレス)に身を包んでいた。

義稙が上座に着くまで、誰も声を発さなかった。千代子は車椅子を固定し、義稙に何かを耳打ちしてから近くの席に着いた。

哲二郎、そして瀧山がいないことで、席順は以前の晩餐会とは変わっていた。

上座の義稙から見て、席次は右手がヴァシリーサ、阿閉、月寒、左手が千代子、猿投、空席という並びになっていた。月寒の前の空席には、哲二郎の写真と共に銀食器の類いが用意されている。食堂の隅には、秦が杖を突いたままの姿勢で控えていた。

「皆、よく来て呉れた」

義稙の嗄れた声が食堂に響いた。

「哲二郎が賊の手に斃れた。愚鈍だが、悪い奴ではなかった。そういう者から死んでいく。戦場でもそうだ。秦、そうだろう」

「仰る通りでございます」

秦は顔を伏せ、唸るように答えた。

「湿っぽい法要など彼奴好みではあるまい。存分に飲み食らいながら、哲二郎の思い出話に浸りたいと思う」

義稙の言葉を合図に厨房の扉が開き、リューリが料理を載せた台車を押しながら現われた。

前菜は馬鈴薯と若鶏を刻んだオリヴィエ・サラダだった。直前まで冷蔵庫に入っていたのか、白磁の皿もひんやりと冷たい。義稙が銀匙を取ったのを見計らって、皆銘々に食事を始めた。

口を開くのは専ら阿閉と猿投だった。それに他の者がぽつりぽつりと応えるという形で晩餐会は進んでいった。

二皿目の貴族風ボルシチが出された時、食事中、一言も発していなかった義稙が不意に月寒の名を呼んだ。哲二郎との思い出話に花を咲かせていた猿投たちは驚いたように口を噤み、義稙に顔を向けた。

「それで、哲二郎を殺した輩は分かったのか」

月寒は銀匙を置き、そのままの姿勢で上座を向いた。

「申し訳ありませんが、未だ調査中です」

義稙は平淡な声でそうかと云い、ゆっくりと肉の塊を口に運んだ。

誰も言葉を発さなかった。皆手を止めて次の言葉を待っているが、義稙は意に介さない様子で食事を続けている。食器の触れ合う微かな音が、沈黙を余計に際立たせていた。

「千代子から聞いたが、お前は岑守を訪ねたそうだな」

屈み込むようにして皿に向かいながら、義稙は云った。視界の端で、秦が身動ぎするのが分かった。

「ほう、岑守さんとは懐かしい名だ！」

猿投が朗らかな声を上げたが、誰も同調はしなかった。月寒は秦から義稙に目線を戻した。

「先日、撫順まで行って参りました」

「哲二郎や瀧山の事件に奴が関わっているのか」

「そうではありません。お訪ねしたのは、教えて貰いたいことがあったからです」

「何をだ」

「閣下、貴方が現役当時のお話です。しかし、生憎と一足違いでそれは叶いませんでした。岑守氏は亡くなっていたのです」

義稙の萎びた顔のなかで、白く垂れ下がった眉がゆっくりと動いた。月寒の放った言葉の意味を、それだけ時間をかけて理解しているようだった。

「奴は何か患っていたのか」

「残念ながら違います。撫順郊外にある岑守氏の家を訪ねた時、私が見つけたのは氏の遺体でした。卓子には食べかけのチョコレート菓子があり、調べましたがそのいずれにも砒素が注入されていたとのことです」

吐息のような騒めきがその場に広がった。壁際の秦の顔は、見る見る内に蒼醒めていった。

百武からの報告が事務所に届いたのは、今日の昼過ぎである。件の菓子は、ウイスキーを包んだ砂糖殻をチョコレートで塗り固めた物だった。いずれの菓子も、なかのウイスキーには致死量を遥かに超す砒素溶液が注入されていたそうだ。

「そのチョコレート菓子は、その日の午前中に届いたようです。包装紙は棄てられずに残っていましたが、送り主の箇所には、小柳津閣下、貴方の名前がありました」

「おい待ち給えよ、君」

腰を浮かす猿投に被せて、義稙は知らんと云い放った。

「千代子、お前は奴に何かを送ったか」

「いいえお祖父さま。岑守様に何かを送ったことはありません」

千代子は背筋を伸ばしたまま、間髪を容れずにそう答えた。月寒は軽く頷き、言葉を重ねた。

「小柳津義稙の名があれば岑守氏は何も怪しまずにチョコレート菓子を口にするでしょうから、何者かが名を騙ったのだと思われます。小包には打刻された手紙も入っていましたが、こちらにも閣下のお名前がありました」

「どんな内容だった」

「秦を交えて昔の話がしたいから哈爾浜まで来て欲しい、と」

義稙は硝子杯に手を伸ばしながら、知らんなと呟いた。

「卓上にはチョコレート菓子の他、岑守氏の手記がありました。閣下とのお話のために、記憶を整理しておこうという積もりだったのでしょう」

「お前はそれを読んだのか」

「ええ。ニーヤ村の討伐など、丁度シベリア出兵従軍中の箇所でした」

月寒の言葉を遮るように、どんと大きな音が食堂中に響いた。皆の目が音の方向に向けられる。厨房に続く扉の近くでは、秦が壁に手を突いた姿勢で身体を支えていた。

「……あの、失礼ですが」

千代子の顔が月寒に向けられた。

「お食事の席に相応しい話題とは思えません。月寒様、残りのお話は食後でお願い出来ませんか」

月寒は上座に目を向けた。義稙は無感動な顔で、皮ばかり張った喉を動かし炭酸水を飲み干していた。続けろという言葉はない。月寒は千代子に向けて軽く頭を下げた。

「仰る通りですね。失礼しました」

食堂の空気はすっかりと変わっていた。阿閉や猿投は探るような目を幾度も月寒に向け、もう誰も話を繋げようとはしない。秦は顔を伏せたまま、蹌踉めくように厨房へ消えた。

結局、食後の紅茶が出されるまでその張り詰めた空気は変わらなかった。

デザートのクランブルケーキに手を付けることもなく、薄く開いた目でそんな様子を眺めていた義稙が、千代子の名を呼んだ。

「私は部屋に戻る。お前たちはもう少しゆっくりしていけ」

千代子は立ち上がり、車椅子の後ろに回った。固定錠（ロック）を外しながら厨房の方に顔を向け、リューリに紅茶を持って来るように命じた。

その声を聞きつけたのか、厨房から秦が出てきた。顔色は戻っていたが、未だ何処か遠くを見るような目をしていた。

小刻みに杖を動かしながら食堂を横断し、秦は洋式広間（ホール）に繋がる扉を開けた。

「では失礼する」

義植はそう云い残し、千代子と秦を従えて姿を消した。

「おい月寒君、どういうことだ」

扉が閉まるのを待ち構えていたかのように、阿閉が低い声で云った。

「瀧山君の死には不審な点はないと云ったじゃないか」

「調査を進めていく内に疑わしい点が幾つか出てきたのですよ」

莫迦（ばか）なと阿閉が押し殺した怒声を上げた時、厨房の扉が開いてリューリが現われた。手にした盆には白い洋急須（ティーポット）と洋碗（カップ）が載っている。何事かという顔をしながらも、リューリは軽く会釈をして洋式広間（ホール）へ出て行った。

「それは、あの人が殺された件とも関係があるの」

取り出していた黒い紙巻きに火を点けながら、ヴァシリーサは哲二郎の写真を目で示した。

「私はそう考えています」

「岑守さんには閣下の現役時代の話を訊(き)きに行ったんだったな。それはどういうことなんだ」

猿投も会話に加わってきた。

「そのままの意味ですよ。私としてもあまり多くをお話し出来る訳ではないのです」

「可怪(おか)しいじゃないか。閣下の過去が、どうして哲二郎氏と瀧山君殺しに関わってくるんだ。閣下を恨んでいるなら狙うのは閣下だろう。他を巻き込んでどうするんだ。……ああいや、こんなことは口にするべきではないのかも知れないが」

「そんなことより、月寒君、君は我々の所に来て色々と訊いていったが、真逆我々のことも疑っているのではないだろうね」

「そうではないと信じたいのですが、大佐、目下調査中ですというのが正直な答えです」

「莫迦を云うのは止し給え。そんな訳がないだろう」

阿閉が強く晩餐卓(ダイニング・テーブル)を叩(たた)いた刹那(せつな)、階上から何かの破裂するような音が聞こえた。

それが銃声だと頭が理解した時、月寒は椅子を蹴(け)って立ち上がっていた。

拳銃嚢(ホルスター)の回転式拳銃(リヴォルヴァー)を抜き出しながら洋式広間(ホール)に飛び出し、二段飛ばしに階段を駆け上がる。階下からは、阿閉たちの駆けてくる足音が聞こえた。

二階の洋式広間（ホール）に立ち、左右を見る。

廊下には四人の姿があった。

蒼醒めたリューリの首に手を廻す秦。その少し手前で立ち尽くす千代子。そして、車椅子に腰掛けたまま、こちらに背を向ける義稙。

車椅子の近くには、二つに割れた洋急須（ティーポット）と持ち手の欠けた洋碗が転がっていた。大きく染みを作る紅茶の香りに混ざって、硝煙の強い臭いが近くまで漂ってくる。秦の手には、黒い拳銃（けんじゅう）が握られていた。先日取り上げた物とは別だった。

足音と共に、背後から猿投や阿閉の声が聞こえた。月寒は後ろを瞥見（べっけん）する。二人の他にはヴァシリーサとネルグィの姿しかない。浪越や伊奈々木はいなかった。

再び目を戻した先で、肘掛（ひじか）けにあった義稙の手が滑るように落ちた。力無く揺れる細い指の先からは、紅（あか）い液体が滴っている。

月寒はその時になって漸く、車椅子の背に穴が空いていることに、そしてそこからじわじわと黒い染みが広がりつつあることに気が付いた。車椅子の下が黒ずんで見えるのは影のせいではなかった。流れ出る血を、絨毯（じゅうたん）が吸っていた。

「動くな！」

駆け出そうとした月寒の脚を、秦の怒声が釘付（くぎづ）けにした。

　秦の腕が素早く動き、黒々とした銃口が月寒に向けられた。引き回された衝撃で、リューリの髪留めが外れた。白金色（プラチナ）の髪が舞う。千代子が声にならない悲鳴を上げた。月寒は両手で拳銃を構えた。しかし、秦はリューリを盾のようにして捕まえている。完全に狙いを定めることが出来ない。

「閣下を撃ったのか」

「ああそうだ、私が殺した」

　リューリの首に廻した手で、秦は黒眼鏡をかなぐり棄てた。義眼のせいか、眇（すがめ）気味の双眸（そうぼう）は右眼だけが激しく動いていた。

「莫迦な真似は止せ。この屋敷は警察が囲んでいる。何処にも逃げられんぞ」

　秦は荒い息を吐きながら、足で探るようにして後ろに踏み出した。堪（こら）えるように項垂（うなだ）れているリューリもされるがままに後退し、二人はゆっくりと壁際まで下がった。不意にリューリの頭が動いた。長い髪の間から覗（のぞ）く顔は、全くの無表情だった。

　それからの出来事は一瞬だった。

　リューリが欧風前掛け（ピナフォア）のポケットに手を入れた。

　再び現われたその細い手には、銀色の小型拳銃（デリンジャー）が握られていた。

　リューリは月寒の方を向いたまま、流れるような仕草で己の肩越しに銃口を向けた。鋭い銃声と共に秦の顔面が弾（はじ）け、紅く大きな華が咲いた。

周囲に鮮血を撒き散らしながら、秦は糸が切れた糸繰り人形のように、不自然な格好でその場に倒れた——それで終わりだった。

誰も言葉を発さなかった。千代子は壁に背をつけたまま、頽れていった。

「……それを、床に置くんだ」

月寒は拳銃を構えたまま、秦の血を半身に浴びたリューリに露西亜語でそう呼び掛けた。

「もう少しだけ待って下さい」

リューリはいつもと変わらぬ口調でそう云うと、倒れている秦の頭に銃口を向け、何の躊躇いもなく引き金を引いた。破裂音と共に血飛沫が飛ぶ。秦の身体は微塵も動かなかった。

リューリの目が今度は義植に向けられた。

拳銃を構え、その脚付近を撃つ。積木の塔を崩すように、義植の身体が床に落ちた。不格好に曲がった首がこちらを向く。半開きの口からは舌が垂れ、虚ろな目はもう何処も見ていなかった。横倒しになった車椅子の車輪が、からからと音を立てながら廻っていた。

リューリは息を吐くと、無造作に拳銃を投げ棄てた。重たい音と共に、微かな振動が床を伝わって月寒の足にまで響いた。

「ひとつ訊きたいことがある」

リューリの視線が、義植の屍体から月寒に移った。

「君は、ニーヤ村の生き残りなのか」

血に汚れた顔で、リューリは小さく笑った——ような気がした。

強い力で横に押されると同時に、耳元で銃声が炸裂した。

リューリの身体が後ろに飛び、壁に強くぶつかった。ペンキの缶をぶちまけたように、乳脂色の壁一面に血の華が咲く。紅い跡を残しながら崩れ落ちるリューリの欧風前掛けは、見る見る内に赤く染まっていた。

浪越が立っていた。手元の自動拳銃からは、消えきらぬ青い煙が上がっている。

「何をぼうっとしている。手に持っているのは飾りか」

前を向いたままそう云い棄てると、浪越は振り返り、他の面々を睥睨した。

「方々、ご覧の通り小柳津閣下が殺害せられました。以降は、我ら哈爾浜憲兵隊が警察権を執行します。大佐殿、それで問題はございませんか」

啞然とした顔で立ち尽くす阿閉は、ああとだけ答えた。

小刻みな足音と共に、伊奈々木が階段から姿を現わした。伊奈々木は脇目も振らず浪越に寄ると、何かを耳打ちした。

浪越は小さく頷き、再び声を張った。

「分隊が到着したようですので、皆さんは今暫く下の客間でお待ち下さい」

有無を云わさぬ浪越の声が呼び水となったように、階下から男たちの騒めきが響き始めた。警察と憲兵が遣り合っているのか、三日月の怒声も聞こえてくる。

拳銃嚢（ホルスター）に拳銃を戻し、月寒は千代子に駆け寄った。壁に凭（もた）れ掛かったまま、千代子は茫然（ぼうぜん）と目の前の惨状を見詰めていた。

「大丈夫ですか」

千代子の唇が微かに動く。しかし、声にはならなかった。月寒は千代子の肩を摑（つか）み、強引にこちらを向かせた。

「何があったんですか」

「お、お祖父さまが秦を呼んで、何かを耳打ちして、そうしたら、秦が顔色を変えて、それで、拳銃を……」

色の薄い瞳は月寒を見てはいなかった。月寒が手に力を込めた刹那、後ろから肩を摑まれた。

「探偵、君も下に戻れ」

浪越だった。月寒はその手を乱暴に振り払い、猛然と立ち上がった。

「今は忙しい。文句があるなら後にしろ」

浪越は無情な顔でそう云い残すと、踵（きびす）を返した。

騒がしい足音と共に、幾人もの憲兵が階段から姿を現わした。

二九・

月寒が再び小柳津邸を訪れたのは、それから二週間後のことだった。

久しぶりの快晴だった。薄く雲の棚引いた空は、透き通るように青い。

楡の脇に自動車を駐め、外に出る。きんと張り詰めた冷気を裂いて、遠くから鳥の声が響いていた。

正面の鉄扉は、半分ほど開いたままになっていた。正門に至るまでの黒土には、幾台もの貨物自動車（トラック）が行き来したと思われる太い轍（わだち）が何筋も刻まれていた。

石畳の遊歩道を進み、玄関の扉に手を掛ける。鍵は掛かっていなかったので、月寒はそのままなかに足を踏み入れた。

洋式広間（ホール）には誰の人影もなかった。天窓からは白い陽が差し込み、宙を舞う埃（ほこり）をきらきらと輝かせている。高く響く月寒の靴音が、空虚な静けさを際立たせていた。

「ようこそお越し下さいました」

顔を上げると、千代子が階段を下りてくるところだった。詰め襟の白い洋服に青い上着を羽織っている。月寒は帽子を取り、軽く頭を下げた。

「ご無沙汰していいます。少しは落ち着かれましたか」

「お陰さまで。随分と色々なことがあった気もしますが、思い返せばあっという間でした」

千代子はゆっくりと月寒の側まで来た。

「お独りなんですか」

「ええ、使用人たちには皆暇を出しました。ヴァシリーサさんも、少し前に出て行かれました」

千代子が応接室へ続く戸を手で示した。

「あちらでお待ち下さい。私一人ですから、大したおもてなしも出来ませんけれど」

「どうぞお気遣いなく」

静かに微笑んで、千代子は食堂の方に向かった。

月寒は応接室に入り、外套を脱いでソファに腰を下ろした。月寒を迎えるためか、暖炉には火が熾っていた。手袋を外し、煙草入れを取り出す。

咥えた煙草が半分ほど灰になったところで、千代子が台車を押しながら入ってきた。月寒の前に白磁の洋碗を置き、紅茶を注ぐ。湯気と共に、強い香りが立ち上った。

自分の洋碗にも紅茶を入れ、千代子は月寒の正面に腰掛けた。

「それで、何かお話があるということでしたが」

月寒は灰皿に煙草を棄て、小さく頷いた。

「大変遅くなりましたが、ご依頼頂いた件の報告にまいりました」

「と仰いますと、秀一さんの件ですか」

「そうです。そして、そこから連なる雉鳩哲二郎、岑守吾一、小柳津義植、秦勇作諸氏の殺害事件についてです」

「なら、犯人がお分かりになったのですね」

洋碗皿を持ち上げたまま、千代子は目を輝かせた。

月寒は言葉に詰まり、開き掛けた口を再び閉ざした。

「月寒様？」

目の前の小さく開いた唇からは、輝くような白い歯が覗いている。向かいからこちらを見ているのは、どこまでも幼く、また、話の続きが楽しみで仕方ないといった顔だった。

絡みつくような唾を飲み込んだ。月寒は背筋を伸ばして、千代子の顔を真正面から見詰める。そして、ゆっくりと口を開いた。

「犯人は、貴女です」

千代子はゆっくりと紅茶を含み、音も立てずに茶器を戻した。

月寒は二本目の煙草を咥え、燐寸を擦った。漂う紫煙の向こうで、千代子は困ったような笑みを口元に浮かべていた。

「では、私がその五人を殺したと仰るのですか」

「閣下を撃ったのは秦です。そして、その秦を撃ったのはリューリでした。しかし、そうなるように仕組んだのは、そして瀧山氏と哲二郎氏に毒を盛り、岑守氏に毒入りのチョコレート菓子を送ったのは、貴女だと私は考えています」

「随分な悪人ですね。それならお聞かせ願えますか、月寒様がそうお考えになった理由というものを」

「聞いて頂けるのでしたら、喜んで」

月寒は後ろに凭れ掛かり、煙草を挟んだまま指を組んだ。

「第一の事件、瀧山秀一の毒殺です。彼はウオツカにリシンを混ぜられ、それを飲んで死んだ。あの場でリシンを混ぜ得たのは、ウオツカを注いだ阿閉大佐か、若しくは居間に運んだ貴女のどちらかです」

「硝子杯を用意したのはリューリでしたよ。あの娘は違うのですか」

「違いますね。リシンは水と弱酸に溶ける粉末です。仮令前以て溶液にしていたとしても、予め硝子杯(グラス)に仕込んでおくことには、大佐に気付かれるかも知れないという危険が伴います。それならば、貴女に申し出て、酒肴(スナック)ではなくウオツカの硝子杯(グラス)を居間(ラウンジ)へ運ぶ役を選べば良かった筈(はず)でしょう。しかしリューリはそれをしなかった。そして云う迄(まで)もないことですが、それぞれの手元に硝子杯(グラス)が行き渡った後で、他の目を盗んでリシンを入れるのは不可能です。従って、リシンを混ぜ得た者は、貴女か大佐のいずれかということになります」

月寒は唇を舐(な)めた。口中は既に乾きつつあった。

「しかし、問題はそこからでした。お分かりでしょうが、この方法では特定の相手に毒を嚥(の)ませることは出来ません。阿閉大佐には、貴女が硝子杯(グラス)をどう配るかまでは分からなかった。そして貴女も、全員に硝子杯(グラス)を配ることはしなかった。どうやって毒入りの硝子杯を瀧山氏に選ばせたのか。どうしてもそれが分からなかったのです。思い付くことがない訳ではなかったが、あまりにも突拍子がなさ過ぎました。それ故に、『自分が気付いていない何か巧妙な技巧(トリック)があるのではないか』と考え過ぎていたのです」

「何ですか、その突拍子もない考えというのは」

「瀧山氏が毒入りの硝子杯(グラス)を取ったのではなく、偶々(たまたま)取った硝子杯(グラス)が毒入りだった——つまり、犯人にとって死ぬのは誰でもよかったというものです。阿閉大佐が犯人の場合、リシンを混ぜたのは、チェリョームハ粉の浮いた猿投社長の硝子杯と冷水に替えた自分の硝子杯以外の三つから選んだことになる。そしてそれは、貴女が犯人でも同じことだ。貴女は大佐の硝子杯が水に替わっているであろうことを知っていた訳ですから、若し大佐が狙いならそれにリシンを混ぜればよかった。しかしそうはしなかったところを見ると、矢張り狙いは哲二郎氏、ヴァシリーサさん、そして瀧山氏の三人だったことになります。しかし、この考えには一つだけ、それでも致命的な問題がありました。その三人を繋ぐ糸が見つからないのです」

　月寒は腕を伸ばし、引き寄せた灰皿に灰を落とした。

「哲二郎氏とヴァシリーサさんならば、同じ小柳津家の人間ということで括ることが出来ましょう。でも瀧山氏は違う。彼は未だ小柳津家外の人間なのだから——とそこまで考えたところで、私は或る事実に気付きました。雉鳩哲二郎、ヴァシリーサ・ルキヤノヴァ・アレクシェーヴィチ、そして瀧山秀一。この三人を繋ぐものが一つだけある。お嬢さん、貴女です」

　月寒はそこで言葉を切り、相手の反応を窺った。千代子は洋碗皿ごと持ち上げた洋碗を戻しながら、そうですかと呟くだけだった。

　立て続けに薪の弾ける音がした。月寒は煙草を灰皿の縁に置き、洋碗を取り上げる。千代子の顔に変化はない。口を付ける素振りだけ見せ、再び洋碗皿に戻す。唇に触れた紅茶は、既に冷め始めていた。

「二つ目の事件に移りましょう。雉鳩哲二郎の毒殺事件です。警察が駆け付けるまで表も裏も門を開けた痕跡（こんせき）がなかったこと、また哈爾浜憲兵隊が一晩中屋敷を見張っていたことから、研究室で哲二郎氏の紅茶に砒素を混ぜたのは、闖入者（ちんにゅう）ではなく屋敷内の人間だったことになります。では、果たしてそれは誰なのか」

「三日月さんが仰っていましたけれど、犯人は停電の時に大叔父（おおおじ）を訪ねたんだそうですね」

「現場となった研究室には、誰も名乗り出てこない足跡が残されていました。呏壜（ガロンびん）から零（こぼ）れた薬剤を踏んで行ったあの跡です。どうして犯人はそんな物を残していったのか。警察は、暗闇ゆえに気付かなかったのだと判断しました。犯人は停電中に研究室を訪れた、若しくは訪れている最中に停電になり、その機に乗じて哲二郎氏の紅茶に砒素を混ぜたのだと。従って犯人たり得るのは、一階洋式広間（ホール）で貴女と会いその後は修理作業をしていたネルグイと、停電中は閣下と話をしていた貴女を除く、秦、ヴァシリーサ、リューリ、駒田（こまだ）の四人ということになります」

月寒は短くなった煙草を摘（つ）まみ、最後のひと喫いをした。

「しかし、それは誤りでした。犯行が停電中であった筈がないのです」

「それはどうして？」

「実験台上にあった洋燈を思い出して下さい。ネルグィが四時三十分頃に屍体を発見した時、洋燈の火は既に消えていました。油は未だ十分残っていたのにも拘わらずです。よく考えるとこれは可怪しい。あれは元々仕舞ってあった物だそうですから、停電になったので持ち出され、火が点けられたことになります。若し哲二郎氏が停電中に亡くなったのだとしたら、洋燈の火は屍体発見時にも点いたままの筈でしょう」

「それだけですか。何かしらの故障で火が消えてしまったことも考えられるんじゃありません？」

「違いますね。私がそう考える根拠は他にもあります」

月寒は吸殻を灰皿に棄て、鞄から牛乳壜の形をした、透明な硝子容器を取り出した。壜のなかは、毒々しい緑色の液体が七分目まで充たされている。千代子は少し身を乗り出した。

「それは？」

「K式液体照明灯といって、白燐の酸化を応用した無熱無煙の照明器具です。哲二郎氏の発明品で試作品の一つを貰ったんですが、ほらこの通り」

月寒は銀の蓋を捻り、その上に外套を被せた。外套の下の暗がりで、壜の中身はうっすらと緑色に光り始めていた。

「なかの液体が空気に触れると、緑色に発光します。屍体の傍に零れていたのは、これの原液でした。お分かりですか。若し停電中に咞壜が倒れ薬剤が床に溢(こぼ)れたのなら、空気に触れて反応し、暗中で光っている筈でしょう。だから、犯人がそれに気付かない訳がないのです。従って、犯行は停電中ではない。足跡は、飽くまでそう見せ掛けるための工作だったことになります。つまり、犯人は停電中に不在証明(アリバイ)がある人物になってくるのです」

「私とネルグイですか」

「いいえ、ネルグイは犯人になり得ません。何故なら、彼は哲二郎氏の助手だからです。当然彼はこの液体照明灯(ライト)の構造も知っており、その方法では不在証明工作が成り立たないと理解していた。だからお嬢さん、貴女しかいないんですよ」

月寒は身体の前で指を組み、真正面から千代子の顔を見た。

「貴女が哲二郎氏を訪ねたのは二時半以降、つまり停電から復旧した後だった。隙を見て哲二郎氏が洋碗(カップ)代わりに使っていた幅広混合器(グリフィンビーカー)に砒素を混ぜ、殺した。咞壜が倒れたのはその時です。溢れ出る薬液を見て、貴女は不在証明(アリバイ)工作を思いついた。停電中に殺されたのだと思わせれば、その間は閣下と会話をしていた貴女は容疑者の候補から外されますからね。しかし、その考えは甘かった」

千代子は両手を身体の前で合わせ、ふうと息を吐いた。

「どうです、自分がやったとお認めになりますか」

「さあどうでしょう。分かりません」

千代子は洋急須（ティーポット）を取り上げ、月寒の洋碗（カップ）に紅茶を注ぎ足した。

薪の爆ぜる音がした。月寒は三本目を咥え、燐寸を擦った。

「私には、貴女という人が分からない」

自分の洋碗にも紅茶を注ぐ千代子の姿を眺めながら、月寒はそう零した。

「この事件の根底には、二つの異なる潮流がありました。一つは、小柳津家が握る哈爾浜での阿片（あへん）利権。もう一つは、十九年前、閣下がシベリア出兵従軍中に引き起こしたニーヤ村討伐の惨劇です」

「ああ、そういえば月寒様は放鶴楼（ほうかくろう）にも行かれたんでしたね」

千代子は感心したような顔で呟いた。

月寒は煙草の先で炉棚（マントル・シェルフ）の打刻印字器（タイプライター）を指す。

「例の脅迫状を打ったのはそれだと分かった時点で、私はシベリアでの一件が、小柳津義植の後継者争いという真の動機を隠すために持ち出されたのだと考えました。しかし、それは違っていた。先日、ヴァシリーサさんと外で会って話を訊きました。渋りながらも教えて呉れましたよ。閣下の後継者は貴女だったんですね」

「あの人が、それを云ったのですか」

拭（ぬぐ）い取ったように、千代子の顔から笑みが消えた。月寒は肚（はら）に力を込め、ええと頷いた。

「渡満しこの屋敷に引き取られた時点から、貴女に対する英才教育は始まっていたそうですね。それから十五年余り、貴女は閣下の手でそのように育てられた。そしてそれは、小柳津家の誰もが知っていた。いずれ貴女が小柳津義植の衣鉢を継いで哈爾浜の夜の女王となることに、異を唱える者はいなかった。だから後継者争いなど起こる筈がないと、ヴァシリーサさんは云っていました」

「でしたら、月寒様のお考えは間違っていることになりませんか」

「そうです。だから教えて欲しいのです」

白皙（はくせき）の面を真正面に見据えたまま、月寒は煙草をひと喫いした。

「どうして瀧山と哲二郎を、しかも自分の手で殺す必要があったんですか。そんな地位にいるんです、誰かに命じれば済んだ筈だ。岑守に毒入りの菓子を送ったのは、私の目をシベリア出兵に向けさせるためだったんでしょうが、それならば運転手の梁秀英（リャンショウイン）まで殺したのは何故です」

千代子は目を細めた。

「凄（すご）いですね、梁のことまでご存じなんですか」

「梁の最期は瀧山のそれと同じでした。彼にもリシンを嚥ませたんですね？　阿片業者との会談に向かう車中の会話を聞かれたかも知れないと思ったんですか」

「分かりませんわ」

「ならばこれだけ教えて下さい。貴女は、何と云って秦を唆したんです」

千代子は意外そうな顔になり、直ぐに口元を押さえながらくすくすと笑い出した。

「唆しただなんて人聞きの悪い。私はただ、ちゃんと謝った方がいいですよとお祖父さまに申し上げただけです」

月寒は咄嗟にその言葉の意味を量り——そして愕然とした。

「ならば、あの脅迫状は」

「秦の部屋で見つけた書き損じを、私が打刻し直した物です。ずうっと気に病んでいたのだったら、ちゃんと落とし前をつけませんとね」

言葉を失う月寒に、千代子は今までに見せたことのなかったような顔で嫣然と微笑みかける。

「それで、月寒様はどうされたいんです？　何とか頑張って、私を警察に突き出しますか。それとも、口止め料のようなものを請求されるのですか」

氷の塊を呑み込んだように、肚の底が冷たくなった。指先の煙草が急に重たくなったような気がして、月寒はそれを灰皿へ投げ棄てた。

「そんな命知らずな真似はしません。ここまで付き合わされた以上、本当の事を知ってから立ち去りたいだけです」

千代子は莞爾と笑った。

「よかった、それを聞いて安心しました。月寒様がそう仰るなら、喜んでお話しいたしますわ。実は、私も貴方にお願いがあるんです」

「厄介ごとならばお断りします」

「ご安心下さい、簡単なことですから」

千代子は指先で頰を押さえ、ああでもと呟いた。

「そうですね、暫くの間はこの街から離れて頂いた方がいいかも知れません」

「何故です」

「これから先、哈爾浜ではちょっとした騒動があると思います。それに月寒様が巻き込まれたらお可哀想ですし、私も困りますから」

透織の絨幕越しに、一条の淡い陽光が差し込み始めた。

仄かに白く照らされて、千代子は屈託のない笑みを浮かべている。

少し眠たげな半開き気味の双眸も、筋の通った鼻も、ほんのりと朱に染まった頰も、小振りな唇も、そこから覗く白い歯も、全てが国務院の特別応接室で初めて会った時のままだった。

しかし、違う。

目の前の、未だ少女と呼んでも差し支えのない外見の娘は、紛れもなく、艶やかで禍々しい、おんなの雰囲気を放ち始めていた。

月寒は、いま直ぐにでも席を蹴って逃げ出したい衝動に駆られた。

だがもう遅かった。

再び開き始めた千代子の紅い唇から、月寒はもう目を離すことが出来なかった。

三〇・

長い廊下の先に、漸くその扉は姿を現わした。

「手短に済ませた方がいいですか」

先を行く椎名の背にそう問い掛けると、少ししてから構わんという返事が返ってきた。

「次長は、君からの報告を楽しみにしていらっしゃる。お陰で午後の予定が全部変更だ」

「それは助かります。だらだら話す積もりはないんですが、何せややこしい話なもので」

扉の前で、椎名がこちらを向いた。

「それで、事件は終わったのか」

「小柳津義稙が死にましたから」

「あいつは、瀧山の件はどうだったんだ」

月寒は椎名の目を見据え、殺人ですと云った。椎名は何か云いたげに眉を動かしたが、結局口を開くことはなくそのまま扉を開けた。

「やあ月寒君、待っていたよ」

ソファの向こうから、笑顔の岸（きし）が歩み寄ってきた。月寒は黙って頭を下げ、室内に足を踏み入れた。後ろで扉の閉まる音がした。今回も椎名は入ってこなかった。

「いやあ、しかし大変だったね。真逆こんなことになるとは思ってもいなかった」

岸は大きく手を広げて見せた。卓上には、湯気の立つ珈琲（コーヒー）が既に用意されていた。

ソファに腰を下ろし、勧められた葉巻を受け取りながら、月寒は仰る通りですと頷いた。

「人伝（ひとづて）に聞いただけなんだが、家令の秦勇作が閣下を撃ち、その秦は下婢（メイド）に撃ち殺された。それで以てその下婢は、偶々居合わせた憲兵に撃たれたということでいいのかい？　君もその場に居たんだろう」

「流れとしてはその通りです」

「そうなると、瀧山君や雉鳩教授を毒殺したのも、秦かその下婢のどちらかなのかね」

「いいえ、犯人は小柳津千代子です。秦に閣下を殺させたのも、彼女でした」

咥えた葉巻を動かしながら、岸はほうと目を丸くした。

「それは──驚いたな。でも、そうなると下婢(メイド)は？」

「リューリと云うその下婢は、シベリア出兵の際、閣下と秦の部隊に殲滅(せんめつ)された露西亜人集落の生き残りでした。彼女は下婢として小柳津家に入り、復讐(ふくしゅう)を成し遂げたのです」

リューリが小柳津家に雇われたのは偶然だったと、千代子は云っていた。

千代子も、初めはリューリの素性を知らなかった。リューリも、真逆雇われた先が復讐すべき相手の家だとは知らなかった。

先にその事実を知ったのは千代子だった。念のために素性を調べてみたところ、その過去に行き当たった。自らの計画に組み込めると判断した千代子は、それ以降、何気ない態(てい)でリューリにその事実を小出しにしていった──そして、遂にリューリはそれを知った。

偶然って恐いですねと、千代子は笑っていた。

「ううん、よく分からんな」

岸は腕を組み、目を瞬かせた。

「その下婢は閣下を怨んでいたのに、閣下を撃ったのは秦なのか？　しかも、それを促したのはお嬢さんだと君は云う。一体どういうことなんだい」

「始まりは、小柳津千代子が秦の部屋から、一枚の書き損じを見つけたことでした」

月寒は小脇の鞄から、件の脅迫状を出した。岸は身を乗り出し、その紙面に目を落とす。

「これが、前に云っていた脅迫状か。どういう意味だったんだね」

「『三つの太陽』というのは、シベリア出兵時に閣下の部隊が苦しめられた熱射を指す言葉です。つまりこれは、先に述べた討伐作戦のことを閣下に糾す物なのです」

「それが下婢の部屋から出てくるなら分かるが、どうして脅迫される側である筈の秦の部屋から出てくるんだ」

「リューリだけでなく、秦もまたあの惨劇に心を囚われ続けていたからですよ」

月寒は蓮葉の形をした灰皿に葉巻を載せ、珈琲を啜った。

「一九一九年の六月、小柳津義稙が率いる部隊は、或る寒村をパルチザンの本拠地と見なし討伐しました。しかし、それは誤報だった。その村は赤軍とは何の関係もない一農村に過ぎなかったのです。そして、小柳津部隊は帰路で急襲を受けます。強烈な熱射に晒されて兵は碌に戦えず、部隊は二十数名を残して文字通り全滅した。秦勇作もその戦闘で脚と目を負傷し、軍人としての生命を絶たれました。生き残ってしまった秦は、その古疵が疼くたび、否が応でも灼熱のシベリア平原に意識を飛ばされました。パルチザンの本拠地だというのが直前で誤りだと分かっていながら、討伐を断行したことだけじゃない。その後の戦闘で、秦は多くの部下や戦友を亡くしたのです。自分の指揮は本当にあれでよかったのか、判断は間違っていなかったのかという苦患は、常に胸中から秦を苛みました。だから秦は堪え切れずに、当時の上官である小柳津義稙に宛てて脅迫状を書いたのです」

「ああ、成る程な」

岸は得心がいったように頷いた。

「彼は救って欲しかったのか」

「その通りです。シベリアでの出来事を糾弾する手紙を小柳津義稙に送る。そして、秦は自分の目の前で、義稙にそれを破り棄てて欲しかった。『何を莫迦な』と一笑に付して貰いたかった。秦は『自分たちは間違っていなかったのだ』と云って貰いたいが故に、あんな物を用意したのです」

「でも、それは実際には送られなかった」

「いざとなったら躊躇いが生じたのでしょう。秦は結局、それを自室の屑籠に破り棄てました。しかしそれは千代子に見つかり、全く別の目的で生まれ変わることになるのです」

千代子は、「三つの太陽」がシベリア出兵を指すことを初めから分かっていた。幼い時分に義稙の口から聞いたことがあったらしい。それ故に秦の屈折した思いを見抜いた千代子は、打刻印字器（タイプライター）で自らそれを打ち直し、自身の計画に組み込むことにした。

岸は口元から葉巻を離し、感嘆したような息を煙と共に吐き出した。

「棄てた筈の手紙が戻ってきて、秦は驚いたことだろうねえ。閣下は何とも仰らなかったのかい」

「見せたところで、もう理解は出来なかったことでしょう。小柳津義稙は幾多の病苦を和らげるため、以前からヘロインの静脈注射に頼りきりだったそうです。老衰に重度の阿片中毒が加わり、人としての心は殆（ほとん）ど残されていなかった」

「注射はお嬢さんが打つんだろう？　それなら意のままに操れるだろうな」

「そうです。そして、それによって千代子は秦に義稙を殺させました」

岸は興味深そうな顔で身を乗り出した。

「それだよ、どうやったんだい」

「『シベリアでのことは私が間違っていたと、秦に謝りなさい』。義稙の耳元で、千代子はそう囁（ささや）いたんです」

岸は目を細め、ほうと呟いた。

「秦勇作という男にとって、それは決して聞いてはならない言葉でした。秦は、終始ぶれることのなかった義植の剛胆さに救われていたのです。どれだけ自分の心が揺らいでいても、あれは間違いではなかったと云い切れる存在が側にいたから、秦は押し潰されることなく生きてこられました。だが千代子は、秦のそんな脆弱さを見抜いていた。だから義植に謝らせた。そうすれば、秦が義植をどうするか分かっていたからです」

「それが、事件の真相な訳だね」

岸は後ろに凭れ掛かり、神妙な顔で幾度も頷いた。月寒は腕時計で時間を確認してから、灰皿の底で葉巻の灰を折った。

「しかし、瀧山君や雉鳩教授まで手に掛けたのはどうしてなんだ」

「私もそれが分かりませんでした。哈爾浜の阿片利権が絡んでいるのなら、瀧山には殺される動機がありませんから」

月寒はそこで言葉を切り、相手の反応を窺った。岸は月寒の目を見詰めたまま、黙って葉巻を吹かしている。

月寒は溜息を吐き、強い口調でこう切り出した。

「もうここまで来たんです、お互い正直に話しませんか。小柳津義植は、その掌中に哈爾浜の阿片利権を収めていた。それ故に関東軍は手が出せず、対応に苦慮していた。そこで貴方は、関東軍に恩を売るため自ら動くことにした。知らないとは云わせませんよ。哈爾浜憲兵隊の浪越に、月寒は関係ないからと云って呉れたんでしょう？」

岸は葉巻を咥えたまま、にっと歯を剥き出した。

「それは少しだけ違うな。向こうから頼み込んできたんだよ。閣下には随分と手を焼いているようだったからねえ」

月寒は黙って頷く。岸が自ら最後のひと欠片を嵌めて呉れたことによって、漸く事件の全貌を見渡せるようになったのだ。

小柳津義稙は、関東軍にとって欠くべからざる人物だった。しかし、その大役を担うのが既に八十近い老人であり、更には軍部の方針にいちいち口出しをしてくるともなれば、交代を望む声が上がるのも無理のない話だった。

勿論、暴力ではそれを解決出来ないということは彼らも理解していた。哈爾浜の阿片市場が安泰なのは、偏に義稙の人脈と威光に因るものだからである。無理矢理に引き剥がしたら、どんな反撃を喰らうかも分からない。飽くまで穏当に、義稙本人が決めた後継者に引き継がせることが重要だった。

しかし、今になって地位に固執しているのか、義稙は一向に委譲の気配を見せずにいた。関東軍は気を揉んだことだろう。そうは云っても迂闊に動く訳にはいかない。昨年の支那事変勃発以降、義稙と関東軍の関係は最悪だった。引退など促せばどうなるかは、容易に想像出来た筈だ。

では関東軍はどうしたのか。自分たちではどうにも出来ないのならば、誰かに頼らざるを得ない。それは誰か。

そこまで考えた時、月寒の脳裏には一つの顔が浮かんだ。義稙と同じ山口の出身で、学生時代から今に至る迄の長い付き合いがあり、更には関東軍に対しても好意的に動いてくれそうな、まさに恰好の人物——岸信介である。

「随分と険しい顔をしているね」

岸は口元から葉巻を離し、目を薄くした。

「月寒君。月寒三四郎君。君は本当にいい仕事をしてくれた。君の活躍はこちらが望む以上のものだった。私は君を買っているんだよ？　だから今後も是非我々のために動いて欲しいと思っていたんだが、どうやら無理そうだね」

「ええ、謹んで辞退します」

「それは、君の正義に反するからかい？」

「善悪を問うつもりはありません。ただ、関わり合いになりたいとは微塵も思わないし、思えない」

岸は唇の端を歪め、ゆっくりと顔を動かした。月寒も連られて目を——暖炉上に掲げられた満洲の白地図に向けた。

「広いもんだろう、満洲は」

岸はゆっくりと葉巻を喫い、長く紫煙を吹き出した。

「私にとってはね月寒君、この国は未だ何も描かれていない、大きくて真白い画布みたいなものなんだよ。誰にも邪魔されず、思った通りの経済計画を試してみることが出来るんだ。描いてみたい絵は山ほどある。本当に、こんな素晴らしいことはない」

恍惚とした眼差しを向けたまま、広いもんだろうと岸は繰り返した。

「だから、絵具代も莫迦にならないのさ。仕方ないんだよ」

言葉を濁すこともなく、岸は快活に笑った。月寒は頷くこともしなかった。

「……話を戻しましょう。瀧山を小柳津家に送り込んだのは、義稙の後継者が誰なのかを探るためだったのですか」

「別に送り込んだ訳じゃない。現に彼は何も知らなかった。お嬢さんには一目惚れだったみたいでねえ。若者の恋を応援しただけだ」

「確かに話を聞く限り、彼が間諜に向いているとは思えません。しかし、その事実を知らされていなかったからこそ、瀧山秀一は誰からも警戒されず、貴方は彼を通じて生の小柳津家を観察することが出来た。また、若し彼と千代子が結婚すれば、義稙の後継者たり得る人物が一人増えることになります。当然その座を狙う者たちは活発に動き出す筈で、糠床を掻き混ぜて発酵を進めるように、貴方は瀧山を使って小柳津家内部の空気を乱そうとした」

「当たらずとも遠からずといったところだね。そこまで上手くいくとは流石に考えていなかった」

「しかし、瀧山は殺された。その代わりとして用意されたのが私でした。瀧山の死が毒殺だったことを吹聴し、互いに疑心を生じさせるため、私は小柳津邸に送り込まれた。ひとつお尋ねします。貴方は、千代子が小柳津義稙の後継者であることを初めから知っていたのですか」

　岸は肩を竦めながら珈琲を啜った。

「まあ何だね、違和感を覚えることは確かにあった。閣下との会話が嚙み合わずお嬢さんが毎回横から助け舟を出して呉れるんだが、どうも話の筋を上手く向こうに運ばれているような気がしてね。何か変だと思ったんだ。だが、そうは云ってもあんな年端もいかない小娘だ。考え過ぎだろうという思いの方が強かった。しかし――」

　岸は葉巻を咥え直し、遠くを見るような目付きになった。

「いつだったか、哈爾浜のスンガリに君を呼んだことがあったね。あの時、店には閣下とお嬢さんもいらした。覚えているかい」

「猶太人との懇親会があった時ですね」

「そうだ。猶太人たちは列を成して、閣下に挨拶参りをしていた。お嬢さんはその後ろにいらしたのだが、君は、その時の顔を見たかい」

記憶を探ってみるが、特に思い当たることはない。月寒が首を横に振ると、岸は薄い笑みを口元に浮かべ、葉巻を咥え直した。

「一瞬だけだった。だが、あの女は実に冷たい目をしていた。閣下を見下ろすようにしてね。その時に私は、ああそうなのかと確信した。だけれどもね、だからこそ分からないんだよ。全てを掌中に収めていた筈なのに、どうして彼女はわざわざ手を汚したんだ」

「阿片利権など関係なく、小柳津家の人間を全員殺すためですよ」

月寒はそう云い切った。岸は初めて怪訝そうな表情を覗かせた。

居間にウオツカを運ぶ際、千代子はチェリョームハ粉の浮かぶ猿投の分と、味を確かめれば冷水だと分かる阿閉の分を除いた三つの硝子杯の内の一つにリシンを混ぜた。

月寒が引っ掛かったのは、千代子がヴァシリーサには硝子杯を手渡ししたということだ。若し阿片に関わる人間を排除することが目的ならば、猿投にだけ硝子杯を渡し、毒入りウオツカの選び手にはヴァシリーサも入っていなければ可怪しい。

しかし、実際は違った。それは何故か。

「小柳津家の人間が全員死んだら、彼女はどうなると思います」

「どうもならないだろう。望み通り、閣下の後継者として君臨出来るんじゃあないのかね？」

「仰る通り。ただそれは飽くまで、彼女がそう望んでいた場合です」

岸は、何かに気が付いたような顔になった。

「真逆、君」

「お分かりになりましたか。小柳津千代子は、暑くて寒くて汚穢なこの国が大嫌いだったんです。祖父の跡をついで哈爾浜に残るなんて、況してや何の興味もない阿片の取引に関わることなどまっぴら御免だった。だから殺した。身近な親族である義稙と哲二郎が死ねば、内地に戻った唯一の身寄りである伯母夫婦の元へ身を寄せる口実ができますからね。ヴァシリーサが標的にされなかったのは、彼女が単なる居候に過ぎないからです」

岸は何も答えない。葉巻を摘まんだまま眉間に皺を刻み、月寒の言葉に耳を傾けている。

「どうして千代子は瀧山と婚約したのか。それは彼が、大蔵省からの期限付きの出向組だったからです。夫婦となれば、数年後には妻として彼と共に日本へ戻ることが出来る。千代子はそれを心から望んでいました。しかし、貴方によってすっかり満洲に魅了されてしまった瀧山は、この地に残ることを選択した。彼女がその変心をどう思ったかは云う迄もないでしょう。だから彼も殺されたんです」

再び腕時計を見ると、針は十一時三十分を指していた。そろそろ頃合いだと月寒は思った。

「ところで、この部屋は電話が繋がらないんでしたね」

月寒がそう語り掛けるのと、岸が哄笑するのはほぼ同時だった。

「そうか、お嬢さんは逃げ出したのか」

予想外の反応に、月寒は身を強張らせた。

岸は必ず動揺する筈だと月寒は踏んでいた。渇望されていた小柳津義植の後継者が、こともあろうに満洲を去ろうとしている——岸や関東軍にとって、その情報は爆弾にも等しい筈だった。

しかし当の岸は動じる様子もなく、欣喜とした顔で追いかける素振りさえ見せない。

これは一体どういう訳なのか。

「随分と驚いた顔をしているね。するとあれか、君はお嬢さんから私の足留めでも依頼されていたのかな？」

「……ええ、今日の昼前に大連から船で発つそうです」

「はは、成る程ね」

岸は愉快そうに足を組んだ。

「追いかけなくてよろしいのですか、小柳津義植の後継者は彼女しかいないのでしょう」

「そうだったよ、今まではね。だがそれは、閣下もご存命で、小柳津家の方々の目もあったからだ。しかし、生憎と皆さん亡くなられた。それでお嬢さんは去られ、それ故に玉座は今も空いている。それならば、何とでもなる」

「分かりませんね。替えが利かないから、ここまで大勢の死者が出たんじゃないんですか」

「閣下が亡くなった——それも横死されたことによる混乱は、君が考えている以上だ。確かに、あれを無事に治められるのはお嬢さんぐらいだろう。飽くまで、無事に治めるのなら、ね」

「……この隙に乗じて、哈爾浜の阿片利権を奪取する積もりですか」

岸は何も答えなかった。

月寒は葉巻の灰を折り、真正面から岸の顔を見た。

「岸さん、貴方は小柳津千代子という女のことを分かっていない」

「うん？　どういう意味だい」

「千代子は全てを憎んでいました。過酷で汚穢な満洲の土地柄も、そんな土地に自分を縛り付けた小柳津家の人間も、その原因となった哈爾浜の阿片利権も。そんな彼女が、黙っていなくなると思いますか」

岸の目がゆっくりと見開かれていく。

月寒は身を引いて、二発目の爆弾を放り投げた。

「そう遠くない内に、貴方の耳にも入ることでしょう。彼女が置き土産として、貴方がたの求められた哈爾浜の阿片経路(ルート)をどうしていったか」

岸の反応は早かった。席を蹴るようにして立ち上がり、扉へ駆ける。

その背に向けて、月寒は声を張った。

「最後に一つだけ。一族全員を殺し、満洲を離れるという計画は長らく千代子の胸にありました。ならば、どうしてこの時機(タイミング)で実行に踏み切ったのか気にはなりませんか。彼女は、三つの事象が背中を押して呉れたと云っていました。一つは、秦の脅迫状を見つけたこと。一つは、復讐を誓うリューリが下婢(メイド)として屋敷に来たこと。ただ、一番の決め手となったのはそれらでなく、岸さん、貴方だったと彼女は云っていました」

扉に手を掛けたまま、岸は振り返った。怒りと困惑が綯(な)い交ぜになった顔を見詰め、月寒は敢(あ)えて淡々とした口調でこう続けた。

「今から始めたら、三月までには片が付くだろう。そうすれば、春先には日本へ行ける筈だと千代子は考えたのです。お分かりですか？　それだけ彼女は、貴方から送られた仁和寺の絵葉書に心を打たれたんですよ」

岸の顔が大きく歪んだ。戦慄(わなな)くようにして口を開くが、言葉が結ばれることはなかった。荒々しい足音だけを残し、岸信介は姿を消した。

月寒は深く息を吐いて、ソファの背に凭れ掛かった。

時刻を確認すると、丁度十一時三十五分を指していた。

千代子から云われていたのは、十一時四十分までの足留めだった。千代子の計画を漏らし、更に五分早めたのは月寒の独断だ。巻き込まれた者たちの意趣返しと云えば聞こえは善いが、そんな大層なものでないことは月寒にも分かっていた。

岸はどちらを選ぶのだろう。千代子を追いかけるのか、それとも哈爾浜の確認を優先するのか。

千代子が施した阿片経路（ルート）の破壊工作は、大連からの出航時刻に合わせて動き始めるのだそうだ。岸が急げば、若しかしたら未だ間に合うかも知れない。どちらの運命に陽が差すのか、月寒にはどうでもよかった。興味もなかった。

横に置いた外套のポケットから、赤い煙草缶を取り出す。すっかり短くなった葉巻を咥え直してから蓋を開けると、なかには紙巻でなく、きらきらと輝く白い粉が目一杯に詰まっていた。

追加の報酬として、月寒が千代子から渡された物だった。

私にはもう必要がないものですから——千代子はそう云って朗らかに笑った。純度の高いヘロインで、切り売りしていけば十年は働かずとも裕福に暮らせる品だそうだ。

まった。

初めに貰った依頼料の残りとして岸に返すつもりだったが、当の本人は出て行ってし

月寒は少し考えたのち、ソファから離れ暖炉に近づいた。

暖炉の火に放り込もうと思ったが、直前になって躊躇いの気持ちが生じた。惜しい訳ではない。ただ、千代子の意のままに動かされているような気がしたのだ。

丸缶の蓋を嵌め、炉棚(マントル・シェルフ)に置く。そして、掲げられた満洲の白地図を仰ぎ見た。

五族協和の王道楽土、満洲。

望めば全てが手に入るであろう地位と共に、千代子は満洲を棄てた。その理由を彼女は、日本での生活に憧(あこが)れたからだと語った。

月寒には分からなかった。そんなことのために、人は自分の手を汚してあれほどまでのことが出来るものなのか。

何か他の理由があるのではないか。例えば復讐、若しくは恐怖。哈爾浜のみならず広大な満洲全土に蔓延(はびこ)った悪徳の一端を担わされることが、未だ若い彼女には恐ろしかったのではないか。凶行に走ったのは、そんな環境から逃げ出したいという思いが始まりだったのではないか。月寒はそう考えた——否、考えたかった。

それ故に、馬家溝(マチャコウ)の屋敷を辞する際、月寒はそんな胸中の疑念を千代子にぶつけずにはいられなかった。

「私が女だから、そんなことをお思いになるんでしょうね」

冷ややかな笑みを口元に湛え、千代子はそんな月寒の思いを一蹴した。向けられた眼差しには、はっきりと嘲りの色が刷かれていた。

動くことの出来ない月寒に歩み寄り、千代子は耳元でこう囁いた。

「ご安心下さい。あんなものがなくても、私は独りで生きていけますから」

肚の底が重たくなるのを感じた。月寒は暖炉に葉巻を棄てると、ソファの外套と鞄を抱え扉に向かった。

把手に手を掛けたまま、少しだけ振り返ってみる。

皓々とした灯りの下に輝く真紅の缶詰は、白く巨大な満洲の図に捧げられた供物のようだった。

月寒は後ろ手に扉を閉じ、暗い廊下を独り進む。

そして、もう二度と振り返らなかった。

参考文献

伊藤永之介他（著）『コレクション　戦争×文学16　満洲の光と影』／集英社／二〇一二年
加藤淑子（著）加藤登紀子（編）『ハルビンの詩がきこえる』／藤原書店／二〇〇六年
高木宏之（著）『満洲鉄道発達史』／潮書房光人社／二〇一二年
加藤聖文（著）『満鉄全史　「国策会社」の全貌』／講談社／二〇一九年
平塚柾緒（著）太平洋戦争研究会（編）『図説　写真で見る満州全史』／河出書房新社／二〇一八年
原彬久（著）『岸信介　権勢の政治家』／岩波書店／一九九五年
麻田雅文（著）『シベリア出兵　近代日本の忘れられた七年戦争』／中央公論新社／二〇一六年
伊藤金次郎（著）『陸海軍人国記』／芙蓉書房出版／二〇〇五年
半藤一利他（著）『歴代陸軍大将全覧　大正篇』／中央公論新社／二〇〇九年
半藤一利他（著）『歴代陸軍大将全覧　昭和篇／満州事変・支那事変期』／中央公論新社／二〇一〇年
半藤一利他（著）『歴代陸軍大将全覧　昭和篇／太平洋戦争期』／中央公論新社／二〇一〇年
靖國神社（編）『靖國神社　遊就館図録』／靖國神社／二〇一九年
生田美智子（編）『女たちの満洲　多民族空間を生きて』／大阪大学出版会／二〇一五年
越澤明（著）『哈爾浜の都市計画』／筑摩書房／二〇〇四年
胡桃沢耕史他（著）『セレクション戦争と文学5　日中戦争』／集英社／二〇一九年
佐野眞一（著）『阿片王　満州の夜と霧』／新潮社／二〇〇八年
西澤泰彦（著）『図説　満鉄』／河出書房新社／二〇一五年
水島吉隆（著）太平洋戦争研究会（編）『図説　満州帝国の戦跡』／河出書房新社／二〇〇八年

小林慶二(著)『観光コースでない「満州」　瀋陽・長春・ハルビン・大連・旅順』／高文研／二〇〇五年
太田尚樹(著)『満州裏史　甘粕正彦と岸信介が背負ったもの』／講談社／二〇一一年
工藤美代子(著)『絢爛たる醜聞　岸信介伝』／幻冬舎／二〇一四年
井上寿一(著)『日中戦争　前線と銃後』／講談社／二〇一八年
山田俊治(編)『芥川竜之介紀行文集』／岩波書店／二〇一七年
半藤一利(著)『ノモンハンの夏』／文藝春秋／二〇〇一年
『日本の戦争1　新装版　満洲国の幻影』／毎日新聞社／二〇一〇年
全国憲友会連合会編纂委員会(編)『日本憲兵正史』／研文書院／一九七六年
上田としこ(著)『フイチンさん　復刻愛蔵版』(上)(下)／小学館／二〇一五年
阿部博行(著)『石原莞爾　生涯とその時代』(上)(下)／法政大学出版局／二〇〇五年
北岡伸一(著)『官僚制としての日本陸軍』／筑摩書房／二〇一二年
生田誠(著)『モダンガール大図鑑　大正・昭和のおしゃれ女子』／河出書房新社／二〇一二年
出版企画センター(編)『別冊1億人の昭和史　日本の戦史別巻1　日本陸軍史』／毎日新聞社／一九七九年
出版企画センター(編)『別冊1億人の昭和史　日本の戦史別巻2　日本海軍史』／毎日新聞社／一九七九年
三猿社(編)『満洲　NHK特集ドラマ「どこにもない国」を巡る』／洋泉社／二〇一八年
中路啓太(著)『ミネルヴァとマルス　昭和の妖怪・岸信介』(上)(下)／KADOKAWA／二〇一九年
檀一雄(著)『夕日と拳銃』／蒼洋社／一九七九年
五味川純平(著)『人間の條件』(上)(中)(下)／岩波書店／二〇〇五年
鮎川哲也(著)『ペトロフ事件』／光文社／二〇〇一年
齋藤勝裕『毒と薬のひみつ』／ソフトバンククリエイティブ／二〇〇八年

解説

法月綸太郎（作家）

［……］復た我が国に於いては、壇の浦に於ける平家一門の滅亡、大阪城の陥落、徳川政府の崩壊、皆なこれ美しき幻影を眺めつゝ、現実を忘れ、倏然幻月の如く、空華の如き理想と実の世界との契合せざるを悟りたる大悲劇に非ずや。

（長谷川天渓「現実暴露の悲哀」）

伊吹亜門は二〇一五年、「監獄舎の殺人」で第十二回ミステリーズ！新人賞を受賞、二〇一八年に同作を連作化した『刀と傘　明治京洛推理帖』で単行本デビューした。佐賀藩士で、明治維新後に初代司法卿となる江藤新平と架空の尾張藩士・鹿野師光がコンビを組んで、京都で起こる五つの難事件に挑む時代本格ミステリである。史実と虚構を巧みにブレンドしてこの時代ならではの「状況の謎」を組み立てる構想力と、精妙なロジックで犯人の心理を解き明かすホワイダニットの技法が冴え渡り、デビュー作で第十九回本格ミステリ大賞を受賞するという快挙をなしとげたことは、まだ記憶に新しい。

二〇二一年には『刀と傘』の前日譚で、初の長編となる『雨と短銃』を発表。本書はそれから半年ほど後に刊行された著者の第三作で、幕末の京都から第二次大戦前夜の満洲に舞台を移し、孤高の私立探偵・月寒三四郎が初登場する。極東の国際都市・哈爾浜を中心に闇深い謎と謀略が渦巻く歴史ハードボイルドにして、注目の若手作家が新境地を開いたドラマティックな本格ミステリ長編なのである。

日中戦争（支那事変）が泥沼化する一九三八年二月の満洲国。哈爾浜市埠頭区の裏通りに探偵事務所を構える月寒三四郎は、国務院産業部次長として辣腕をふるう革新官僚・岸信介の秘書が不審死した事件の調査を引き受ける。

死んだ秘書の瀧山秀一は、元陸軍中将・小柳津義稙の孫娘・千代子の婚約者で、初めて招かれた小柳津邸の晩餐会で猛毒リシンを盛られた疑いがある。しかし新参の瀧山には殺される理由がなく、また晩餐会当日、義稙宛に「三つの太陽を覺へてゐるか」とタイプされた脅迫状が届いていたことから、真の狙いが元中将だった可能性も否定できない。奉天会戦の英雄として勇名を馳せた義稙は、支那事変の戦線拡大方針に公然と異を唱え、満洲国を実効支配する関東軍と対立していたというのだ。

月寒は晩餐会の出席者と小柳津家の使用人たちに聞き込みを重ねるが、一癖も二癖もありそうな人物ばかりで、なかなか調査の的が絞れない。さらに憲兵の圧力や、哈爾浜の裏社会における義稙の隠然たる影響力を目の当たりにして、底知れぬ不安が募るなか、今度は義稙の義弟で化学者の雉鳩哲二郎が邸内の研究室で砒素中毒死する。日満蒙露の怪人脈と関東軍の闇利権をめぐる思惑がもつれ合い、哈爾浜警察と憲兵隊に監視されながら、月寒は元中将が封印した戦歴の汚点に迫っていく……。

満洲国は、関東軍が占領した満洲（中国東北部）と内モンゴル、熱河省を領域とする大日本帝国の傀儡国家である。一九三二年に成立した同国は、日本民族・満洲民族・漢民族・モンゴル民族・朝鮮民族の「五族協和」による「王道楽土」建設をスローガンに掲げていたが、その実態は日本の総力戦体制を支えるため、①対ソ連戦に備えた戦略基地、②鉄鋼・石炭・農産物の資源供給地、③不況にあえぐ日本農村の余剰人口の受け皿、として関東軍が支配する植民地だった。

その満洲国を統制経済の実験場とし、国家社会主義的な産業開発を推進したのが商工省の革新官僚、岸信介とその腹心の椎名悦三郎である。岸といえば「満洲国は私の描いた作品」という発言が有名だが、実際に現地で「満洲経営」を行ったのは一九三六年十月から一九三九年十月までの三年間にすぎない。短い在満期間中に、経済産業部門の主導権を握ることができたのは、商工省時代に築いた陸軍人脈と革新官僚としての実績を背景に、関東軍の上層部から厚い信任を得ていたことによる。また、岸は渡満する三年前から部下の椎名悦三郎を同地へ送り込んでおり、実際に満洲に赴任した後は、ソ連の計画経済をモデルにした「満洲開発五ヵ年計画」を立て満洲国の経済政策の背骨を作るなど、官僚の域を超えた行動力を見せ、実力を発揮したという。

岸と椎名は一九三九年に帰国して、四一年に東條英機内閣に入閣。日米開戦に伴い岸商工大臣、椎名次官のコンビは軍部と協調、厳しい戦時統制経済政策を推進する。岸らが行った満洲での実験は総力戦体制下の日本で実を結び、戦時統制経済の構造が戦後の高度経済成長の土台になったという分析もある（野口悠紀雄『1940年体制』など）。敗戦後の政治活動に関しては割愛するが、「昭和の妖怪」と呼ばれた大物政治家で、安倍晋三の母方の祖父でもある岸信介は言うに及ばず、腹心の椎名悦三郎も閣僚や自由民主党の要職を歴任した戦後政界の重鎮だった。蛇足を承知で付け加えておくと、『幻月と探偵』の作中に現れる実在の人物は岸と椎名だけである（名前だけの言及は除く）。

文芸サイト「小説丸」(https://shosetsu-maru.com/recommended/book-review-866)に掲載された初刊時の著者インタビュー（二〇二一年九月）で、伊吹は本書の主人公・月寒三四郎の造形について、「実は今年出た初長編『雨と短銃』を書く前に、国内外のハードボイルドを一通り猛勉強したんです。なかでも影響を受けたのがロス・

マクドナルドのリュウ・アーチャー物で、別名観察者とも言われるくらい、足を使って人に話を聞き、少しずつ真相に近づく名探偵も面白いなあって」と述べている。

本書に至るまでの著者の歩みを振り返ると、連作短編集の『刀と傘』が主に探偵コンビのディスカッションで推理を進めていたのに対して、『雨と短銃』は江藤新平と知り合う前の師光が、坂本龍馬から薩長同盟の成立を危うくする刃傷事件の下手人捜しを依頼されるという私立探偵小説風の筋立てになっていた。第二作に取りかかる前に「猛勉強」したのは、師光の単独捜査を長編の器に盛るために「卑しい街をひとり行く」ハードボイルド探偵の方法論を必要としたからではないか。

ロス・マクとアーチャーの影響は、第三作の本書でより顕著になっている。同じ著者インタビューの続きで、「そのロス・マク熱が未だ冷めなくて、天才肌というよりは相手に寄り添い、大小様々な事情を聞き出す、聞き上手で人間臭い月寒を書こうと。そうした造形が満洲の功罪から人々の日常まで、多面的に書き込める効果を生んだ気もします」と明かされているように。

ちなみにアーチャーという探偵の造形について、作者のロス・マクドナルドはこんなふうに書き残している。

「アーチャーは、ときにはアンチ・ヒーローにさえなりかかる主人公（ヒーロー）である。行動的な人間ではあるが、彼の行動は、主として他者の人生の物語を寄せあつめ、その意味を発見することに向けられている。彼は、行為する人間というより質問者であり、他者の人生の意味がしだいに浮かびあがってくる意識そのものである」（「主人公としての探偵と作家」小鷹信光訳）

観察者／質問者としての月寒は、本格ミステリのお約束的な「閃き型の超人探偵」ではなく、職業人として損得を勘定しながら、依頼人に対しても優柔不断な対応をする。そうした性格づけは、三者三様の依頼に対する反応を書き分けた冒頭の二章を読めば、自ずと見えてくるだろう。産業部の鉱工司長を務める椎名悦三郎から「月寒三四郎は、探偵として優秀なのかね」と問われた月寒は、シャーロック・ホームズ張りのハッタリを用いて試験をクリアした後、「どうやら探偵に必要なものは、洞察力や胆力それに手際の良さなどではなく、人に記憶されない平凡さのようだ」と自嘲する。ただし月寒の自嘲は、「洞察力や胆力それに手際の良さ」を備えているのは探偵として当然、という自信の裏返しでもある。この章を丁寧に読めば、彼の持ち味が細部をおろそかにしない観察眼と記憶力、さらに（ハッタリやチートも含めて）見聞きしたさまざまなデータから、秘められた全体像を再構築する推理能力の確かさだとわかるはずだ。満洲国協和会の甘粕正彦と旧知の間柄だったり、関東軍参謀の石原莞爾から依頼の報酬として改造車を貰ったりと、過去には大物との付き合いもあったというから、探偵としての能力は折り紙付きなのである【註】。

もうひとつ見逃せないのは、探偵という仕事の味気なさ、報われなさを印象づける冒頭のエピソードが、その後に展開するストーリーの行方を暗示していることだろう。月寒探偵は一貫して地味な存在として描かれているし、自分語りにうつつを抜かしたりもしないけれど、数少ない例外として、小柳津邸の「鬱蒼としたその木立は月寒に、『神曲』にも謳われた自殺者の黒い森を思い出させた」（五章）という描写がある。この述懐はダンテ『神曲』の「地獄篇」第十三歌から来たもので、月寒という見かけよりはるかに複雑な人物の内面を窺わせるものだ。

そもそも「月寒」というのは北海道の地名で、人気漫画『ゴールデンカムイ』でもお馴染みの帝国陸軍第七師団に属する歩兵第二十五連隊の兵営が置かれた土地である。「北鎮部隊」と呼ばれ、奉天会戦やシベリア出兵にも参加しているので、あながち本書とも無関係ではないけれど、月寒自身は北海道の出身ではなさそうだし、むしろ「三四郎」という名前を持つせいか、『吾輩は猫である』の水島寒月を連想した。夏目漱石もダンテの影響を強く受けている作家なので、どこか相通じるものがあるのかもしれない。

閑話休題。満洲国が舞台の歴史ハードボイルドという設定に注目すると、ナチス政権下のベルリンを舞台に私立探偵ベルンハルト・グンターが活躍する、フィリップ・

カーの〈ベルリン・ノワール〉三部作、とりわけ第一作『偽りの街』が思い浮かぶ。しかしグンターと違って、月寒が対峙するのはお屋敷で起こる古風な連続殺人なのだ。

特に第一のリシンによる毒殺は、調べれば調べるほど動機と機会が背馳する。ちぐはぐな犯行に秘められた犯人の意図を理詰めで絞り込んでいく月寒の手堅い推理は、本格ミステリの王道を行くものだ。実験室で起こる第二の殺人も含めて、エラリー・クイーンの『Yの悲劇』を思わせる道具立てが揃っているが、作中の時代設定が一九三八年だから、英米なら探偵小説の黄金時代が終盤に差しかかる頃――ニコラス・ブレイク『野獣死すべし』や、ジョン・ディクスン・カー（カーター・ディクスン）の『曲がった蝶番』『ユダの窓』が出た年で、ハードボイルド探偵の代名詞、レイモンド・チャンドラーのフィリップ・マーロウ探偵が『大いなる眠り』で長編デビューするのは翌三九年である。

一方、日本国内では戦争の影響から探偵小説は風前の灯となり、同時代が舞台の殺人ミステリはほとんど姿を消した。本書の作中年月と同じ一九三八年二月には、中国戦線に取材した石川達三「生きてゐる兵隊」掲載の「中央公論」が発禁処分となり、翌三九年三月には、江戸川乱歩「芋虫」が警視庁検閲課から全編削除を命じられている。ナチス・ドイツのポーランド侵攻がその年の九月だから、第二次世界大戦が勃発するまであとわずかという瀬戸際の時代なのだ。

だからこその歴史本格推理、と見るべきだろう。伊吹亜門は山田風太郎の「明治もの」を意識したデビュー作の時点から、ホワイダニットの名手として定評のある作家だった。一九九一年生まれの「昭和を知らない」世代の書き手だが、特定の時代と場所でしか成立しない異形の論理と心理を描く作風といい、「動機の謎」へのアプローチの仕方といい、泡坂妻夫や連城三紀彦といった「幻影城」出身の作家よりも、山田風太郎の戦後ミステリの肌合いに近い気がする。

特に本書は、大戦前夜の危機的な状況下で生じる大胆で切実な動機が鮮烈で、その犯人像は一読忘れがたい印象を残す。しかもその動機は、けっして一人相撲の暴挙ではない。満洲の白地図に恍惚とした眼差しを向けながら、「この国は未だ何も描かれていない、大きくて真白い画布みたいなものなんだよ」と漏らす岸信介の肥大した国家意識に、犯人の描いた私的なライフデザインが真っ向から「否」を突きつける。そのコントラストがあるからこそ、一線を越えてしまった犯人の異様な心情が映えるのだ。

本書のタイトルに用いられた「幻月」とは、月の左右に一対の暈が生じ、別に月ができたように見える大気光学現象のこと。浪漫的な理想主義と傀儡国家の醜悪な現実が二重写しになった一九三八年の満洲のイメージとして、これほどふさわしいものはない。

最後にもう一度、『雨と短銃』と本書を比較しておこう。『雨と短銃』では依頼人（＝相棒）の坂本龍馬を始めとして、桂小五郎や西郷吉之助、土方歳三といった歴史上の大物キャラクターが次々と登場するため、鹿野師光は狂言回し的な役割を強いられていた。一方、実在の人物を岸信介と椎名悦三郎の二人に絞った『幻月と探偵』では、フィクションの自由度が高まって、国際色豊かな登場人物を自在に動かせるようになっている。

人物配置のスタンスが異なるのは前作に限らない。『刀と傘』といい『雨と短銃』といい、幕末・維新の志士たちがメインの「明治京洛推理帖」シリーズは、基本的に「男たちの世界」の小説だった。それに対して、本書ではヒロインの小柳津千代子はもちろん、白系露人（エミグラント）のヴァシリーサや下婢（メイド）のリューリといった女性陣がストーリー展開を左右する重要なカギを握っている。こうした役割の変化が生じたのは、やはり満洲という異郷の地を舞台にしたせいではないだろうか（ちなみにヴァシリーサ女史は「関東軍の防疫給水部のお手伝い」をしているという剣吞な人物で、二〇二四年二月刊の最新作『帝国妖人伝』にも顔を出している）。

ただし「男たちの世界」といっても、第一作『刀と傘』には一編だけ例外があって、連作の第四話「桜」という作品は前半、女性視点で物語が綴（つづ）られる。タイトル通り、桜の花びらが重要な役割を果たしているのだが、本書にも仁和寺（にんなじ）の御室桜（おむろざくら）を描いた絵が出てくる場面がある。この絵は千代子の歓心を買うため、岸信介が京都の土産として持ち帰ったもので、彼が得意とした人心掌握術の一端を示すエピソードなのは言うまでもない。ところが、この桜にはまた別の意味があって、そこに秘められた企みには著者自身によるデビュー作への返歌という趣もある。それが具体的にどういうものかは、ここでは言わぬが花だろう。

【註】月寒が登場する長編は現時点で本書だけだが、二〇二四年一月刊の「読者への挑戦状」アンソロジー『推理の時間です』には、月寒の一人称によるハウダニット短編「波戸崎大尉の誉れ」が収録されている。月寒シリーズは今後も継続されるようなので、甘粕や石原との因縁を交えた続編にも期待したいところだ。

本書は、二〇二一年八月に小社より刊行された
単行本を加筆修正の上、文庫化したものです。

登場人物・参考文献デザイン／青柳奈美

幻月（げんげつ）と探偵（たんてい）

伊吹亜門（いぶきあもん）

令和６年 ６月25日　初版発行

発行者●山下直久

発行●株式会社KADOKAWA
〒102-8177　東京都千代田区富士見2-13-3
電話　0570-002-301（ナビダイヤル）

角川文庫 24204

印刷所●株式会社暁印刷
製本所●本間製本株式会社

表紙画●和田三造

ISBN 978-4-04-114504-3　C0193

◇◇◇

角川文庫発刊に際して

角川源義

第二次世界大戦の敗北は、軍事力の敗北であった以上に、私たちの若い文化力の敗退であった。私たちの文化が戦争に対して如何に無力であり、単なるあだ花に過ぎなかったかを、私たちは身を以て体験し痛感した。西洋近代文化の摂取にとって、明治以後八十年の歳月は決して短かすぎたとは言えない。にもかかわらず、近代文化の伝統を確立し、自由な批判と柔軟な良識に富む文化層として自らを形成することに私たちは失敗して来た。そしてこれは、各層への文化の普及滲透を任務とする出版人の責任でもあった。

一九四五年以来、私たちは再び振出しに戻り、第一歩から踏み出すことを余儀なくされた。これは大きな不幸ではあるが、反面、これまでの混沌・未熟・歪曲の中にあった我が国の文化に秩序と確たる基礎を齎らすためには絶好の機会でもある。角川書店は、このような祖国の文化的危機にあたり、微力をも顧みず再建の礎石たるべき抱負と決意とをもって出発したが、ここに創立以来の念願を果すべく角川文庫を発刊する。これまで刊行されたあらゆる全集叢書文庫類の長所と短所とを検討し、古今東西の不朽の典籍を、良心的編集のもとに、廉価に、そして書架にふさわしい美本として、多くのひとびとに提供しようとする。しかし私たちは徒らに百科全書的な知識のジレッタントを作ることを目的とせず、あくまで祖国の文化に秩序と再建への道を示し、この文庫を角川書店の栄ある事業として、今後永久に継続発展せしめ、学芸と教養との殿堂として大成せんことを期したい。多くの読書子の愛情ある忠言と支持とによって、この希望と抱負とを完遂せしめられんことを願う。

一九四九年五月三日

角川文庫ベストセラー

濱地健三郎の霊(くしび)なる事件簿　有栖川有栖

心霊探偵・濱地健三郎には鋭い推理力と幽霊を視る能力がある。事件の被疑者が同じ時刻に違う場所にいた謎、ホラー作家のもとを訪れる幽霊の謎、突然態度が豹変した恋人の謎……ミステリと怪異の驚異の融合！

濱地健三郎の幽(かくれ)たる事件簿　有栖川有栖

南新宿にある「濱地探偵事務所」には、今日も不可思議な現象に悩む依頼人や警視庁の刑事が訪れる。年齢不詳の探偵・濱地健三郎は、助手のユリエとともに、幽霊を視る能力と類まれな推理力で事件を解き明かす。

世界の終わり、あるいは始まり　歌野晶午

東京近郊で連続する誘拐殺人事件。事件が起きた町内に住む富樫修は、ある疑惑に取り憑かれる。小学六年生の息子・雄介が事件に関わりを持っているのではないか。そのとき父のとった行動は……衝撃の問題作。

女王様と私　歌野晶午

さえないオタクの真藤数馬は、無職でもちろん独身。ある女王様との出会いが、めくるめく悪夢の第一歩だった……ミステリ界の偉才が放つ、超絶エンタテインメント！

ハッピーエンドにさよならを　歌野晶午

望みどおりの結末なんて、現実ではめったにないと思いませんか？　もちろん物語だって……偉才のミステリ作家が仕掛けるブラックユーモアと企みに満ちた奇想天外のアンチ・ハッピーエンドストーリー！

角川文庫ベストセラー

家守　歌野晶午

何の変哲もない家で、主婦の死体が発見された。完全な密室状態だったため事故死と思われたが、捜査のうちに30年前の事件が浮上する。歌野晶午が巧みに描く「家」に宿る5つの悪意と謎。衝撃の推理短編集！

Dの殺人事件、まことに恐ろしきは　歌野晶午

カメラマンの私は、道玄坂で出会った生意気な少年とダイニングバーで話をしていた。しかし、バーから見える薬局の様子がおかしくて——。（表題作）。江戸川乱歩の世界が、驚愕のトリックと新たな技術で蘇る！

クレシェンド　竹本健治

ゲームソフトの開発に携わる矢木沢は、ある日を境に激しい幻覚に苦しめられるようになる。幻覚は次第に進化し古事記に酷似したものとなっていく。『涙香迷宮』の鬼才・竹本健治が描く恐怖のメカニズム。

腐蝕の惑星　竹本健治

最初は正体不明の黒い影だった。そして繰り返し襲ってくる悪夢。航宙士試験に合格したティナの周囲に起こる奇妙な異変。『涙香迷宮』の著者による、入手困難だった名作SFがついに復刊！

閉じ箱　竹本健治

幻想小説、ミステリ、アイデンティティの崩壊を描いたアンチミステリ、SFなど多岐のジャンルに及ぶ竹本健治の初期作品を集めた、ファン待望の短篇集、ついに復刊！

角川文庫ベストセラー

フォア・フォーズの素数　竹本健治

『涙香迷宮』の主役牧場智久の名作「チェス殺人事件」やトリック芸者の『メニエル氏病』など珠玉の13篇。『匣の中の失楽』から『涙香迷宮』まで40年。ついに復刊される珠玉の短篇集！

狐火の辻　竹本健治

温泉街で連続する不可思議な事故と怪しい都市伝説。一見無関係な出来事に繋がりを見出した刑事の楢津木は、IQ208の天才棋士・牧場智久と真相解明に乗り出す。鬼才が放つ圧巻のサスペンス・ミステリ。

ふちなしのかがみ　辻村深月

冬也に一目惚れした加奈子は、恋の行方を知りたくて禁断の占いに手を出してしまう。鏡の前に蠟燭を並べ、向こうを見ると――子どもの頃、誰もが覗き込んだ異界への扉を、青春ミステリの旗手が鮮やかに描く。

本日は大安なり　辻村深月

企みを胸に秘めた美人双子姉妹、プランナーを困らせるクレーマー新婦、新婦に重大な事実を告げられないまま、結婚式当日を迎えた新郎……。人気結婚式場の一日を舞台に人生の悲喜こもごもをすくい取る。

きのうの影踏み　辻村深月

どうか、女の子の霊が現れますように。おばさんとその子が、会えますように。交通事故で亡くした娘を待ちわびる母の願いは祈りになった――。辻村深月が〝怖くて好きなものを全部入れて書いた〟という本格恐怖譚。

角川文庫ベストセラー

天使の屍　貫井徳郎

14歳の息子が、突然、飛び降り自殺を遂げた。真相を追う父親の前に立ち塞がる《子供たちの論理》。14歳という年代特有の不安定な少年の心理、世代間の深い溝を鮮烈に描き出した異色ミステリ！

崩れる　結婚にまつわる八つの風景　貫井徳郎

崩れる女、怯える男、誘われる女……ストーカー、DV、公園デビュー、家族崩壊など、現代の社会問題を「結婚」というテーマで描き出す、狂気と企みに満ちた、7つの傑作ミステリ短編。

北天の馬たち　貫井徳郎

横浜・馬車道にある喫茶店「ペガサス」のマスター毅志は、2階に探偵事務所を開いた皆藤と山南の仕事を手伝うことに。しかし、付き合いを重ねるうちに、毅志は皆藤と山南に対してある疑問を抱いていく……。

女が死んでいる　貫井徳郎

二日酔いで目覚めた朝、ベッドの横の床に見覚えのない女の死体があった。俺が殺すわけがない。知らない女だ。では誰が殺したのか――？（「女が死んでいる」）表題作他7篇を収録した、企みに満ちた短篇集。

生首に聞いてみろ　法月綸太郎

彫刻家・川島伊作が病死した。彼が倒れる直前に完成させた愛娘の江知佳をモデルにした石膏像の首が切り取られ、持ち去られてしまう。江知佳の身を案じた叔父の川島敦志は、法月綸太郎に調査を依頼するが。

角川文庫ベストセラー

ノックス・マシン　法月綸太郎

上海大学のユアンは、国家科学技術局から召喚の連絡を受けた。「ノックスの十戒」をテーマにした彼の論文で確認したいことがあるというのだ。科学技術局に出向くと、そこで予想外の提案を持ちかけられる。

パズル崩壊　WHODUNIT SURVIVAL 1992-95　法月綸太郎

女の上半身と男の下半身が合体した遺体が発見された。残りの体と密室トリックの謎に迫る（「重ねて二つ」）。現金強奪事件を起こした犯人が陥った盲点とは？（「懐中電灯」）全8編を収めた珠玉の短編集。

赤い部屋異聞　法月綸太郎

日常に退屈した者が集い、世に秘められた珍奇な話や猟奇譚を披露する「赤い部屋」。新入会員のT氏は、これまで99人の命を奪ったという恐るべき〈殺人遊戯〉について語りはじめる。表題作ほか全9篇。

友達以上探偵未満　麻耶雄嵩

忍者と芭蕉の故郷、三重県伊賀市の高校に通う伊賀ももと上野あおは、地元の謎解きイヴェントで殺人事件に巻き込まれる。探偵志望の2人は、ももの直感力とあおの論理力を生かし事件を推理していくが!?

9の扉　北村 薫、法月綸太郎、殊能将之、鳥飼否宇、麻耶雄嵩、竹本健治、貫井徳郎、歌野晶午、辻村深月

執筆者が次のお題とともに、バトンを渡す相手をリクエスト。9人の個性と想像力から生まれた、驚きの化学反応の結果とは!?　凄腕ミステリ作家たちがつなぐ心躍るリレー小説をご堪能あれ！